独自绽放

Mig äger ingen

Åsa Linderborg

[瑞典] 奥萨·林德堡 著

王梦达 译

中国国际广播出版社

图书在版编目（CIP）数据

独自绽放 /（瑞典）奥萨·林德堡著；王梦达译 .—北京：中国国际广播出版社，2019.12（2024.1重印）

（北欧文学译丛）

ISBN 978-7-5078-4689-8

Ⅰ.①独… Ⅱ.①奥…②王… Ⅲ.①自传体小说－瑞典－现代 Ⅳ.①I532.45

中国版本图书馆CIP数据核字（2020）第086368号

著作权合同登记号 01-2019-1098

©Åsa Linderborg 2007. Published by agreement with Hedlund Agency.
Simplified Chinese Translation Copyright©2020 by China International Radio Press Co., Ltd.
All rights reserved
The cost of this translation was defrayed by a subsidy from the Swedish Arts Council, gratefully acknowledged.

独自绽放

出 品 人	宇　清
总 策 划	田利平
策　　划	张娟平　凭　林
著　　者	［瑞典］奥萨·林德堡
译　　者	王梦达
责任编辑	筴学婧
装帧设计	Guangfu Design ｜ 张　晖
校　　对	张　娜

出版发行	中国国际广播出版社有限公司［010-89508207（传真）］
社　　址	北京市丰台区榴乡路88号石榴中心2号楼1701
	邮编：100079
印　　刷	天津鑫恒彩印刷有限公司

开　　本	880×1230　1/32
字　　数	130千字
印　　张	9
版　　次	2020年8月 北京第一版
印　　次	2024年1月 第四次印刷
定　　价	56.00元

版权所有　盗版必究

"北欧文学译丛"
编委会

主 编

石琴娥（中国社会科学院外国文学研究所）

副主编

徐 昕（北京外国语大学欧洲语言文化学院）

编 委
（以姓氏汉语拼音为序）

李 颖（北京外国语大学欧洲语言文化学院芬兰语专业）
王梦达（上海外国语大学德语系瑞典语专业）
王书慧（北京外国语大学欧洲语言文化学院冰岛语专业）
王宇辰（北京外国语大学欧洲语言文化学院丹麦语专业）
余韬洁（北京外国语大学欧洲语言文化学院挪威语专业）
赵 清（北京外国语大学欧洲语言文化学院瑞典语专业）

绚丽多姿的"北极光"

——为"北欧文学译丛"作的序言

石琴娥

2017年的春天来得特别地早,刚进入3月没有几天,楼下院子里的白玉兰已经怒放,樱花树也已经含苞待放了。就在这样春光明媚、怡人的日子里,我收到中国国际广播出版社文史编辑部主任张娟平女士打来的电话,想让我来主编一套当代北欧五国的文学丛书,拟以长篇小说为主,兼选一些少量有代表性的短篇小说、诗歌等,篇目为50—80部左右。不久之后,中国国际广播出版社的王钦仁总编辑和张娟平主任又郑重其事地来到寒舍,对我说,他们想做一套有规模、有品位的北欧文学丛书,希望能得到我的支持,帮助他们挑选书目、遴选译者,并担任该丛书的主编。

大家知道,随着电子阅读器和智能手机的普及,越来越多的人通过电子设备来阅读书籍。在目前的网络和数码时代,出现了网络文学、有声书和电子书,甚至还出现了人工智能创作的作品,纸质书籍受到极大冲击,出版纸质书籍遇到了很大困难。有的出版社也让我推荐过北欧作品,但大都是一本或两本而已,还有的出版社希望我推荐已经过版权期的作品,以此来节省一些成本。而中国国际广播出版社却希望出版以当代为主的作品,规模又如此之大,而且总编辑又亲临寒舍来说明他们的出版计划和缘由,我被他们的执着精神和认真态度所感动，更被他们追求精神品位的人文热情所感动。我佩服出版社的魄力和勇气。面对他们的热情和宝贵的执着精神，我怎能拒绝，当然应该义不容辞地和他们一起合作，高质量、高品位地出好这套丛书。

大家也许都注意到，在近二三十年世界各国现代化状况的各类排行榜上，无论是幸福指数，还是GDP或者是人均总收入，还是环境保护或者宜居程度，从受教育程度和质量、医疗保障到养老、失业等社会保障，还有从男女平等到无种族歧视，等等，北欧五国莫不居于世界最前列，或者轮流坐庄拿冠夺魁，或是统统包圆儿前三名，可以无须夸张地说，北欧五国在许多方面实际上超过了当今世界霸主美国，而居于当今世界发达国家最前列，成为世界现代化发展中的又一类模式。

大家一般喜欢把世界文学比作一座大花园，各个时期涌现出来的不同流派中的众多作家和作品犹如奇花异葩、争妍斗艳。北欧文学是这座大花园里的一部分，国际文学中，特别是西欧文学中的流派稍迟一些都会在北欧出现。北欧的大自然，由于地理位置、自然环境和气候条件，没有小桥流水般的婀娜多姿，而另有一种胜景情致，那就是挺拔参天、枝叶茂盛的大树，树木草地之间还有斑斓似锦的各色野花和大片鲜灵欲滴的浆果莓类。放眼望去，自有一股气魄粗犷、豪放、狂野、雄壮的美。北欧的文学大花园正如自然界的大花园一样，具有一股阳刚的气概、粗豪的风度。它的美在于刚直挺立、气势崴嵬。它并不以琴瑟和鸣般珠圆玉润和撩拨心弦的柔美乐声取胜，却是以黄钟大吕般雄浑洪亮而高亢激昂的震颤强音见长。前者婉转优雅、流畅明快，后者豪迈恢宏、气壮山河。如果说欧洲其余部分的文学是前者的话，那么北欧文学就是后者。正如鲁迅所说，北欧文学"刚健质朴"，它为欧洲文学大花园平添了苍劲挺拔的气魄。以笔者愚见，这就是北欧五国文学的出众特色，也是它们的长处所在。

　　文学反映社会现实。它对社会的发展其功虽不是急火猛药，其利却深广莫测。它对社会起着虽非立竿见影却又无处不在的潜移默化作用。那么，北欧各国的当代文学作品是如何反映北欧当代社会的呢？它对北欧各国的现代化发展是不是起了推动促进作用了呢？也许我们能从这套丛书中看到一些端倪。

　　北欧五国除了丹麦以外，都有国土位于北极圈或接近北极圈。北极光是那里特有的景象。尤其到了冬天夜晚，常常能见到北极光在空中闪烁。最常见的是白色。当然有时也能见到五彩缤纷、绚丽多姿的北极光。北欧五国的文学流派众多，题材多样，写作手法奇异多姿，犹如缤纷绚丽的北极光在世界文坛上发光闪烁。

　　北欧包括5个国家：丹麦、芬兰、冰岛、挪威和瑞典。讲起当代的北欧文学，北欧文学史上一般是从丹麦文学评论家和文学史家勃朗兑斯（Georg Brandes, 1842—1927）于1871年末在丹麦哥本哈根大学所作的《十九世纪文学主流》算起，被称为"现代突破"。从19世纪的1871年末到目前21世纪的2018年近150年的时间里，一大批有才华的作家活跃在北欧文坛上。在群英荟萃之中，出现了几位旷世文豪，如挪威的"现代戏剧之父"亨利克·易卜生，瑞典文学巨匠——小说家、戏剧家斯特林堡和荣获诺贝尔文学奖的第一位女作家、新浪漫主义文学代表塞尔玛·拉格洛夫，丹麦1944年诺贝尔文学奖获得者约翰纳斯·维尔海姆·延森和芬兰的批判现实主义作家约翰·阿霍等。"北欧文学译丛"拟以长篇小说为主，间选少量短篇作品，所以除了易卜生，因其作品主要是戏剧外，其他几位大家的作品我们都选编进了本系列。这些巨匠有的是当代北欧文学的开创者，有的是北欧当代文学中各种流派的代表和领军人物，都是北欧当代文学中的重要作家，他们的作品经历了时间考验。

在北欧文坛中，拥有众多有成就有影响的工人作家是其一大特色。有的还获得了诺贝尔文学奖，成为世界级的大文豪。这些工人作家大多自身是农村雇工或工人，有过失业、饥饿或其他痛苦的经历，经过自学成为作家。他们用笔描写自己切身的悲惨遭遇，对地主、资产阶级剥削和压榨写得既具体细腻，又深刻生动。正是他们构成了北欧20世纪以来现实主义文学的主流。在这些工人作家中最突出的有丹麦的马丁·安德逊·尼克索和瑞典的伊瓦尔·洛-约翰松等。对这些在北欧文坛上占有重要地位的工人作家的作品，我们当然是不能忽略的，把他们的代表作选进了这套丛书之中。

除了以上这些久享盛誉的作家外，我们也选了新近崛起的、出生于1970和1980年代的作家，如出生于1980年的瑞典作家乔安娜·瑟戴尔和出生于1981年的挪威作家拉斯·彼得·斯维恩等。他们的作品在北欧受到很大欢迎，有的被拍成电影，有的被搬上舞台。这些作品，虽然没有经历过时间的考验，但却真实地反映了目前北欧的现状，值得收进本丛书之中。

从流派来看，我们既选了现实主义作品，也不忽略浪漫主义、超现实主义和意识流的作品，力求使读者对北欧当代文学有个较为全面的印象。从作家本人的情况看，我们既选了大家公认的声誉卓越的作家的作品，也选了个别有争议作家的作品，如挪威作家克努特·汉姆生，他是现代挪威、北欧和世界文坛上最受争议的文学家。他从流浪打工开始，1920年成为诺贝尔文学奖得主，晚年沦为纳粹主义的应声虫和德国法西斯占领当局的支持者，从受人欢呼的云端跌入遭国人唾骂的泥潭，而他毕竟是现代主义文学和心理派小说的开创者和宗师，在20世纪现代文学中扮演了承上启下的转型角色。我们把他的"心理文学"代表作《神秘》收进本丛书。这部作品突破传统小说的诸多常规要素，着力于通过无目的、无意识的内心独白，以及运用思想流、意识流的手法来揭示个性心理活动，并探索一些更深层次的人生哲理。1978年诺贝尔文学奖得主、美国作家艾萨克·辛格说："在我们这个世纪里，整个现代文学都能够追溯到汉姆生，因为从任何意义上他都是现代文学之父……20世纪所有现代小说均源出汉姆生。"我们把这个有争议作家的作品选入我们的丛书，一方面是对北欧和世界文学在我国的译介起到补苴罅漏的作用，另一方面也可进一步了解现代文学的来龙去脉，以资参考借鉴。

　　总之，我们选材的宗旨是：把北欧各国文学史中在各个时期占有重要地位作家的代表作收进本丛书。虽然本丛书将有50—80部之多，但是同150年的时间长河和各时期各流派的代表作家和作品之多比起来，这些作品还是不能把所有重要作家的作品全部收入进来。譬如瑞典作家扬·米尔达尔（Jan Myrdal, 1927—　）是20世纪60年代中期出现的一种新兴文学——报道文学的代表人物之一，他的《来自中国农村的报告》（1963）成为当时许多国家研究中国问题的必读参考材料，被译成十几种文字多次出版。尽管他的这本书因材料详尽、内容真实、记载细腻而风靡一时，但在这套丛书中，不得不割爱，而是选了其他在国际上更为著名的瑞典作家作品。

本丛书中的所有作品，除了极个别以外，基本都是直接从原文翻译，我们的目的是想让读者能够阅读到原汁原味的当代北欧文学。同英语、俄语、法语等大语种翻译比起来，我们直接从北欧语言翻译到中文的历史不长，译者亦不多，水平不高，经验也不足，译文中一定存在不少毛病和欠缺之处，望读者多多包涵，也请读者给我们提出宝贵的建议和意见，便于我们改进。

本丛书能够付梓问世，首先要感谢中国国际广播出版社社长张宇清先生和总编辑王钦仁先生，没有他们坚挺经典文化的执着精神和开拓进取的勇气，这部丛书是不可能跟读者见面的。我还要感谢本书所有的编委，是他们在成书过程中做了大量工作，从选材、物色译者到联系有关国家文化官员和机构，都付出了辛勤的劳动。不仅如此，他们还亲自翻译作品。没有他们的默默奉献和通力合作，这部丛书是难以完成的。在编选过程中，承蒙北欧五国对外文化委员会给予大力帮助和提供宝贵的意见，北欧五国驻华使馆的文化官员们也给予了热情关怀，谨向他们致以衷心的感谢。对编选工作中存在的疏漏和不足，还望读者们不吝指正。

2018 年 6 月
于北京潘家园寓所

石琴娥，1936年生于上海。中国社会科学院外国文学研究所北欧文学专家。曾任中国－北欧文学会副会长。长期在我国驻瑞典和冰岛使馆工作。曾是瑞典斯德哥尔摩大学、丹麦哥本哈根大学和挪威奥斯陆大学访问学者和教授。主编《北欧当代短篇小说》、冰岛《萨迦选集》等，为《中国大百科全书》及多种词典撰写北欧文学、历史、戏剧等词条。著有《北欧文学史》、《欧洲文学史》（北欧五国部分）、"九五"重大项目《20世纪外国文学史》（北欧五国部分）等。主要译著有《埃达》《萨迦》《尼尔斯骑鹅旅行记》《安徒生童话与故事全集》等。曾获瑞典作家基金奖、2001年和2003年国家图书奖提名奖、第五届（2001）和第六届（2003）全国优秀外国文学图书奖一等奖、安徒生国际大奖（2006）。荣获中国翻译家协会资深荣誉证书（2007）、丹麦国旗骑士勋章（2010）、瑞典皇家北极星勋章（2017）等。

译 序

据说每位作家的第一本书都会取材于自己的亲身经历，奥萨·林德堡显然也不例外。她的处女作——也是迄今为止唯一一部小说——《独自绽放》(Mig äger ingen)完全是她前半生的真实写照。

如果放在某些热门的书评网站，要给这本小说贴一个标签的话，大概有不少吸引眼球的选择：单亲家庭、工人阶级、北欧生活……可以说，这既是一部典型的瑞典文学，又是一部非典型的瑞典文学。说它典型，因为其中涉及不少瑞典本土风格强烈的概念，包括瑞典著名的连锁超市伊卡（ICA）和康苏姆（Konsum），风靡全球的瑞典乐队 ABBA 和 Hoola Bandoola。瑞典杰出的政治人物奥洛夫·帕尔梅、贡纳尔·斯坦恩[1]，以及大家耳熟能详的瑞典作家阿斯特丽德·林格伦[2]、伊瓦尔·鲁-约翰松[3]。而所谓非典型，因为在大多数人的印象中，瑞典以"从摇篮到坟墓"的高福利著称，几乎难以见到在贫困线上苦

---

[1] 贡纳尔·斯坦恩（Gunnar Sträng, 1906—1992）：出生于瑞典斯德哥尔摩，瑞典政客，效力于社会民主党，曾担任瑞典财政大臣。

[2] 阿斯特丽德·林格伦（Astrid Lindgren, 1907—2002）：出生于瑞典维默比，瑞典著名作家、儿童文学作家。代表作有《长袜子皮皮》《绿林女儿》《小飞人卡尔松》等，作品被翻译成三十多种文字，畅销世界，曾荣获安徒生奖。

[3] 伊瓦尔·鲁-约翰松（Ivar Lo-Johansson, 1901—1990）：出生于瑞典尼奈斯港，瑞典作家。曾于1979年因小说《青春期》摘得北欧理事会文学奖。

苦挣扎，甚至因为缴不起房租而险遭驱逐的不幸国民。一如作者本人在撰写博士论文时表示，有社会调查研究表明，瑞典不存在真正的工人阶级，当然也就谈不上贫富悬殊和阶层差异。

这部带有自传性质的小说正是建立在种种矛盾和落差的基础之上。它以20世纪70年代的瑞典工业城市韦斯特洛斯作为背景，从女儿的视角讲述了自己从童年、青少年直至结婚成家近三十年成长经历的点点滴滴。其中既有她和家庭成员关系的微妙情感变化——包括父亲、母亲、爷爷奶奶、外公外婆、继父，等等，也有她在所处时代和成长背景的推动下的反思、挣扎和蜕变。

在《独自绽放》被改编成同名电影并在北欧公映后，不少观众将注意力聚焦于父女间的亲情、误会和理解，并且深深为之打动。然而在接受瑞典电视台的访问时，奥萨·林德堡却巧妙地回应道，自己和父亲之间的爱一直存在，从未减弱或消失。这种感情并不因为单亲家庭的标签而有所不同。而他们之后产生的冲突和矛盾，甚至表面上的疏离，也是自己在进入青春期后渴望独立的一种体现。她说，代沟存在于每个家庭中，我们都是在从对父母的不解到理解的过程中成长起来的。

在访谈中，主持人曾抛出一个较为尖锐的问题：因为不少读者和观众对小说中父亲的形象颇有微词。他的身上有着太多遭人诟病的缺点，其中一些甚至影响正常生活，让他忽略了女儿的感受和需求。但奥萨·林德堡表示，自己眼中的父亲是一个鲜活而富有人格魅力的存在。诚然，他并不完美，绝对称不上模范或榜样，但他细腻、敏感，对生活充满激情，从不吝于表达自己的喜怒哀乐。而且最为关键的是，他对女儿始终报以宽容而慈爱的态度，这份爱或许有着不同的表现形式，但在女儿的成长经历中从未缺席。

讲述亲情和成长的现代小说数不胜数，《独自绽放》一经问世，所引起的轰动程度未免有些出人意料。在瑞典的畅销书排行榜上，它甚至一度超越了热门的侦探小说。有书评认为，它"不动声色地触动了读者内心最柔软和最脆弱的角落""一幅栩栩如生的众生相"，也有评论家表示，这是"一封写给七十年代韦斯特洛斯的情书""对近半个世纪以来瑞典社会变迁的传记性叙述"，更有网站将其推崇为"值得为之潸然泪下的小说""一部充满力量和爱的经典之作"。无论每个人的关注点和切入点为何，大家对这部小说的一致共识都是：真实。真实到书中描写的欢乐和痛苦有着触手可及的质感。这种真实感来自作者对生活的细致观察，也归功于她多年记者生涯所培养的职业敏感性。奥萨·林德堡曾先后担任瑞典《晚报》的记者和文化版负责人，并且发表过数篇笔锋犀利、观点独特的社会调查。但由于母亲在政坛小有名气，她对自己的私生活向来保持低调态度，直到自传体小说《独自绽放》出版后，大家才略知一二。

《独自绽放》中，主人公的生活既有普遍性，也不乏其独特性。普遍性在于，主人公感受过来自长辈的关爱和温暖，见证过家人的分离和死亡，也拥有一般意义上的学校经历；而独特性则在于父母一方的移民背景以及单亲抚养的成长氛围。因此，对于大多数读者而言，大概很难产生代入感。但奇怪的是，尽管无法做到感同身受，很多人却表示在细枝末节处深有共鸣。至于共鸣究竟为何，还有待中国读者去体会。

王梦达

2020年2月17日

王梦达，女，1984年3月出生。北京外国语大学瑞典语言文学专业硕士，现任上海外国语大学瑞典语专业讲师。曾翻译作品：《罗兹挽歌》（复旦大学出版社，2010年版）、《与沙漠巨猫相遇》（天天出版社，2011年版）、《龙思泰和来自中国的信》（澳门基金会，2014年版）、《荒废的时光》（译林出版社，2015年版）、《沙狼的故事》（浙江少年儿童出版社，2017年版）、《奇特的动物》系列（人民文学出版社，2017年版）。

爸爸的钱包仿佛他的手掌般厚实,黑色皮面,因为长期揣在后侧裤兜而微微弯折。缝纫的边线已经出现散脱的迹象,尽管里面没什么钱,可掂在手里仍然有种沉甸甸的分量。钞票夹里空空如也,硬币夹里也只有十八克朗五十奥尔。

医疗卡的后面是一本北欧银行的支票簿,以及一张工会的会员卡。除此之外,还有一张皱巴巴的简报,上面记录了韦斯特罗斯体育俱乐部取得旱地曲棍球冠军时的数据统计情况,外加一张印有瑞典国王头像的邮票。钱包的内侧袋里还藏着一张崭新的银行卡,外面包裹的纸条上写有开卡密码。爸爸走的时候,银行里只剩下九十九克朗存款,当时,距离他领取下一次失业救济金还剩十一天。

我还在钱包里找到了爸爸办理银行业务时出示的一张联络人名单。第一行是我的名字奥萨和我的电话。下面用黑笔写着一行小字,酒,还有一个他填写了无数次的号码。接着是他姐姐麦肯和其他亲戚的信息(尽管他一次都没打过那些电话)。然后是他最要好的朋友博耶和贝丽特,之后是一长串名字:斯莫尔肯、斯卡伦、布斯特、欧玛、霍夫、巴本、布鲁玛、贝拉和布丽塔。妈妈的姐姐妮娜的名字也赫然在列，说起来他们已经好多年没见过面了。

身份证上印着：勒夫·博瑞斯·安德松，出生于1941年2月15日。照片拍得不错，一眼就能认出是他。

上世纪70年代，我还是个孩子的时候，韦斯特罗斯曾是瑞典第七大城市。全市三分之一的人口都依靠瑞典通用电气养活。很多人在那里工作了一辈子。通用电气的厂区就设在市中心，由几幢气势恢宏、砖墙结构的建筑构成。此外，铁矿厂的房子占据了一大块街区，街道尽头坐落着韦斯特罗斯最大的购物中心——朋克特。

下午四点刚过，下班铃准时拉响，随着巨大栅栏门的缓缓打开，数百辆自行车潮水般涌出——他们都是通用电气流水线上的工人。这些男男女女挨挨挤挤地在主街上结伴而行过短暂的一段，然后向各个方向四散而去，注定次日清晨七点再见。其中绝大多数是韦斯特罗斯本地人，其他人的名字则充满移民特色：意大利人、希腊人、南斯拉夫人、芬兰人。稍晚下班的是通用电气的文职人员，他们的工作地点是一幢有着蓝色玻璃外墙的房子，在阳光下分外耀眼。

爸爸在铜加工分部的冶金厂工作。冶金厂同样坐落于市中心，砌着浅色的低矮砖墙、高耸的烟囱和锯齿形的屋顶，主要负责生产铝制品和铜制品。不过爸爸的任务是炼钢。按照他的解释，他需要将生铁送入高达几千摄氏度的熔炉内进行熔炼，差不多相当于过去传统行业中的铁匠。不过我宁愿把他想象成一位驯龙勇士，那些熔炉则是一条条伺机而动的恶龙。它们在夜间不安地躁动着，喷吐出的火苗在城市上空形成阵阵浓烟，直到清晨，驯龙勇士——爸爸准时出现，以勇气、毅力和技巧将它们驯服得服服帖帖。

下午四点零六分，爸爸打完卡，汇入通用电气第一批下班潮之中，然后骑车十几分钟，抵达维克桑的幼儿园接我回家。

爸爸推开大门，照例在衣帽间的地垫上蹭了蹭鞋底，这熟悉的动静总让我欣喜不已。别的爸爸都没有这么讲究，爸爸说，缺乏教养的人往往注意不到这些细节。我冲爸爸跑过去，抱住他的腿，感到绿色尼龙夹克上传来的阵阵寒意。

"我的乖女儿，爸爸来接你啦！"

他摸了摸我的脑袋，一股混杂了汗味、烟味和酒味的气息扑面而来。我兴奋地向他展示自己的画作：一如既往的漂亮公主，身穿新娘礼服，脚蹬高跟鞋，头戴钻石皇冠。

幼儿园外停着爸爸那辆蓝色的克莱森特牌自行车。他将我放在自行车后座上，踩动脚踏板向爷爷奶奶家驶去。在有着天蓝色窗户的厨房里，爷爷奶奶已经做好了热腾腾的晚饭等着我们。

我们沿着小路，经过维克桑低矮的出租屋和一条毗邻森林的狭长草甸，穿过一片有着杜鹃花园和精致别墅的静谧住宅区，就到了爷爷奶奶家。

爷爷奶奶住在南谢利耶布白桦路 14 号。靠着冶金工人工会在战后提供的低廉建筑贷款，爷爷利用下班后和周末的时间，亲手造起了这幢红色砖房。城市里到处可见这种房子，使得整个韦斯特罗斯的规模大有赶超马尔默的趋势。

一楼设有爷爷奶奶各自的卧室。爷爷的卧室里放着一台电视机，床头还挂着一张抢眼的广告海报。海报里的女郎一头黑色长发，身着亮黄色比基尼，斜靠在海滩边冲镜头微笑。奶奶对海报颇为不满，可爷爷觉得，海报女郎让他想起奶奶年轻时的模样。要是奶奶唠叨多了，他就像卷卷饼一样把海报暂时收起来。

客厅里摆放着陈列橱、餐具柜和组合沙发。蓝色玻璃褶边的水晶吊灯已经泛出陈旧的昏黄，上面的烛台从未使用过，倒是避免了难看的蜡痕。只有在平安夜和重要纪念日的时候，才会动用客厅，平时一家人就挤在厨房里消磨时间。

二楼住着乌勒和他的妻子玛塔。乌勒也在冶金厂上班。坡顶构成的略显窄仄的空间内，始终弥漫着无法生育孩子的痛苦和哀伤，那是他们刻意回避的禁忌话题。

车库里泊着爷爷过冬的帆船，地下室存放着数百种工具和钓具。硕大的后院，一半被白桦树林和繁盛的野花所占据，时刻提醒着人们，这里是一片新开发的住宅区，不久前还是放牧人的乐园。

奶奶会花上数小时准备我和爸爸喜欢吃的菜肴：意大利饺配肉汤、炖牛肉、白菜卷、猪肉肠、莳萝焖肉、烤饼配豌豆汤、香煎鲱鱼、烟熏三文鱼、青椒烩肉、猪肉片配胡萝卜泥、熏肠。每周有那么几天，食材都是爷爷从梅拉伦湖捕捞上来的新鲜梭鲈和河鲈，但很少见到白斑狗鱼。主食一般是土豆等根茎类蔬菜，几乎没有绿叶菜。红肉多采用炖煮的方式，而鱼肉则以煎烤为主。佐料和香料分类盛放在塑料容器内：墨角兰、肉桂、白胡椒、多香果。几乎所有的菜奶奶都要用多香果调味，我为此抗议了很长一段时间，只吃抹了酸越橘酱的烤饼充饥。后来大概不忍心看到我冲着炖锅嘟嘴摇头的模样，奶奶只好作罢。

我们去爷爷奶奶家吃饭的时候，爸爸总是坐在角落的位置。他从不脱外套和鞋子，仿佛在沉默地示意，自己既不应该，也不愿意出现在这里。他微微弓着上身，接过奶奶递来的毛巾擦了擦脸和脖子。由于在炙热的熔炉旁守了一天，爸爸在下班后数小时内仍然会不断出汗。有时候，汗珠顺着他的鼻尖或脸颊迅速滚落下来，滴进餐盘，在酱汁内微微晕开，爸爸并不以为意，迅速用叉子将混杂了汗水的酱汁搅拌均匀。

爸爸总是沉默地坐着。但凡爷爷奶奶问起什么，他总是含混不清地嘟囔两句敷衍过去。只有当我开口说话时，爸爸才会抬起头来。

"是嘛,乖女儿。"

然后他再次陷入沉默。能听见的只有刀叉和餐盘碰撞的声响。厨房里的挂钟嘀嘀嗒嗒走个不停,老式冰箱发出嗡嗡的轰鸣。爸爸在餐桌上的唯一评论,要么是酱汁太过黏稠,活像擤出来的鼻涕;要么是胡萝卜泥的颜色不对,血淋淋一坨。此外,他只顾一口接一口地喝完淡啤酒。

奶奶不和我们一起吃饭,而是站在水槽边打量着大家。等我们都吃完了,她才会就着一杯脱脂牛奶,不慌不忙地咽下一片烤面包。牛奶沫在她薄薄的紫红色唇边留下淡淡的印记。奶奶将两条粗粗的小腿搁在脚凳上,脚上是一双用边角料缝成的拖鞋。

"味道还不错嘛。"她拿起我吃剩的一块抹了酸越橘酱的烤饼,边吃边感慨道。

每顿饭的结束语都差不多:宾特耶超市的土豆最新鲜;康苏姆超市的炸鱼条味道最好;现在的物价实在太贵了,胡萝卜每公斤涨了二十五奥尔。爷爷已经无力照顾自家的菜园,因此感触尤为深刻。

爷爷名叫卡尔,不过大家都管他叫牛皮卡尔,因为他讲话的时候总忍不住夸大其词。比如他说,有天早晨自己徒手捕捞上来二十条梭鲈,给奶奶留了一条,其他的都扔回湖里了。但谁都知道,没有人能徒手抓这么多条鱼。

每次开口说话前,爷爷都会先顿个十几秒钟,像脱了水的鱼一样嘴巴一张一合,舌头轻微地颤动几下,细瘦的脖子衬出喉结的律动格外明显。他用一双炯炯有神的灰蓝色眼睛迅速环顾四周,额头随之微微皱起。略一思考后,爷爷这才自信满满地说道：

"知道吗，我可是瑞典最早的足球明星。我的射门特别精彩，每进一个球都能赚一大笔钱。追我的女孩子多得数都数不过来，我嫌烦，就都介绍给球队里的其他哥们儿了。瑞典最早的足球明星，说的就是我！信不信由你。"

至于他在人民公园和时任瑞典财政大臣的贡纳尔·斯坦恩对峙的传奇故事，则在这么多年的复述中变得越发夸张。早先的一个版本是，爷爷公然向斯坦恩发出质问，博得公众雷鸣般的掌声。后来又添加了一个细节：斯坦恩悻悻地说："嘿，卡尔·安德松，你说的真对！"而根据我最近一次听到的说法，爷爷将斯坦恩一把推到墙上，从而成为当地的英雄人物。而斯坦恩则像打了败仗的猫，耷拉着脑袋，夹着尾巴灰溜溜地跑掉了。

提起自己从未谋面的父亲，爷爷那里又有两个版本。其中一个是说，他年纪轻轻就感染了梅毒，只得被送往斯德哥尔摩的大医院，从此音信全无。等成年后的爷爷找到他的线索时，父亲早已去世多年。另一个则说他早早远渡重洋移民美国，在一次酒吧斗殴中被刺身亡。

爷爷的床头柜上放着一块英国动画片《花盆二人组》[①]的牌子，那是乌勒从斯德哥尔摩大街的旅游商品店买来的。

爷爷的异想天开并不妨碍他的心灵手巧和古道热肠。他有着一张木雕般棱角分明的面孔，身材瘦削，四肢修长，手掌宽大，脊背微微前弓，走路时双脚呈外八字。他的窄

[①] 《花盆二人组》（*Flower Pot Men*）：英国广播电台于1952年推出的一档儿童动画节目。

脸庞和尖鼻梁让人联想到马库斯·瓦伦堡①。有一次，我无意中提到这么一句，爷爷一双混浊的眼睛立刻放出光来。他咽了咽口水，沉思了半晌，然后揭开了一段从未公之于众的历史：

"瓦伦堡这个人，我还真见过一次。他亲口对我说：'卡尔·安德松，你是整个冶金厂最强硬的硬汉！没有你，也就没有我们的今天。'你知道我怎么回答的吗？我说：'听好了，马库斯·瓦伦堡，你是全瑞典最强硬的资本家，没有你，我们的今天会过得更好。'这可是我的原话，一字不差。"

每次听爷爷一顿乱吹，奶奶总是忍不住嗤之以鼻。大人们早已不把爷爷的话当回事儿，只有我还在孜孜不倦地收集爷爷说过的故事，像对待一颗颗珍珠一样串成属于自己的回忆项链。

奶奶名叫英格堡，不过大家都管她叫博扬。她身材圆润，一头卷曲的灰发，两颊泛着细细的红血丝，腿部饱受静脉曲张的困扰，凸出的根根青筋仿佛一条条蚯蚓。在我心目中，她和妮娜姨妈在圣诞节烘焙的杏仁塔有着不少相似之处：色泽诱人，口感甜腻，香气扑鼻。

奶奶很少生气或烦恼，我也从没见过她勃然大怒的样子。

据说奶奶年轻时十分貌美，一头深色的长卷发仿佛瀑布般垂泄下来，身材凹凸有致，整个人堪比斯库尔图纳出产的一件经典黄铜制品。而现在，她成天穿一条深蓝色连衣裙，系着围裙，腿上绑着两条松松垮垮的尼龙袜，步履

---

① 马库斯·瓦伦堡（Marcus Wallenberg, 1864—1943）：瑞典银行家，瓦伦堡第二代人物。

迟缓地在屋内走来走去，裹挟着一阵淡淡的尿骚味。她的眼眶总是红红的，鼻腔里发出嗡嗡的回声，那是始终未痊愈的鼻炎留下的后遗症。她的假牙不是丢在刀叉盒里，就是放在水槽旁的水杯里。她每天都要喝上几杯咖啡，有时用松饼裹着腌鲱鱼吃。她和爷爷是同龄人，都出生于1899年。

他们十八岁的时候生下了第一个孩子，之后又生了六个。爸爸是最小的一个。

"把他扔到那群小崽子中间就行！"奶奶第一次把爸爸从医院带回家时，爷爷开玩笑说了一句。

事实上，虽然爸爸的到来纯属意外，但爷爷奶奶对他的照顾，更像是二十四年生育和抚养孩子的成果汇报。

数十年来，奶奶忙着缝缝补补，做菜烧饭，擦擦洗洗，照顾完儿子女儿又照顾孙子孙女。她是这座城市成千上万的家庭妇女之一，以过人的充沛精力料理繁杂琐碎的事务，打点一家老小细枝末节的生活，用做工人的丈夫赚得的薪水支撑起整个家庭的花销，从而维系住庞大系统的运转。

爸爸常常感慨，作为母亲，不会有人比奶奶更加称职。他对爷爷颇有微词，但对奶奶从未有过不满。唯一可以算得上负面评价的是，他觉得奶奶的脑子有些不大灵光。奶奶这辈子从没读过书，就连广告牌上的字看了都觉得吃力。奶奶那一辈女性没有受教育学知识的机会，所以她总在怀疑，地球到底是圆的还是方的。不过一有机会，她就会绘声绘色地向我描述，自己小时候在森林里玩耍时遇见的那些小矮人和精灵。有旁人在的时候，奶奶从来不说这些。

爸爸和奶奶都坚称，自己天生拥有第六感，对于未来的变故、疾病和死亡有着强烈预感。奶奶对此无所谓，爸爸却相当重视。他说，自己从奶奶那里遗传到第六感的特异功能，然后又遗传给了我。而他的哥哥姐姐，以及哥哥姐姐的孩子们，都没遗传到这一特质。

"开玩笑，那些蠢货怎么可能有第六感！"

晚饭过后，我拿了一克朗跑上楼去买香烟。我伸出手，将两枚五十奥尔的硬币递过去时，乌勒正躺在沙发上看电视。玛塔一头短发，圆圆的眼睛，还有一条大牙缝，开心地冲我直笑，可又拿不出零食招待我，只好试探性地问我愿不愿意和她一起画画。我回答说爸爸还在楼下等着。我不讨厌她，但和亲戚中那些能好吃好喝招待我的女性相比，她实在没什么优势。

我顺着楼梯回到楼下，爷爷小心翼翼地打开冰箱上方那只小得不能再小的冷冻柜，拿出一根雪屋牌冰激凌。我爬上爸爸的膝盖，珍惜地吃了起来。不过没多久，还在不断冒汗的爸爸就央求我赶紧下去。等长大一些后，我会在晚饭后陪爷爷玩上几轮名为吹牛的纸牌游戏。

"四张老K！"

"你怎么可能拿到这么多张老K？你肯定在吹牛！"

"那我翻牌了哟。瞧！我拿了一张鬼牌当老K！"

游戏结束后，爷爷总会兴致不减地哼上一首古老的歌谣，我总在高潮部分加入，不仅偷偷篡改了歌词，还故意提高一个八度。爷爷沙哑的嗓子很快便支撑不住，也记不清本来的歌词，只好任由我胡乱唱。

爸爸抽完了第一根烟，在桌上的盘子里摁熄了烟屁股，继而点上第二根。他坐直了身体，抻了抻胳膊，这才耐得下性子，听爷爷吹嘘自己如何在回家途中，将捕捞上来的河鲈尽数分给路人。奶奶则问起我在保育园的情况。

"奶奶,我们那儿不叫保育园,叫幼儿园!"

她嘟囔着说不是一个意思嘛。奶奶还会问我要不要撒嘘嘘,拉粑粑,管我叫小布头,听得我满脸通红。小布头,这个昵称说出去真的要让人笑掉大牙。

回家前,奶奶总要塞给我一块威化巧克力或者一根棒棒糖。

"妈妈,你手边有零钱吗?"爸爸小声问。

奶奶的围裙口袋里总是藏着一张十克朗——有时是五十克朗的纸钞。趁爷爷不注意,她悄悄塞进爸爸手里。有时候,看到爸爸一脸为难的表情,奶奶会再塞一点给他。也有个别的几次,我听见奶奶压低了声音和爸爸说,等到星期四养老金发下来之后就好了。手头宽裕的时候,奶奶也会给我五克朗作为奖励,爷爷则会打开他那只黑色小钱包,抓出一把硬币塞给我。爷爷也给过爸爸钱,只是给钱时脸上带着一种挑衅的神情,那是奶奶从未有过的。

"你冷吗,丫头?"我们走到门边时,爷爷奶奶突然问我。

"不,我不冷!"

"你得垫点东西坐着,丫头。不然屁股会冻坏的!用今天的报纸就行。"

于是,一叠厚厚的《新闻日报》就塞进了车后座和我的屁股之间。我个头又小,体重又轻,大概还不如那叠报纸有分量。

爸爸领完薪水后的几天,我们基本不会去爷爷奶奶家。除此之外,每晚的情形都差不多。

我们在白桦路逗留的时间并不长。奶奶总是提前准备好晚餐,我们也尽量吃完了就走。爸爸巴不得越早离开越好。

爸爸骑上自行车，载着我来到星光购物中心。

我们先在啤酒柜架前停了停。爸爸沉思着，默默计算自己应该买多少罐淡啤酒。六罐还是八罐？反正肯定是普斯蓝牌的就对了。我们一边继续逛，爸爸一边低下头往购物篮里看，琢磨着这几罐啤酒到底够不够喝？他身上的钱够不够买这么多？不够的话，他会问我从奶奶那里拿到多少零花钱。

我们从面包店买了法式长棍。面包表面还留有烤炉里的余温，在纸袋内侧形成细密的冷凝水滴。我总喜欢将面包贴在脸颊上，惬意地闭上眼睛。爸爸领薪水的日子，我们还会买上一小块农家奶酪，由爸爸切成厚片夹在面包里。管状的虾味软芝士也是难得尝到的奢侈品。我平常吃的总是那么几样：涂抹面包的人造黄油、低脂牛奶、浸番茄酱的沙丁鱼罐头、意大利饺和通心粉。爸爸还买过一种朗姆酒酿的鱼子酱，只不过我觉得太咸了。长大一些后，有一个阶段，我特别着迷一种保丽龙泡沫包装的、色泽透亮的苹果。

"你知道这些苹果是从哪里进口的吗？"

"阿根廷。"

"你知道那是一个怎样的国家吗？"

"当然啦。那里有军事独裁。达格玛·哈格琳[1]就是受害者。"

"没错。一群法西斯分子。可怕的魔鬼。"

他将苹果放进购物篮,警惕地环顾四周,似乎生怕有人偷听到我们的对话。

由于晚饭大多在爷爷奶奶家吃,我们几乎从来不买香肠、炸鱼条之类的晚餐食材。不过爸爸领薪水那天,他会亲自下厨做一道肉丸通心粉,这也是他唯一会做的菜。爸爸坚持用昂贵的橄榄油调配酱汁,并且坚持让肉丸酱咕嘟咕嘟地炖上三个小时。所以吃饭的时候往往已经很晚了,其间我只能靠农家奶酪果腹。爸爸一杯接一杯地喝啤酒,从不觉得饿,他会顺便塞给我一袋水果软糖。

爸爸只拎一个购物篮——他嫌购物车太占地方,也从不询问工作人员缺货的情况——因为我们需要采购的商品都放在货架最显眼的地方。虽然不需要买太多东西,我们还是会在超市消磨掉大把时间。我们会在货架间来回转悠,仔细研究别人挑选的食物,对着那些匪夷所思的商品评头论足:外表平常、实则气味惊人的瑞典鲱鱼罐头,用黑麦麦芽制成、黑乎乎的芬兰曼米布丁,真空包装、颜色惨白的土豆肉馅饺。

路过冷柜时,爸爸经常会停下脚步,从冰箱里拿出一

---

[1] 达格玛·哈格琳(Dagmar Hagelin),1959年9月20日出生,瑞典—阿根廷籍女性,于1977年1月27日阿根廷"肮脏战争"期间失踪,被怀疑因身份错认而被谋杀,成为阿根廷军事政变期间的瑞典著名受害者。直至2011年10月,达格玛案件的罪魁祸首、前阿根廷海军上校阿尔弗雷多·阿斯提兹(Alfredo Astiz)接受公开审判,并因反人类罪被判处无期徒刑。

份加了虾肉、火腿、鸡蛋和蛋黄酱的三明治,由衷地称赞它的诱人和美味,但从不把它放进购物篮。除了啤酒和小龙虾外,他几乎不会为满足自己的口感而买单。爸爸偷瞄了一眼肉食柜台后的烤箱里吱吱作响的猪肋排,眼神不断闪躲。购买熟食是需要足够的自信和底气的。熟食部的女店员头戴白色厨师帽,腰间系着蓝色围裙,会热情而主动地询问顾客需要称多少斤打包带走,这对于不熟悉单价和重量的爸爸来说,无异于巨大的考验。一旦总价超出预算,他连反悔都来不及了。爸爸只愿意购买那些价格一目了然的商品。

"超市里烤的肋排都是干巴巴的,没什么肉。"他这样说服自己。

我们将购物篮里的东西拿去收银台结账,寥寥几件商品还没占到输送带一半的空间。爸爸说,塑料袋是给那些缺乏品位的顾客准备的,使用纸袋才是环保而高级的生活方式,况且,纸袋还能完美地掩盖啤酒罐的形状。唯一露出半截的,是仍然微温的法式长棍。

靠近超市出口的地方有一家花店,打工的是一个燕麦色长发、长相甜美的女孩。爸爸总是假装观赏一些盆栽植物,借机和她搭讪几句,而对方也总是友好地做出回应。爸爸为此很是得意,觉得花店女孩一定对自己有意思,也许整整一天都在盼着他的到来。

"走啦,娜塔莎!"爸爸故意提高了嗓门催促我回家,以便让花店女孩听见。

"娜塔莎!"

我不免有些尴尬。娜塔莎是我的中间名。爸爸也很少叫我奥萨，而是用乖女儿、宝贝女儿、心肝宝贝或是临时想出的昵称代替我的名字。我还在妈妈肚子里的时候，爸爸还一度管我叫小花生。虽说他一直宣称奥萨这个名字源于自己的灵感，可种种迹象表明，他已经后悔了自己的选择。在我看来，奥萨简直是全世界最难听的名字，那些身材粗壮、满脸雀斑、一笑就露出牙花的老女人都叫奥萨。我宁愿叫嘉布丽拉、乔安娜、约瑟芬娜这些更甜美、更年轻化的名字，好像名字越长，字数越多，就能越发显出我的重要和优雅。

我一直管爸爸叫爸爸，从没用过父亲、老爸这种过于正式或随意的称呼。偶尔我会开玩笑地叫他巴鲁——他块头又大，人又幽默——不过他一点也不喜欢。巴鲁是迪士尼电影《森林王子》里那只熊的名字，看起来憨憨傻傻的，一出场就惹人发笑。爸爸更愿意成为长袜子皮皮的爸爸——埃弗拉伊姆·长袜子船长，拥有一双纹满刺青的强壮手臂和一颗无拘无束的自由心灵。

我们向对方保证，彼此是最要好的朋友、最贴心的知己。

你和我是最要好的朋友、最贴心的知己。

我们在街角的杂货店——其实就是墙上开的一扇小窗——买了香烟，当天的《晚报》和一小袋水果糖，加起来也就两三克朗。爸爸向来反对那些看起来花里胡哨，却猜不出里面是什么口味的零食，比如裹着绿色太妃糖的贝壳软糖。至于一块普普通通的口香糖，因为贴上迪士尼电影《罗宾汉》的标签就要卖到双倍的价钱，他更是不能接受。不过我提出要买的零食，爸爸从不会拒绝，只有我什么都不要时，他才会觉得失落。

"你真的什么都不吃吗？要么来一包巧克力夹心糖吧，你以前吃过的。"

我提出买一小卷泡泡糖时，爸爸又嘀咕起来。

"一小卷够吗？你要么再挑点别的？再来根棒棒糖？"

我谢绝了爸爸的美意，拒绝了糖果的诱惑。

然后我们一起踏上了回家的路。

在维克桑成为一片人口密集、交通发达的住宅区之前，也曾经历过战争的洗礼和军队的践踏。受到俄国二月革命的鼓舞，瑞典的工人和士兵在1917年春天奋起斗争，广大民众也发动罢工，要求更多的粮食补给，特别是价格低廉的土豆供应。抗议活动同样蔓延到偏远的城郊和农村。不过学校教授的本地历史中丝毫没有提及这些内容。我们只知道在石器时代的韦斯特罗斯，古斯塔夫·瓦萨对城堡进行改造和扩建，对议会进行大刀阔斧的改革，以及瑞典通用电气的创始和发展。其中一大段历史都是缺失的。我是从爷爷那里了解到瑞典的土豆革命和军队暴动的，奇怪的是，爷爷并未声称自己曾参与其中。其中的一些军营留存至今，韦斯特罗斯图书馆就建在改造后的军营旧址之上，每次我踏上图书馆前的大理石台阶总有一种敬畏感。而城里其他的区域已经在60年代被大规模翻修重建。

我家住在花楸山路34号，一间位于二楼的公寓，由于公寓楼的一侧是高大的山墙架构，阳光很少能照进房间。公寓是三室一厅的结构，按月缴纳租金。公寓楼建在一座小山丘上，旁边竖立着另外四幢浅棕色外墙的五层小楼。山下坐落着一个附带游乐设施的公园，孩子们可以玩滑索、爬绳网，或是用零碎的木料做手工。从我家出发，骑车十几分钟就可以到达幼儿园和学校，距离谢利耶布、市中心和梅拉伦湖也都不远。

我家的浴室里没有肥皂、洗发膏或牙刷。挂钩上也没有毛巾或擦手巾。由于从来没有放过水，浴缸内部的瓷面上已经出现细碎的干纹。

我从没见过爸爸淋浴、泡澡，甚至擦拭身体，不过他肯定趁我不在家的时候做过这些。每晚下班回家后，他都会仔仔细细地刮胡子，掏出裤子口袋里的小钢梳，沾上水将头发梳得油光水滑。他固定的理发地点是位于铁矿厂外停车场旁的一个小石屋。那是全城最寒碜的理发店，负责理发的是小石屋的屋主，一个浑身尿骚味的中年男子，我很不喜欢他。

爸爸的内衣都是在大广场买的：最普通的高腰内裤搭配白色的棉背心。爸爸平时不怎么换内衣，衣柜也很简单：几件杂牌的白衬衫（由于担心磨损，爸爸都把袖子卷到手肘）以及几条米色或深蓝色的裤子。爸爸几次买来的新衣服，都是为了出席一些只存在于想象中的"隆重场合"：包括一套奶白色西装，胸口口袋里搭配一条铁锈色手帕；一件双排扣海军蓝短风衣，袖口和领口特地装饰了镶金纽扣；一件淡米色防风夹克，由于缺乏养护而失去了本来的色泽。可无论爸爸有着怎样天马行空的幻想，他从没指望过在爷爷奶奶家的平安夜聚餐时，哥哥姐姐能给自己好脸色看。再怎样努力和争辩，他都是大家眼中没出息的败家子。

爸爸形容自己是一个讲究品位和仪表、"举止优雅的玩家"，连打火机也要用银质的才行。他心目中的偶像是托尼·柯蒂斯在《花花侦探》里扮演的人物：富有多金、衣着考究、头脑活络。实际上，爸爸的穿着打扮透着说不出的老派保守，像极了瑞典的灵魂歌手扬·斯帕灵[①]。他这辈子从没穿过牛仔裤或灯芯绒的休闲裤。一直到70年代初，他都坚持工人阶级的传统做派：哪怕在周末或节假日也要穿正装，而且越多越好。

爸爸年轻的时候，长得很像主演《不良少女莫妮卡》的瑞典男影星拉斯·埃克伯格。但他棱角分明的容貌很快衰败下去，透出岁月沧桑的痕迹。他的成熟掩盖了他的英俊，除非长时间的接触和观察，人们很难像我这样留意到他精致的五官：蓝灰色的眼睛、轮廓清晰的耳朵、宽厚挺拔的鼻子、浅浅的酒窝，以及笑起来露出的一口整齐的牙齿。搭配他一米七的身高和肌肉发达的体格，显得格外协调。爸爸整个人就像是工会宣传海报上的模特，无论放在哪个苏维埃社会主义运动中，都是完美的代言人。

旁人最容易注意到的，是爸爸的一双手：宽大、厚实、粗粝，长满老茧。这是一双长期操劳的手。爸爸还未满三十五岁，他的手就已经因为繁重的劳动而变得僵硬。每到晚上，他都会试着艰难地张开手指，并且为永久性的蜷曲变形而感到骄傲。

"瞧！这哪是人的手啊，这分明就是挂肉的铁钩！"

他夸张地叹息说，这双手再也戴不了戒指了。爸爸偶尔的几次洗脸，就好像一只猫在用爪子抓挠一样：变形的指关节造成巨大的指缝，使他的手掌已经兜不住水，他只能胡乱地在脸颊和额头揉搓一番。

[①] 扬·斯帕灵（Jan Sparring，1930—1992）：瑞典灵魂歌手，曾担任歌剧院驻唱歌手及业余拳击手。

爸爸略显苍白的两侧上臂皮肤上,各文了一艘护卫舰,左侧小臂的皮肤上文了带绶带和红心的徽章图案,随着岁月的流逝已经渐渐模糊。工厂的一些年轻人曾好奇过,他年轻时是不是当过海员,或者蹲过监狱之类?事实上,这些文身是他在军队服役时,因为想家而刺上的。每当爸爸绷紧肌肉时,护卫舰上的风帆就会显著地鼓胀起来。

"给我看看肌肉,爸爸!"

他骄傲地绷紧了胳膊。

"这种肌肉可是难得一见的!只有皮皮的爸爸和你的爸爸才有!"

比起手的变形和蜷曲问题,更严重的要数他一双磨得扁平的伤痕累累的脚。爸爸成天站在炙热的熔炉旁工作,完全依靠一双脚支撑手上的力道和身上的负重。为了安全起见,他必须穿着冶金厂配发的厚重工作鞋。鞋面的棕色皮革下是一条保护性的金属带,以防沉重设备的砸落或滚烫钢水的溅出。有那么一两双鞋是爸爸常穿的,包括夏天最热的几天里,他都要回到家后才脱掉。屋子里立刻充斥着一股恶臭的气味,随之伴生的是一只只两克朗硬币大小的水泡。每天晚上,爸爸都会用小刀挑破水泡,再用一块洗得发硬的毛巾吸去里面的脓水。

心情好的时候,爸爸会穿上他那双轻薄的便鞋,而大多数时候,他只是随便套上一双老式胶鞋。

只有在领薪水的那天,我们才会光顾格里马尔迪先生的鞋店,鞋店位于维克桑中心的地下车库,充满了皮革和橡胶的气味。格里马尔迪先生用浑厚的嗓音致以热烈的欢迎,格里马尔迪太太则冲我们咧嘴一笑,露出几颗泛黄的牙齿。他们的瑞典语口音浓重，实在难以听懂。

爸爸仔细打量每一双鞋，时不时放在手里掂掂分量。他有时会弯下腰去，露出汗津津的破袜子，然后借助鞋拔试穿样品。格里马尔迪先生总是热情洋溢地赞美这双鞋有多么漂亮多么合适，而爸爸总是犹豫地皱起眉头，脱下样品放回原处。格里马尔迪先生继续不厌其烦地推荐起另外一双，强调意大利的工艺多么精致，爸爸于是再次试穿，又再次摇摇头。鞋子的价格实在高昂，他只能以不合脚为由一再推脱。

"卖鞋的犹太佬！"骑自行车回家的路上，他愤愤不平地念叨。"一双破鞋居然要卖到一百三十克朗！"

碰到特别离谱的价格，爸爸会将准确数字一五一十地报出来，还要特意用上西曼兰省的夸张口音。一小块破奶酪要卖四十克朗！它干脆卖四百克朗算了！

话虽这么说，爸爸还是会给我买鞋。爸爸挑中的是一双白色凉鞋，他觉得很有必要，可我并不想要。我想要的是冬靴、橡胶雨鞋、拖鞋和运动鞋。但爸爸坚持买了一双意大利白色凉鞋。

我和爸爸一样，在穿着打扮方面简单得近乎寒酸；只要爸爸不催促，我也懒得刷牙洗澡。

除了仅有的三次给我买过新外套外，爸爸始终强调，内在修养比外在装饰更重要。上幼儿园的时候，我穿的是一件嫩黄色外套，袖口是合成革的质地，在沙堆里没玩两天就变得脏兮兮、沉甸甸的；升入小学二年级后，爸爸给我买了一件浅灰色的绒面外套，娇气的布料根本经不住雨雪，很快就破败不堪；六年级的时候，我坚持要求爸爸带我去 H&M 挑选自己想要的外套。爸爸从没进过那里，一个劲儿抱怨说那种黑店可不是淘便宜货的地方。之后一连好多天，爸爸都在说店里无处不在的穿衣镜、强烈刺眼的灯光以及喋喋不休的店员让他处于持续眩晕的状态，除此之外，这趟购物之旅我们父女俩还算满意而归。

爸爸的姐姐麦肯从来只在瓦萨大街的昂贵童装店挑选衣服。这些瑞典本土出产的、质地精良的成衣在我身上却显得格格不入：熨烫平整的华达呢休闲裤、花呢格纹的短裙、做工考究的水手服、中跟的棕色橡胶雨鞋、斗篷式风衣。

麦肯同样讲究衣物的整洁和干净，她会帮我们一起将纸袋里的脏衣服运往洗衣店，再将散发着柔软剂香味的干净衣服运回来。每一次麦肯都要疑惑，我和爸爸要洗的衣服怎么只有这么一点。按照她的逻辑，所有的床单、被罩、浴巾和毛巾都应该定期送去清洗。可对于我们来说，连睡衣都是可望而不可即的奢侈品。

对于那些只在公开场合见过爸爸的人来说，如果来我们家做客的话一定会大吃一惊。爸爸打扫卫生的勤快程度超乎想象。他认真擦拭每一扇窗户，吸尘时不放过任何边边角角，不在水槽里留下一点水渍，将每样东西摆放得整整齐齐。碰上失眠的时候，他干脆彻夜给茶几打磨抛光。这一点我从未和别人说过。

玄关的深红色地毯上铺着一块米黄色的脚垫，天花板上用粗重的黄铜铰链吊着一盏红色的玻璃灯。客厅里摆放着一套苔绿色灯芯绒质地的沙发组合，看上去已经颇有年头。我觉得很舒服，爸爸却总说样子太丑。其中的双人沙发是我的专座，而爸爸则占据了那张单人扶手椅。而主要的长条沙发始终无人问津。只有一次，爸爸的朋友桑德斯泰德在家里过夜，手里还夹着香烟就睡了过去。尚未熄灭的火星飞溅出去，将灯芯绒下的泡沫橡胶烧出一个小坑，发出刺鼻的气味。当时爸爸正在厨房忙碌，我坐在地板上目睹了这一切。至此之后，沙发上就多了一块褶皱的凹陷。

爸爸理想中的款式是英国式的真皮沙发，但家里的钱只够他分期付款购买一套深棕色的天鹅绒沙发。结果才过了几个星期，我就将一块粉红色的泡泡糖粘到了沙发靠垫上，没承想爸爸的手肘又靠了上去，彻底毁掉了他的外套。

之前很多年，客厅墙上挂着的一直是一张落日下帆船的风景画。后来爷爷同父异母的哥哥过世，我们就换上了一张从他那里继承来的油画。上面画着一头驼鹿带着几只幼崽沐浴在晨曦之中，画框由老旧的香烟盒拼成，被爸爸誉为无价之宝。在爸爸眼里，很多现在看来不起眼的东西未来都会价值连城：俄国的锡铁茶叶罐；斯库尔图纳出产的黄铜锁扣；我第一个圣诞节，叔叔雅尔赠送的圣诞老人玩偶。对于这些未来的宝贝，我们必须心存敬畏。

书橱是桃花心木质地的，还有黄铜镶边，看着很是气派，美中不足的是藏书量太少。在我的记忆里，爸爸从来没有阅读的习惯。扬·弗列德古尔德的《牺牲之焰》的旁边，竖着一本由瑞典足球运动员伦纳特·斯科格伦德[①]亲笔签名的自传，此外就只有成捆的报纸和体育杂志。还有一些封皮破损或开胶的书都被爸爸藏了起来。取而代之的是陈列在刺绣手帕上的各种摆设。书橱最下面一层放着爸爸妈妈的结婚礼物：成套的咖啡杯、调酒工具、装香槟的冰桶、造型别致的红色玻璃瓶、镶金边的捷克产餐具。这些年来，我们都心照不宣地不去触碰它们。

客厅的天花板正中悬挂着一盏水晶吊灯，由于白炽灯泡长年累月的炙烤，吊灯上方的塑料板已经受热变形，鼓出水泡一样的凸面，这样的结果显然和爸爸的初衷背道而驰。家里所有的窗帘都在药剂师桥旁的布店里定制采买。客厅里挂着双层窗帘，内层是厚重的猩红色天鹅绒，外层是被尼古丁熏黄的白色尼龙纱。窗帘左右分别安了一盏水

[①] 伦纳特·斯科格伦德（Lennart Skoglund，1929—1975）：瑞典足球运动员，曾参加两届世界杯，并帮助球队打入1958年在瑞典主办的世界杯决赛。

晶壁灯。

爸爸说，我们的窗户就好比圣诞倒数历的二十四个小格子。他憧憬着人们从楼下经过，抬头看见我们的公寓，会以为里面住的是一位持家有道的女主妇。

"想想吧，要是那群叽叽喳喳的八婆听说，公寓里住的根本不是什么女主妇，而是冶金厂的熟练工勒夫·安德松，她们得惊讶成什么样子！"

爸爸非常确信，看到我们家的窗户布置得如此有品位，那些女邻居会多么相形见绌，羞愧得恨不得找个地洞钻进去。

也正是出于这个原因，每年夏天，爸爸都要花上一大笔购买阳台上的绿植和花卉。到了傍晚，他会站在阳台边，等待着过路行人的赞美和钦佩。除了勤勤恳恳地照料花花草草外，爸爸还会定期更换家里褪色或破败的绢花和塑料花。他常常说，假花更耐用，也更适合做装饰。

客厅的音响柜也是桃花心木质地的，上面摆着我们仅有的十七张黑胶唱片：两张荷兰出生的瑞典籍音乐人科内利斯·弗雷斯韦克的专辑，两张美国歌手哈利·贝拉方提的专辑，其他的唱片分别来自瑞典喜剧组合马格努斯和布拉瑟、瑞典音乐人兼歌手埃弗特·陶布[1]、瑞典作曲家斯蒂芬·德梅特、瑞典喜剧演员兼歌手罗尔夫·本特松[2]、瑞典双人组合汉瑟和泰格、瑞典芬兰籍女歌手里尔·林佛斯、

---

[1] 埃弗特·陶布（Evert Taube，1890—1976）：瑞典作家、艺术家、作曲家和歌手。他被公认为20世纪瑞典最伟大的民谣传唱者之一。

[2] 罗尔夫·本特松（Rolf Bengtsson，1931—1976）：出生于瑞典马尔姆贝里，瑞典喜剧演员、歌手。

美国民谣摇滚二重唱赛门与葛芬柯。我的唱片则包括瑞典乐队 ABBA 和西班牙女子二重唱巴卡拉的专辑、《顿河哥萨克之歌》、瑞典电台主播约斯塔·克努特松版本的有声读物《无尾猫佩乐》以及瑞典教堂音乐人伊贡·谢尔曼创作的圣诞颂歌。我们会随机播放这些唱片，除了妈妈买的赛门与葛芬柯的那张——它被爸爸形容为黑帮音乐，充满了暴力气息。爸爸同样不能理解的是妈妈对披头士乐队的痴迷——不就是四个留着长发、嗑了药一样的摇滚青年嘛。当然，ABBA 组合也没好到哪儿去——四个摇头晃脑的家伙居然能靠装疯卖傻实现名利双收。禁不住我再三央求，爸爸只好帮我将 ABBA 的单曲唱片《滑铁卢》带去幼儿园播放。他怎么都不理解，如今的孩子为什么就不能模仿里尔·林佛斯的唱腔。

卧室里的床因为少了妈妈的存在而平添了一丝寂寥的味道。爸爸在和索妮娅（也可能叫阿妮塔）约会后，购买了这张崭新的、有黄铜镶饰的黑柚木质地双人床。床头板包裹着鲑鱼粉的密织丝绒，还设有一只内置电台时钟。墙上挂着瑞典油画家布鲁诺·利赫佛斯代表作的仿品，画面上是一只毛色金棕的狐狸猎捕一只母鸡的场景。按照爸爸的猜测，这张仿品应该也值不少钱，我想起自己在不止一家杂货店看到类似的画作，顶多卖到几十克朗。不过我决定保持沉默。

改造橱柜的时候，爸爸原本计划用仿桃花心木的深棕色塑料贴纸将表面全部覆盖，使得整体看上去显得高档而沉稳。塑料贴纸需要剪裁到完全适合的大小，又要完全贴合在表面上，这给爸爸的工作增加了不少难度。他一连忙了好几个月，不是这里贴鼓出了一块，就是那里少裁剪了一条，最后只能勉强做出个半成品：一半橱柜贴成桃花心木的纹路，另一半保留了原本蓝绿色的漆面。直到十五年后，房东对整间公寓进行全面翻修，爸爸失败的工程才终于谢幕。

橱柜的抽屉和搁板内几乎空空如也。家里缺少像样的餐具，就连回收厨余垃圾的塑料桶都没有，更别说洗碗机这些设备了。其中一层搁板上堆了一些不用的书，另一层摆放着我婴儿时期用过的奶瓶和爸爸亲手做的邮轮模型。我还在角落里找到两小包色情杂志，上面有详尽的交媾姿势和放大的性器官图片。我和卡米拉私下说好，将这些杂志偷偷带去幼儿园。第二天趁爸爸不注意，我将它们揣在外套里带了出去，不过被幼儿园老师发现，来了个一锅端。爸爸来接我的时候，老师将我的罪证一一列出。当时的场景尴尬至极，尤其是爸爸，窘迫得不知所措。回家后，他伤心地问我为什么要这么做，我答不上来。爸爸将两小包杂志塞回橱柜，想了想又拿出一包丢进垃圾桶。另一包后来下落不明，无论我怎么找都没找到。

我的房间不同于其他同龄女孩的房间，里面摆放的家具都是爸爸淘汰不要的。我朋友的房间里都有干净整洁的书桌、荷叶边的床罩、漆成白色的装饰搁板，上面陈列着从加那利群岛带回的旅游纪念品。她们房间的墙壁上贴着瑞典流行歌手比约恩·斯基弗斯的海报，以及裹着浴巾的小猫咪的可爱照片。我的房间里只有一个老旧的书柜，以及一张爸爸懒得扔掉的茶几。地板上铺着一块橙黄色的混纺地毯。打从记事以来，我睡的就是一张继承来的沙发床，来自爷爷同父异母的哥哥——就是那张驼鹿油画的原主人。

沙发床沉甸甸、灰扑扑的，乍一看就像一台笨重的坦克车。有那么一段时间，爸爸和自己睡的双人床较劲儿，干脆在我的沙发床上凑合了一阵子。后来他买了内置电台时钟的新床，于是把原来的双人床锯成两半，将属于妈妈的那一半搬进我的房间。

房间里唯一体现出儿童特征的是隆德比牌的娃娃屋和玩具。其他女孩的娃娃屋里总是塞得满满当当，而我的娃娃屋里既没有灯具，也没有娃娃，只有我亲手做的各种各样的装饰和摆设。别人的娃娃屋的主人是典型的美式小家庭，每只娃娃都用软橡胶和细钢丝制成，只能摆出坐或躺的姿势：穿衬衫的爸爸、穿短裙的妈妈，还有哥哥和妹妹。妈妈负责在厨房做饭，爸爸则躺在地板上，无所事事。

快去睡觉！妈妈催促道。不，我不要！橡胶钢丝小孩抗议。快去刷牙！爸爸突然活了过来，也催促了一句。不，我不要！橡胶钢丝小孩继续抗议。

我知道，绝大多数父母都会和孩子这么说话，但爸爸例外。在我们父女的小世界里，星期六才有糖吃，每晚要按时睡觉，零花钱不能乱花，下雨天要穿连体塑料裤，收拾完房间才能出门……这些规矩完全不存在。爸爸从不强迫或命令我做什么，也很少怒气冲冲地咆哮。

我的房间里还有一个水族箱，里面曾经养过黑茉莉和剑尾鱼。刚开始时，我们投喂了太多饲料进去，导致整个水族箱的生态环境惨不忍睹，有相当一段时间，我们甚至无从得知里面的鱼是死是活。对于我来说，最后将死掉的鱼冲进马桶下水道反倒是一种解脱。我一向不喜欢动物，尤其害怕兔子、仓鼠和豚鼠。去有宠物的朋友家玩的时候，我总是格外小心翼翼，不敢多走一步。每当别人热情邀请我摸摸或抱抱她们的宠物时，我也总是拒绝。爸爸说这不失为明智之举，一旦抓住机会，那些毛茸茸的小怪物一定会冲你的胳膊或小腿狠狠咬上一口。

　　我很少带朋友回家，仅有的几次，她们在迈进玄关的那一刻就已经惊讶到不行，瞪大眼睛打量着精致的窗帘、水晶吊灯和装饰靠垫。她们简直不敢相信这些都出自爸爸之手！不过她们很快就开始疑惑于水槽的滤网边，凝固发白的呕吐物残渣，还有：你们家浴室里怎么没有毛巾？

公寓楼外的院子是松鼠的乐园。这些小家伙攀在松树上，瞅准机会，以箭一般的速度跃上公寓楼立面的墙壁。一个星期六的早晨，一只松鼠顺着狭小的气窗钻了进来，找到留在厨房餐桌上的一块糖饼，狼吞虎咽地一扫而光。接着又从气窗溜了出去，几乎一丝痕迹都没留下。

爸爸为此兴奋不已，嘱咐我每个周末都要在厨房里留一块糖饼。如果奶奶不巧没准备多余的，他就去超市买来调配好的糖饼粉，然后按照包装盒上的说明添加各种配料，精心烘焙出一炉。爸爸仿佛一个坠入爱河的少年，一大早起来就在窗前眼巴巴地等待松鼠的出现。

清晨的阳光照在松鼠身上，赋予它们的皮毛分外的光泽。那是一种红铜色和棕色混合在一起的亮色，无法用颜料调和而成，让我想起妈妈长长的马尾辫的发梢。

我不由觉得害怕。这只活生生的小家伙就这么大摇大摆地闯进了我们的生活，不像其他到访的客人，至少带有某种目的或任务。我开始怀疑，这只松鼠其实是信使的化身，终有一天会将外面的信息传达给我们，而且是某条至关重要的信息。这一执念在我脑海中越发根深蒂固，最后我甚至可以肯定，它会像《狮心兄弟》里的白鸽一样，等在厨房的餐桌上，告诉我们注定的这天终于到来。

注定什么呢？

死亡？分离？迁徙？

松鼠每次停留的时间并不长，随着夏天脚步的临近，它也无声无息地消失了。无论刮风下雨，爸爸总是坚持打开气窗，期待它的再次出现，但最终没能如愿。爸爸不再去超市买糖饼粉回来烘焙，而是从二手店买了一只香港制造的松鼠雕塑，郑重地摆在餐桌中央。

爸爸回家后，连鞋子都顾不上脱，第一件事就是拧亮窗帘两侧的水晶壁灯，与其说是做给别人看的，倒不如说是他自己所坚持的某种仪式。然后，他才将买来的东西依次放进冰箱和橱柜，找出剃须刀，对着镜子刮去新长出的细密胡茬。

晚上剩余的时间，我们都在电视机前度过。我看我的儿童节目，他坐在扶手椅里，反反复复读当天的《晚报》，顺便抽上几支烟，喝上几杯啤酒。

爸爸每天都要抽掉两盒混合型香烟。他习惯用食指和中指夹住过滤嘴部分，每隔十几秒送到嘴边，狠狠吸上一口。抽到最后，他干脆用拇指和中指捏住烟头，吐出最后一个烟圈后，这才露出轻松而满足的笑容，十足美国影星亨弗莱·鲍嘉[①]的做派。如果银质打火机里的气体不巧用光了，他就走到炉灶边，将香烟垂直放在加热的炉盘上。香烟倒了。爸爸捏起香烟，重新立起来，指尖距离炉盘一度只有几毫米的距离。炉盘越烧越热，颜色由红转黑。香烟又倒了，爸爸

[①] 亨弗莱·鲍嘉（Humphrey Bogart，1899—1957）：美国男演员，1936 年因主演犯罪影片《化石森林》而获得关注。1941 年主演的悬疑影片《马耳他之鹰》成为黑色电影的代表作。

又立起来,直到香烟的一端冒起袅袅白烟。炉盘的温度已经达到极限,足以炙烤任何东西。我站在炉灶边,尖叫着让爸爸小心。他则格外淡定。

"我可是炼钢工人,你忘了吗?"

爸爸喝啤酒时惯用的是一只印有多莱斯品牌标志的玻璃杯。每喝空一罐啤酒,他都要用手捏成一团,发出沉闷的咔嚓声。坚硬的铁皮罐在爸爸手里仿佛糖果袋一样不堪一击。我的爸爸太厉害了,简直是全世界最强壮的爸爸。

我在电视机前捣鼓各种东西:给邮票分类、剪贴电影胶片、钩织、画画、写字。爸爸读完报纸后,会拿出棋牌游戏和我一起玩。他看不上梯子与蛇这类纯靠运气取胜的游戏,而更喜欢黑白棋、跳棋、大富翁等益智游戏,至于谁赢谁输,结果并不重要。等我长大一些后,他开始教我国际象棋,并且对于我的意兴阑珊颇为失望。

厨房抽屉里藏着一副旧旧的基勒纸牌,妈妈还在的时候,家里总是热热闹闹聚集了很多朋友,这副牌也常常被拿出来玩。我着迷于它精致而美丽的牌面图案:小丑、鲜花、绅士、皇冠……我缠着爸爸解释其中的含义,可总换来不耐烦的拒绝。今天不行,改天吧。他每次都这么说,但每次都食言。基勒纸牌仿佛存在于另一个不属于我的世界。

特别有兴致的时候,爸爸也会画画。随着笔尖的游移,他在白纸上迅速勾勒出各种线条:花卉、大象、瓷器,甚至瑞典政客古斯塔·波曼[①]的肖像。爸爸素描的速度很快,平时僵硬扭曲的手指呈现出前所未有的灵活。但他很快就倦怠下来,将画笔丢在一边不再继续,无论我怎么央求,

---

① 古斯塔·波曼(Gösta Bohman,1911—1997):瑞典政治家,1970—1981年间担任瑞典保守党领袖。

他都装出忙着看报纸的样子，不予理睬。

爸爸经常吹嘘自己是个绘画天才，有一次说到兴头上，他还拿出一张关于码头工人的石墨素描向我展示。妈妈莫名消失的那些深夜，爸爸被担心和疑虑折磨得难以入眠，于是创作出了这幅画作。我将脸埋进柔软的沙发扶手中，然后站起身，走到爸爸的扶手椅旁，坐在地板上，将头靠在他的膝盖上。爸爸俯下身，在我耳畔低语。

"要不要挖个洞把它埋了？"

三年级的时候，老师问大家，班里有没有同学的家长愿意创作一幅绘画作品，参加当地电信局组织的才艺比赛。

"我爸爸愿意。"我知道爸爸一定会交出令人惊艳的作品。

老师多少是有所期待的，她曾说过，爸爸的字迹是她见过最秀气、最漂亮的。她判断的依据是我之前提交的注射疫苗种类的表格。事实上，那些信息都出自我的表姐罗西塔之手。爸爸担心自己犯下太多拼写错误，所以只能找人代笔。

爸爸答应帮我们画一幅画。之后一连几个晚上，他长久地凝视着面前的画纸和炭笔，身旁放着啤酒，手里夹着香烟，可是一笔线条都没画出来。

爸爸从没规定过我的作息时间，我想多晚睡都可以。爸爸没有独处的渴望，也不觉得孩子比成人需要更多的睡眠。

我们经常整晚整晚地聊天，聊他工作的感受，聊我在学校有多努力，聊伦纳特·斯科格伦德，聊社会主义制度。我们也会聊到妈妈，但仅限于确切知道的一小部分。

我恨不得成天和爸爸黏在一起。逛商店的时候，我会紧紧抱住他的大腿；坐在自行车后座的时候，我用胳膊环住他的腰；睡觉的时候，我会紧紧贴住他的身体；就连他去上厕所，我都要跟着进去。

上床睡觉前，我们既不刷牙，也不洗脸。爸爸脱了外衣，有时候穿着袜子就钻进被窝；我也只穿背心内裤睡觉。睡衣对于我们而言是奢侈品。我们盖着没有被罩的被子，有时候床单也不铺，直接躺在海绵床垫上。枕头倒是套了灰色枕套，主要是因为支棱出来的羽毛太扎人了。

十岁前，我和爸爸都睡在一张床上。高大的他和瘦小的我挤在90厘米宽的床垫上，像是有默契似的，谁都不去触碰妈妈本应睡的那一侧。有一次我出了意外，造成轻微的脑震荡，需要更宽敞的空间休息，爸爸只好改睡沙发。这也是唯一一次例外。

爸爸会为我朗读《无尾猫佩乐》《安徒生童话集》，还有各种启蒙故事。我将鼻子靠在他肩膀上，嗅到淡淡的汗味。我抬起头，想要看清他的脸庞，却被宽厚的肩膀遮挡住视线。爸爸亲昵地摸了摸我的头发。

"晚安，小宝贝。"

"晚安，爸爸。"

我紧紧攥住他右手的大拇指，将列娜——一只天蓝色绒布做的娃娃牢牢夹在胳肢窝里，那是爸爸在加油站的便利店里给我买的。列娜已经破烂不堪，淡黄色的填充材料从身上的裂缝中不断漏出，显得越来越干瘪。列娜的衣服上沾满了奶奶泼洒出的咖啡渍和食物残渣的印记。所有人都嫌她又旧又脏，只有我对她不离不弃。

我睡觉很不安稳，整夜都在踢爸爸，踢他的肚子，踢他的后背,踢他的大腿。爸爸刚把我的腿扳过去,我翻个身子又踢回去。他每晚都央求我,少踢两下,我被你踢得都快神经衰弱了。因为我,爸爸晚上从来睡不踏实。

家里很少来客人。不过夏天的时候，我们总能见到厄尔萨和苏内。他们住在谢尔布，是爸爸在谢利耶布体育俱乐部踢足球的时候认识的。他们话不多，只是拧开一瓶又一瓶的啤酒，沉默地对饮着。

洛拉偶尔也会过来，他是爷爷的另一个同父异母的兄弟。在我看来，洛拉是世界上最善良、最快乐的人。他用一种接近疯狂的方式演奏骨木琴，那姿态绝对能把不知情的人吓一跳。整个演奏过程中，他不停地摇头晃脑，摆动着四肢，然后冷不丁戛然而止，摆出松鸡的造型。然后他仿佛被附了体一样，先是像只母鸡似的，用小碎步在厨房里颠来颠去，屁股翘得老高，做出觅食的姿态；然后又突然变成一只公鸡，趾高气扬地踱来踱去，发出鸣笛一般的高亢叫声。爸爸没多久就厌倦了这套拙劣的把戏，让他自己在厨房里待着。我在电视机前玩了好一会儿，起身去上厕所的路上，经过厨房时瞄了一眼。洛拉正在忧心忡忡地和面前已经喝空的水杯谈心。到了春末夏初的时候，他会在晚上开着自己那辆油表失灵的欧宝汽车，带我们去郊外观察狐狸和驼鹿。

只要有耶和华见证人的信徒上门来传教，爸爸总会和对方聊上好一会儿，最后稀里糊涂地接受一本《守望台》杂志。他对那些灰白头发的、彬彬有礼的绅士印象极好，对方的耐心和热情也让他受宠若惊。这份肯定对爸爸而言有着特别的意义。

每年固定的几天里，维克桑图书馆的馆员都会进行家访，催缴拖欠的书款。我们家里有一大堆延期未还的藏书，比如约斯塔·克努特松推荐的故事全集，就都来自维克桑图书馆。看着面色阴郁的图书馆员拿出长长的拖欠清单，爸爸会变得手足无措，语无伦次。

"图书馆记录显示，去年你们借出了威赫姆·莫贝里的《拓荒者》。如果该书今天未能归还，你们需要按书的原价进行赔偿，并且额外缴纳罚款。"

"哦，有这种规定啊……不好意思，我把它借给我哥哥了。"

"你哥哥？这样啊……那伊瓦尔·鲁-约翰松、扬·弗列德古尔德、布·巴尔德松……"

"真的很抱歉，它们都在我哥哥那里。"

"那《长袜子皮皮在七海》……还有《无尾猫佩乐》的前四册呢？"

"也是一样的情况啊。我哥哥病了，成天躺在床上，就指望读书打发时间了。再宽限我几天，我保证把它们都还回去。"

"这个……我最多宽限到这个周末吧……你得亲自还到图书馆来，越快越好。还有其他人等着借呢。"

"行，就这么说定了！"

每次，为了应付延期还书的困窘，爸爸都不得不编出各种稀奇古怪的理由搪塞过去。其实这些书就在家里，乱七八糟地分布在橱柜或卧室的各个角落。

每年我过生日的时候,家里都会来好多人:爷爷奶奶、爸爸的哥哥嫂嫂、姐姐姐夫、妮娜姨妈和圭多姨父。时值五月底,奶奶会郑重地披上那件做工考究的淡蓝色斗篷,之前她只在出席爸爸妈妈的婚礼时穿过。奶奶很少出门,所以从厨房熟悉的环境跳脱出来,乍看之下还让人颇为不适应。她总会递上一束从自家花园里采摘的鲜花:郁金香、风信子或洋水仙,而我总会疑惑,这个面目慈祥的老妇人,真的是我的奶奶吗?

麦肯将自己烤的奶油蛋糕摆上桌,满心期待我的评价。可我不喜欢吃蛋糕。

"什么话!哪有孩子不爱吃蛋糕的!"

祝亲爱的奥萨四周岁生日快乐;祝亲爱的奥萨六周岁生日快乐;祝亲爱的奥萨十周岁生日快乐……我在装了钱的信封上年复一年地读到这些文字。爸爸那边的亲戚都不约而同地准备现金作为生日礼物。

妮娜和圭多带来的则是各式各样的小玩意儿:银质首饰、手工木屐、儿童闹钟、书籍、棋盘游戏,还有马格努斯和布拉瑟的唱片专辑。1978年,我十岁生日那次,还意外收获了一只印有世界杯标志的足球。爸爸说,这份礼物太过珍贵,不能拿出去和同学随便踢着玩。最好放在家里显眼的地方,争取不要碰坏。

家里的电话铃很少会响。不过妈妈难得打来的时候,我和爸爸都会喜极而泣。对于妈妈来说,寄卡片要比打电话简便得多。我积攒了好多张印有埃斯基尔斯蒂纳邮戳的明信片,其中很多都是猫咪的立体图案,塑料球眼珠还能骨碌碌滚来滚去。所有明信片的结尾都是同一句话:"亲亲,抱抱!妈妈。"

妈妈是在一个深冬的夜晚离开的。我没记错的话,那天应该是一个星期天。

她整个周末都在外面,所以当她用钥匙打开家门的时候,声音显得格外刺耳。我和爸爸站在狭窄的走廊里,看着她一脸风尘仆仆地走进来。妈妈既没脱外套,也没说话,径直走过我们身边,从衣柜里拿出行李箱。

然后她和爸爸说了些什么。

他们的声音越来越大。

爸爸抱起我,将我放在客厅的沙发里,然后严肃地叮嘱我坐在原地不要乱动,因为妈妈疯了,妈妈已经完全失去了理智。

我就这样坐在沙发里,注视着爸爸和妈妈在门厅里争执不休,感到一团无边无际的暗影正穿过背后的窗户向自己袭来。

"那女儿呢?"爸爸问了一次又一次。

女儿呢?女儿!

他紧紧拽住妈妈的胳膊,试图让她留下来。妈妈挣脱了爸爸的控制,转身回到衣橱前,抱出自己的衣服,扔进地上敞开的行李箱内。

我按照爸爸的嘱咐,一动不动地坐着。沙发又宽又大,触摸之下，苔绿色灯芯绒布面有着浮雕般的凹凸，凸出的绒条手感格外柔软。我低下头，看着自己的短裙和白色裤袜，裤袜在膝盖后面打起细密的皱褶，包裹脚趾的部分微微泛黄，散发出轻微的汗味。

镜头突然切换到下一个瞬间。我和妈妈站在门厅里。妈妈蹲下身，紧紧抱住了我，棕红色的马尾辫长长地垂在背后。

妈妈说她必须要走，并且是自己一个人走。泪水漫过她深色的眼眸，顺着满是雀斑的脸颊滑落下来，流进两片宽宽的红唇。妈妈当年二十八岁，爸爸比她大两岁，但仍是个大男孩的模样。后来我才知道，拉瑟开着他的宝蓝色绅宝汽车，已经等在楼下的车道上了。

时间定格在 1972 年 1 月。

妈妈的离去仿佛一根冰冷的钢针，狠狠扎进爸爸的身体，带给他难以言说的持续刺痛，但我们对此绝口不提。到了春天我就满四岁了。尽管我永远也忘不掉那一幕短暂而决绝的分别，可我还是很快习惯了只有爸爸的生活，仿佛从来就是如此。

从那以后，关于妈妈的记忆会不时从脑海中浮现出来，让我不知如何面对。我不愿失去它们，可又无力负重前行。为了不让记忆消失，我只能强迫自己一遍遍回顾重温。我躲在幼儿园洗手台下的储物柜改造的小密室内，像牧羊犬清点绵羊那样，仔细数着记忆片段。十一岁的时候，爸爸送给我一本印有白鸽图案的天蓝色笔记本，我于是尝试将这些碎片记录下来，并且按顺序编号。在上千块的拼图中，我所能找到的，只有其中的二十二块。我告诉自己，不要想起，可也不要忘记。忘记意味着死去，而想念意味着无法呼吸。

我记得我们三个人一起吃饭的场景。妈妈会将白色座椅斜斜地往后靠，然后伸手，打开椅背后的抽屉，找出一把餐刀或餐叉。我总担心她会失去平衡跌倒在地。

下午从幼儿园回家的路上，我总喜欢牵着妈妈的手。有一次，她两只手都拎了食品袋，自从拐过街角那家年久失修的杂货店后，就一直低着头，闷声往前走。我问她有什么不开心的事，她只说手里拎的东西太重，可我知道这只是借口而已。

爸爸和我坐在沙发上，听见厨房里传来妈妈做晚饭的声响。爸爸抽着烟，故意口齿不清地和我聊着天，逗得我哈哈大笑。爸爸问我，去杂货店的时候需要顺便买点什么，我说我想要那种上面有小鸟的巧克力。见爸爸没弄明白，于是我又详细解释了一遍。包装纸是金色的，里面的巧克力是一格一格的，每一块上都印有一只胖胖的小鸟。爸爸恍然大悟，我跟着咯咯笑起来。

一天晚上，我坐在爸爸的臂弯里，笑得前仰后合——我把烟灰缸里的烟屁股当糖吃了，吃了一嘴的烟灰。妈妈又哭又嚷，说我年纪还小，根本不知道什么该吃，什么不该吃。爸爸一声不吭，白色的衬衫领口被我的嘴巴蹭成了灰黑一片。透过他臂弯的缝隙，我瞥见门厅的墙上挂着一幅我从未见过的画。爸爸特别擅长在妈妈抓狂的时候安慰我。

爸爸将那些年的记忆封存在自己心里。但凡我问起，他都会耐心回答，但随着我年岁的增长，逐渐开始理解那些答案背后的含义后，我会刻意避开那些最为敏感的问题。我甚至不敢去想，那些提醒他曾经幸福快乐过的记忆片段，有多少是他愿意想起的，又有多少是他能够面对的。

妈妈离开的时候，只带走了自己的一些衣服。家里到处都是她留下的痕迹。卧室的白色梳妆台，上面曾经放着她的首饰和香水，如今沦为一件格格不入的多余家具；她曾经睡过的半边床，从此不再被碰触，可我明明记得，我和妈妈依偎在上面，一起读狗狗布鲁托的故事。

厨房的钩子上挂着爸爸的结婚戒指。琳琅满目的佐料架仿佛在不断提醒我们：这里曾经居住过一位擅长烹调的主妇。

冰箱上竖着一只家乐氏麦片的旧纸盒，封面上还印着一头骄傲的公鸡。我们是在家里找东西的时候无意中翻出来的，它见证了曾经营养丰富、花样繁多的早餐时代。爸爸始终下不了决心扔掉它，一如他对妈妈留下的那株红色圣诞玫瑰的反复无常。爸爸一直在抱怨它的丑陋和俗艳，也曾多少次放狠话说要让它活活枯死。不过最后，他总是受不了良心的折磨，拿了水壶过来一顿猛浇，嘴里嘟囔说，它要是淹死了那就是活该。

"花花草草毕竟是无辜的，我这就是自作自受！"

最后，爸爸还是放弃了各种邪恶的念头，任由它在妈妈亲手布置的角落里生长绽放。

耻辱角。祭坛。

书橱上——准确说是陈列橱——放着一本塞满婚礼照片的相册，还有一张婚礼当天，爸爸妈妈走出市政厅的照片。照片拍摄于1967年，爸爸骄傲地将结婚证书插在西装胸前的口袋里，妈妈刚满二十四岁，脸上洋溢着青春的气息，手里捧着一束黄玫瑰。

年轻时，爸爸曾以独特的魅力征服了整个谢利耶布。为了博得爸爸的关注，妈妈付出了惊人的耐心。爸爸比妈妈年长几岁，所以爸爸能自由出入人民公园的时候，作为少女的妈妈还被迫留在家中。摸清了爸爸活动的时间和路线后，妈妈便会守在窗前，只为近距离凝视爸爸潇洒的身姿，或者借机和他身旁的女伴打个招呼，吸引爸爸的目光。他们在结婚前谈了很长时间的恋爱，结婚后有了我，所以我也算是爱情的结晶。公寓楼的地下室里，至今还挂着妈妈的新娘礼服——一款经典而摩登的婚纱。

相册里的照片都被冲印成规规矩矩的正方形，现在看来不免带了些哀伤的味道。拍摄照片的那架黑色柯达相机就收在厨房抽屉里，里面还装有一卷拍完却未曾冲印的胶卷，也许爸爸不愿再见到更多妈妈的影像。我有时拿出相机摆弄，爸爸也并未表示反对。有一次我问，能不能把相机放进水里，拍两张金鱼的照片，爸爸只淡淡说了一句，照片估计是拍不成的，不过你想试试的话就试试吧。

最容易让他想起妈妈的，就是我的存在了。身为妈妈唯一的女儿，我长得简直和她一模一样：红色的头发、细密的雀斑、宽宽的嘴唇、棕色的眼睛，还有高亢的笑声。除了从爷爷那里遗传来的一双轮廓清晰的耳朵，我整个人的模样简直就是妈妈的翻版。我和妈妈甚至连走路的姿势都一样，我们都习惯将双手背在后面，上身微微前倾。但凡有人说起我和妈妈塔妮娅长得很像，爸爸会立刻反驳说，我小的时候可不是这样的。

"那时候大家都说，女儿和我是一个模子刻出来的！"

一天晚上，妈妈回来拿一只藤条箱，里面装了结婚时她从娘家带来的一些床上用品。她让拉瑟帮她把藤条箱抬下去，这也是拉瑟唯一一次上楼进到公寓里来，其他时候他都等在楼下的汽车里。所以，这也是爸爸和拉瑟第一次碰面。妈妈逗留的时间很短，爸爸努力想要表现得友善一些，搭把手帮个忙之类的，可藤条箱体积不大，爸爸只有站在一旁看的份儿。我想要上前和他们说说话，可又不知该说什么才好，只能躲在爸爸身后，沉默地注视这一切。拉瑟拎着藤条箱下楼后，妈妈转过身，目光停留在墙上那幅俄国油画上，油画上的男孩女孩正在分拣各色各样的小鱼。

"这画是我的。我能把它也带走吗？"

"当然，当然。"爸爸边说边将油画摘下来。

至于那套金黄色封皮的俄文百科全书，虽然爸爸一句俄文不懂，但还是替妈妈悉心保管着。之后，妈妈从没问过我，这些年和爸爸过得如何，但却好奇过爸爸是否翻看过那套百科全书。

爸爸买了一张新的油画，我很喜欢上面的雨燕。之后他又分期付款买了一只复古风格的角柜，放在原来存放藤条箱的位置。经过角柜时，他总会用手掌抚摸冰凉的大理石表面。最上层的抽屉里放着若干足球奖牌、一对"价格不菲"的袖扣以及两张剪报：一张来自本地报纸，关于爸爸自制了桃花心木质的汽艇并成功下水的报道；另一张来自《晚报》，关于当时的瑞典首相奥洛夫·帕尔梅会见古巴革命领袖菲德尔·卡斯特罗的新闻。

每天晚上，爸爸都要将角柜的抽屉拉进拉出好多次，根据他的说法，这是对精细木工活的欣赏和致敬。

我们会聊到关于妈妈的很多细节，可从没说过她离开的原因。她和拉瑟的相遇似乎已经成为约定俗成的借口，我们都心照不宣地假装爸爸是无辜的受害者。或许爸爸自己也不清楚究竟发生过什么。又或许，他本能地拒绝深究更多细节——因为一切的答案终究会指向自己。自从一月的那个晚上，妈妈收拾东西离开家以后，爸爸和妈妈就再没有长谈过。

我总感觉，自己应该为妈妈的行为负责，我也愿意原谅妈妈所做的一切。

一天晚上，我失手将盛有肉丸通心粉的盘子打翻在地，然后情况失控了：我没有收拾一地的狼藉，而是一屁股坐在混有酱汁的碎瓷盘内号啕大哭起来。

"对不起！"

我用嘶哑的声音发出哀号。

"对不起！对不起！"

我并不是为了打碎盘子而道歉，我哭喊的这些，都是爸爸想要妈妈对他说的话。那一刻，坐在地板上的人不是我，而是她。是妈妈。是塔妮娅。

爸爸见状叹了口气，身体微微后倾，用手肘撑住背后的水槽，一言不发地注视着我。他就这么站在那里，仿佛有一个世纪之久。

"对不起。"我又哭喊了一句,两只手在酱汁和碎瓷盘之中胡乱地抹来抹去。对不起。

我的心里突然生出一股恐惧,既为自己的失态,也为爸爸可能的反应。

爸爸走上前,蹲在我的面前。

"没关系的,我最乖的乖女儿。"

我又变回了奥萨。

一月的那个晚上,妈妈重重地关上门后,爸爸给姐姐麦肯打了电话。麦肯比他大了十八岁,接到电话后,立刻和阿列克谢开着灰色的大众甲壳虫赶了过来。那晚,我们是在他们宽敞的砖石别墅内度过的。爸爸以前总像个孩子似的,在别墅里撒欢儿地跑来跑去。至于那晚他做了什么,我无从得知,我完全没有印象,也没有听人提起。我只记得几天之后,我们来到白桦路的爷爷奶奶家。奶奶、麦肯和我围坐在餐桌边时,她们聊起家里的变故、妈妈的出走,以及我和爸爸所承受的折磨。奶奶心事重重地看着我,摇了摇头,麦肯在一旁说我是个懂事的好孩子。

爷爷和爸爸的哥哥姐姐们都对妈妈颇有微词。

这一切都是她的错。

爸爸将家里的积蓄都拿去和从前足球队的朋友们鬼混,在港口的小酒馆里流连忘返,彻夜不归,妈妈甚至都没有钱给我买鞋子。但这些事,大家并不想知道。

对于爸爸这边的亲戚来说,离婚听来陌生而遥远,是一桩不可外扬的丑闻。

而在妈妈那边,情况则截然相反。妈妈的离开,不过是她家族中世代女性在婚姻走到尽头时一贯的做法。我的外婆薇拉在遇见尤利乌斯后,决定只身前往波兰,而将妈妈和妮娜留给了她们的爸爸路内。而薇拉和她哥哥,也是在类似的情形下被迫与他们的妈妈分离,从此和爸爸彼得生活在一起。

坚强的女人。坚强的男人。

妈妈,素来以她的幽默和魅力受到亲戚朋友的喜爱,一夜之间却只剩下一个不能被提及的名字。尤其是爸爸在场时,妈妈更是禁忌的话题。

有时候,奶奶会在无意中说起妈妈,仿佛她是一个过早退出生活舞台的老朋友。

"真是个有情趣的人。塔妮娅。人也好。"

奶奶总惦记着妈妈。我们也一样。但只有爸爸问过我,妈妈现在过得怎么样。

打从妈妈离开后,我第一次再见到她时,拉瑟也在场。累积了一个冬季的积雪已经开始消融。

"我们两个都好久没见了吧。"她一边说,一边让我坐进绅宝的后座,帮我系好安全带。

我手里还抓着一大管彩虹色的口香糖,这是我们在埃斯基尔斯蒂纳的购物中心买的。妈妈和拉瑟住在那里,两个人都在职业介绍所上班。不久后,妈妈的肚子明显隆起来,我五岁生日后的第二个星期,妹妹凯萨出生。爸爸还特意送去了鲜花。

妈妈和拉瑟的家里有着干净的白瓷浴缸,浴缸旁摆着香味浓郁的洗发水；墙上挂着切·格瓦拉①的肖像；唱机里播放着瑞典前卫乐队呼啦班多拉（Hoola Bandoola）的唱片；厨房的收音机里传出"来，来，来，心在跳，舞在跳"的歌声。妈妈陶醉地跟着唱起来，我能感觉到她沉浸在爱情之中，而我也真心真意地为她高兴。我们一起读完了《青蛙先生上厕所》的故事，拼完了拼图，还玩了纸牌游戏。我们去了电影院，还讨论了美国的越南战争和智利的军事独裁的问题。这些事我从没和爸爸做过。

除了每两周要在妈妈和拉瑟家过一个周末外，圣诞节和复活节放假期间，包括他们休假的时候，我都会过去。星期五晚上妈妈来接我前，爷爷会用毛巾将我的脸擦得干干净净，再用小刀片刮去我指甲缝里黑黑的污垢。

看见妈妈和爸爸在厨房里假装若无其事地聊着天，我心里很不是滋味。他们从不坐下，顶多靠着水槽面对面站着。我忙着将列娜塞进书包里的时候，他们总要绞尽脑汁找点话题。有一次，爸爸紧紧地拥抱住妈妈，久久不肯放手。妈妈尴尬地笑了两声，拼命挣脱了出来。

我们坐上车的时候，爸爸总是守在窗前，蹲在尼龙布的吊式假花下面，一边挥手一边流泪。我也会跟着哭上两声，不过车开出去没多远，我就彻底忘了爸爸的存在。

星期天晚上，妈妈把我送回家的时候，我又会躲在她的怀里，撒娇着不肯放手。爸爸总是站在水槽前，一副手

---

① 切·格瓦拉（Che Guevara, 1928—1967）：出生于阿根廷罗萨里奥，阿根廷马克思主义革命家、作家、军事理论家、国际政治家和古巴革命的核心人物。他也是古巴共产党、古巴共和国和古巴革命武装力量的主要缔造者和领导人之一。他于1967年在玻利维亚被捕，继而被杀。

足无措的样子。最后他还是走上前来,将我从妈妈怀里抱走,安慰伤心哭泣的我。走廊里响起妈妈关门的声音,爸爸于是柔声问我周末过得怎么样。

我七岁的时候,妈妈、拉瑟和凯萨搬回韦斯特罗斯居住。爸爸说,他们居住的小区看着高档,可社会问题是出了名的。据说那里有黑帮的据点,也有不少酒鬼和无业游民出没。爸爸曾做过一段时间的建筑工人,也算参与过小区里那些灰色花岗岩三层小楼的施工过程。小区位于城市的另一头,而我仍旧每隔一个星期去过一个周末。

妈妈不喜欢绒面沙发,也不喜欢法棍面包或罐装的意大利饺。她直言,热门漫画里的主人公小弗里多夫是一个厌女症患者。她对早晚刷牙和作息时间有着严格的规定。

"有的地方,你还真像你爸爸。"她说。

"我知道。"我承认。

我认识的同龄人里,没有谁是和单亲爸爸住在一起的。我们住的公寓附近,我所在的幼儿园和学校里都有父母离异的孩子,但他们都跟着妈妈生活,其中很多孩子甚至从此和爸爸失去了联系。我替他们觉得可惜,他们为我感到悲哀。无论从哪个角度看,只有爸爸和女儿的家庭都是不合常理的。

"你没有妈妈吗?你妈妈死了吗?"

我问过妈妈,为什么自己不能跟她走。我知道这一结果已经无从改变,我只想弄清楚原因。

妈妈总是给出同一个答案。

她觉得爸爸很可怜,出于同情,她希望将自己最珍贵的所有留给他。

爸爸有条船。一条带储物间和蓝色帆布篷的汽艇，船身虽然狭窄，但整体结构十分牢固，其中大部分都由爸爸亲手打造而成。爸爸将汽艇命名为奥萨号，每年春天，他会花费大量时间进行打磨和上漆，直到深色桃花心木的船板泛出枫叶糖浆般的光泽。整条汽艇在阳光下熠熠闪光，美不胜收。爸爸经常骄傲地说，这条船独一无二，无可媲美，足以吸引整个港口的羡慕眼光。

"勒夫，你这船可真漂亮啊！"

船舶在季初的下水和季末的上岸都需要花钱。每年春天，原本停在陆地上的汽艇和游艇陆续进入港口，发出马达的轰鸣声和汽笛的呼啸声。只有最抢眼的奥萨号还孤零零地留在岸上，模糊在蒲公英吹出的绒毛中。

"勒夫，你还不放船下水吗？"经过的人们总会问上一句。"需要我们帮忙吗，勒夫？"

最后还是爷爷支付了下水的费用。爸爸对下水的时机很满意，梅拉伦湖的水温渐渐转暖，海鸥的叫声也欢快起来。

从家骑车五分钟就能抵达湖边。路上我们会经过加油站，顺便将汽艇的油箱加满汽油，还会经过南苑养老院、军士教堂和一个废弃的网球场。石子路两旁长满了榛树、三角草和野草莓。远处依稀可见西姆拉山的陡坡。我们有时会停下来，摘上一束款冬花。

港口弥漫的气味来源各异：打翻的颜料盘、晒干的帆布篷，以及刚刚从冬眠中苏醒的梅拉伦湖。我的鞋底碾压过粗粝的碎石子，发出沉闷而短促的摩擦声。

抵达港口后，爸爸照例会在湖边撒一泡尿。不管他在家里有没有上过厕所，只要一看到梅拉伦湖，他就像条件反射一样，跑到篱笆后面，一边释放自己，一边和周围的人打招呼。

"早啊！你好！嘿！"

爸爸面朝篱笆，背对梅拉伦湖，在空中甩出一道弧线。

港口是男人的世界。只有在阳光晴好的日子里，女人们才会挎着野餐篮，上船体验一下难得的幸福感。

爸爸释放完毕后，带着我拐进港口边的汽艇俱乐部。里面的酒水都是按照成本价出售的，所以总是人满为患。爸爸给我买了瓶汽水，辛辣的味道呛得我直咳嗽。后来，我干脆用汽水来清洗我从路边捡到的鹅卵石和黄铁矿。

看着爸爸日复一日、不分昼夜地给奥萨号打磨抛光，实在是件无聊的事。我无所事事地坐在硬邦邦的石头上，既没有可以吃的，也没有可以玩的。没过多久我就嚷嚷着要回家。

俱乐部里的叔叔们围拢过来，夸奖我是爸爸的得力小帮手。他们买来加了双份奶酪的三明治，问我饿不饿。我谢绝了他们的好意，低下头继续研究自己膝盖上的结痂。

我们很少坐船出海，偶尔的几次，爸爸驾船带我前往格朗谢尔岛的时候，兴致格外高昂。他让我负责掌舵，自己则站在我背后,嘴里还唱着自己编的歌。

  前进,前进,桃花心木的小汽艇!乘风破浪,勇往直前……

格朗谢尔岛是郊游的好去处,人们拉奏着手风琴,发出阵阵欢声笑语。爸爸坚持滴酒不沾,他说要对驾船出海这件事保持敬畏之心。

每个夏天,他都会远远地探访一次东岛的天体海滩,哪怕捕捉到一点动静也是好的。和天体海滩还隔着老远的距离,他就早早熄灭了引擎,任由汽艇在水面上无声无息地滑行。虽然基本什么都看不见,可爸爸还是很高兴。我曾提出将船停在某片较浅的水域,然后跳下去游泳,可爸爸没同意。他对钓鱼也没兴趣,这点完全不像爷爷。

爸爸解释说,自己之所以每年都是最后一个放船下水的,很大程度上是因为驾船出海这件事已经对他失去最初的吸引力了。每年暑假,我在妈妈和拉瑟家度过四周的时间后回到家里,第一件事就要问爸爸,有没有驾驶奥萨号出过海。哪怕天气再好,爸爸的回答也总是老一套:天公不作美,基本没出去几次。只要提到暑假,爸爸就显得格外孤单。

随着秋风四起,树叶开始凋零,梅拉伦湖渐渐转为深灰色,俱乐部里的人们会问爸爸,需不需要帮忙收船上岸。奥萨号总是最后一个下水,最后一个上岸的。每年如此。

赶上爸爸神经大条的时候,他会在深秋时节带我驾船出海。有一年秋天的某个深夜,其他船只都得到了天气预报早早返回港口,只剩我们一条船还孤零零地漂在水上。

当时狂风大作，电闪雷鸣，很快下起倾盆大雨。海浪劈头盖脸地朝我们袭来。爸爸虽然什么都没说，但他心里清楚，奥萨号可能随时面临搁浅或倾覆的危险。他几乎是嘶吼着命令我躲进储物间去，而我拒绝了，坚持要和他守在一起。最后，爸爸不得不将我锁了进去。

回到家后，他颤抖着从衬衫口袋里掏出湿透的香烟盒。这是唯一一次他袒露出内心的恐惧，或许那一刻，他真的以为我们即将葬身海底。

"千万别告诉爷爷！还有，和你们幼儿园那帮八婆老师，一个字都不许提！"

第二天，幼儿园老师为我们讲述了本地报纸的报道：昨夜韦斯特罗斯经历了罕见的暴风雨，不少房屋的屋顶被掀翻，行道树也被连根拔起，整座城市损失惨重。

不出海的日子，我们常会骑车前往数公里外的城郊伊勒斯塔，探望爸爸在谢利耶布体育俱乐部踢球时认识的朋友克吕兰。

克吕兰租住在毗邻农田的一处简陋木屋内，屋内常年充斥着一股混合了牲畜粪便的臭味。克吕兰就近收集了一堆马鬃充作床垫，被子则是附近牧民淘汰掉的马衣。床下的一台老式晶体管收音机就算是唯一的消遣。几十只野猫在屋内上蹿下跳，因为饥饿难受而发出尖锐的嘶叫。克吕兰会定期用麻袋抓捕闹得最凶的几只，或打死，或溺毙。

木屋阁楼上住着一个二十岁不到的大男孩，谁都不清楚他究竟是从哪里来的。我们去的时候，他总是站在厨房里，一句话也不说。后来有一天，他不幸从船上落水身亡。警察在梅拉伦湖里持续打捞了几天，可毫无结果。本地报纸也刊登了相关新闻,但谁都不知道,新闻里提到的无名少年,曾和我们打过好几次照面。

爸爸问过克吕兰,那个可怜的年轻人是不是自杀的。得到的答复是,有可能吧。

在我的印象中,那个沉默寡言的少年悄无声息地从阁楼上走下来,双手插进裤兜,在厨房里静静站着,那场景不免让人尴尬。在他意外身亡后的一天晚上,克吕兰爬上阁楼,找到了一本收藏多时的集邮册,然后送给了我。按说他没有权利这么做,那个少年总应该有家人亲戚之类的。不过没隔多久,克吕兰又翻出另一件遗物——一套木质小火车模型——送给了我。

之后的很多年里,这本集邮册为我们带来了意想不到的快乐。有无数夜晚,我们比照着权威图鉴,以期找出一枚无价之宝。虽然它们大都不值什么钱,可爸爸坚持认为,其中一些外国邮票属于稀有精品,尤其是印有非洲拳击手头像的那个系列。我们还在集邮册里找到一枚希特勒肖像的德国邮票,不知道该如何处理才好。

"这个丧心病狂的魔鬼,就这么放着不合适吧?"

爸爸想过把这枚邮票取出来,藏到别的地方。

"要不然我们找只盒子,把他和其他蠢货的邮票专门放在一起?弗朗哥将军、伊丽莎白女王、苏哈托、圣比尔吉塔、艾森豪威尔、古斯塔夫五世……"

但他很快又推翻了自己的想法:万一弄丢了盒子可怎么办?说不定里面的某几枚邮票会身价大涨呢?

外婆帮忙贡献了不少苏联邮票,票面上的人物包括列宁、波将金、作家、诗人、科学家,等等。其中一张邮票尤其显眼，长14厘米，宽6厘米，旨在纪念世界上第一个进入太空的人类，苏联宇航员尤里·加加林。爸爸对于排列和摆放顺序提出了不少好建议，整本集邮册看起来色彩协调，格局有序。

每个季度，我们会对集邮册进行一次大规模的整理。由于拖欠电费，到了季度末的时候，家里往往陷入一片漆黑。电灯、炉灶、冰箱、电视机、收音机都不能用。爸爸点起蜡烛，和我一起将邮票一枚枚取出来，按照邮戳分门别类：匈牙利邮政、芬兰邮政、瑞士联邦的象征赫尔维蒂娅、法国邮政……我们探讨各种可行的分类体系，最终的话题总会落到德国纷繁复杂的年代命名及划分上。爸爸说，将信奉共产主义的东德领导人瓦尔特·乌布利希、魏玛共和国联邦大总统保罗·冯·兴登堡以及联邦德国总理康拉德·阿登纳这几个人的邮票放在一起，实在有欠妥当。不过谁知道该死的德国佬怎么想呢。

爸爸对于其他邮戳的分类都很有自信。我们整理出的邮票在茶几上堆起高高的几摞，相比于家里廉价而零散的其他物件，显得格外引人瞩目。

发薪水那天,爸爸会去银行,一次性将所有钱取出来,前前后后清点两遍后才塞进钱包,还特地叮嘱我不要向任何人透露金额的多少。包括爷爷奶奶,包括麦肯和阿列克谢,谁都不行。他很清楚,自己挣得不错,但具体不错的程度绝不能被外人知道。否则,那些债主就会疑惑,他挣这么多钱究竟花到哪里去了,甚至直接向他催讨欠款。阿列克谢负责帮我们报税,所以每年被迫向他公布自己的收入情况时,爸爸都浑身不自在。如果有人质疑,以爸爸的收入,完全不够格申请住房补贴、儿童补贴,或是向妈妈讨要赡养费,爸爸会勃然大怒,反驳说其他家庭里夫妻双方支付的账单,作为单亲爸爸的他必须一个人承担。这话虽是事实,可仍然不能解释他的钱包为何总是空空如也。

听见其他人谈论自己的收入水平时,爸爸总有种被冒犯的感觉。他觉得别人根本不清楚,拿这么多的薪水,意味着工作中多少的努力和付出。

爸爸认为,薪酬单上的数字完全不足以帮助他摆脱赤贫的困扰。说到底,他就是个工人,而工人阶级就是贫穷的代名词。他将自己比作杰克·伦敦[①]和伊瓦尔·鲁-约翰

[①] 杰克·伦敦(Jack London, 1876—1916):出生于美国旧金山,美国现实主义作家,代表作有《野性的呼唤》《白牙》《马丁·伊登》等。

松笔下的典型人物，认命地自嘲说，贫穷就是终日劳作带来的惩罚和原罪。

同时，爸爸又很容易被报纸上的新闻图片所感动。看见非洲的贫困儿童饿得瘦骨嶙峋，甚至无力伸手驱赶脸上的苍蝇，他总会陷入痛苦和悲伤。路德教会的工作人员在公寓楼下的信箱旁设立了捐款箱，爸爸曾犹豫过是否为受苦受难的人们尽一份力。不过领来的薪水很快见了底，爸爸开始打起了捐款箱的主意。

"乖女儿，你饿吗？"

"有点吧。"

"瞧，这上面写着呢，消除饥饿。说的不就是我们吗？"

他迅速打开纸箱，搜集起里面的硬币塞进口袋，同时振振有词地总结道，要想彻底消除贫困，仅靠基督教事业可不行，还要杜绝偷盗行为。

就连我放在厨房里的储钱罐——一幢红色透明塑料做的小房子——也会定期遭到爸爸的洗劫。爸爸将餐刀插进投放硬币的缝隙内，然后将储钱罐倒扣过来，这样所有二十五奥尔的硬币就会顺着餐刀滑出来，最后落入爸爸的口袋。

"这些钱，我下个星期就还你。"爸爸拍着胸脯保证道。

现金花完后，爸爸只能靠开支票来付款。开支票的过程也是一波三折。爸爸对自己的书法很是骄傲，但凡有机会在支票上展示字迹，他就一定要做到完美无缺。不幸的是，每次签支票时，他的手都像中了邪似的不听使唤。

首先要找到一支笔。红墨水笔肯定不行。

"那样别人肯定以为我们是共产党！"

"可我们就是共产党啊。"

"话是这么说,可没必要让整个超市的人都知道啊!"

"为什么用红色的笔写支票,就会引起别人的怀疑?"

"人生性都是多疑的。再说,这么显眼的颜色一般都要和政治扯上点关系。"

爸爸说,就算和政治无关,仅凭用红墨水笔签支票这一点,别人也会把我们当成波希米亚人。总之怎么看怎么奇怪。

他在取款金额一栏里紧凑地写上"叁佰瑞典克朗"一行小字,为了掩饰可能的拼写错误,爸爸总是尽量采用连笔的方式。他写了一次又一次,将一张又一张写废的支票揉成一团扔进垃圾箱。

不出所料,收银员对笔迹的颜色和字体根本不感兴趣,她只是认真核查了支票上的姓名和爸爸的身份证件是否一致。爸爸对她的敷衍态度很是失望,一路都在骂骂咧咧。他总指望着有一天,某位特别识货的收银员能由衷地夸赞自己隽永独特的字迹。

如果爸爸能够降低一些毫无实现可能的期待和奢望,他的日子一定会过得轻松许多。

领薪水的那天,爸爸去幼儿园接我的时候,总会拎着一只印有多姆斯购物中心标志的塑料袋,里面装着阿斯特丽德·林格伦的《大侦探小卡莱和小不点儿》、马克·吐温的《顽童历险记》等童书。崭新的生活即将开始!爸爸满心憧憬:这些钱足够撑到下个发薪日!说不定还能有富余,这样我不仅能付清之前的欠款,还能攒下一部分钱买新衣服,给自行车添个加热座椅,再给奥萨买点她喜欢的玩具之类的。我们从此再也不用去白桦路蹭饭了!

按照惯例，我们一定会前往维克桑购物中心进行采购。首先，我们从银行取出所有现金，然后去邮局，付清所有重要账单。接下来，爸爸会带我拐进一家花店，顺着里面的旋转楼梯去二楼的伊卡超市。我很想搭中庭的复古厢式电梯上去，可爸爸说，只有吃不饱饭的流浪汉才搭电梯。

伊卡超市的入口处摆着一只购物篮，里面堆满了当红电影和流行明星的画片。我被ABBA乐队的唱片封面和《猫儿历险记》的剧照吸引住了，完全挪不开步子。爸爸一再提醒我，家里已经有了几百张。这话不假，可我总还想收集更多。爸爸拗不过我，只好花五十奥尔买了几张回去，算是折抵了我平时上交的零花钱。

如果爸爸不想喝普斯蓝牌的啤酒，而想喝乐堡换换口味，我们就会改去康苏姆超市。康苏姆超市的位置要偏僻一些，糖果的种类也没那么多。乐堡啤酒的啤酒罐上有着标志性的漫画：一个高个子和一个矮个子面对面站着，两个人都穿得破破烂烂的，对话框里印着几行丹麦语。我问爸爸，他们到底在说些什么。

"那个高个子问：你觉得乐堡啤酒什么时候最好喝？那个矮个子答：任何时候。"

我没理解这个漫画的笑点在哪里，不过爸爸喝得高兴，我也就高兴。

我们最常光顾的是靠近花楸山路的星光购物中心。大多数时候，爸爸总是一身臭汗，狼狈不堪，不过刚领到薪水的那几天，他会郑重地换上西装再出门，因为这样的打扮才能配得上自己的财富。崭新的生活即将开始！他信心满满地鼓舞着我。那几天他不骑自行车，改为步行，以便更长时间地享受所有人的目光。

爸爸会满足我提出的一切要求：虾味奶酪、记事本、水彩笔……但我们不会重复以往的购物路线，对着鲱鱼罐头或曼米布丁评头论足。身上一旦有了钱，爸爸就像换了个人似的，不再和我随便开玩笑，而变得严肃郑重起来，仿佛一名处处讲究的绅士。那几天，爸爸绝口不谈政治，一定要谈的话，他也会摒弃一贯的态度，明确表示支持右派。如果要问他，是愿意违心投票，从而有机会在选举中赢得一百万克朗的奖金，还是坚持内心，向所有人表明自己社会主义价值观的立场，爸爸一定会毫不犹豫地选择金钱。或许只有当肤色和身份有所改变时，他才会真正向往另一种社会秩序。

爸爸照例和长相甜美的花店女孩搭讪，他总算有钱买得起一朵花，所以会格外认真地反复挑选。

"娜塔莎，走吧！"漫长的挑选过程结束后，他显得尤其高兴。"我们今天可有事做了！"

我们用很慢很慢的速度走回公寓，然后坐在电视机前吃农家奶酪。

爸爸的薪水很快花完了。我们又回到了以前的生活轨迹：骑车去爷爷奶奶家，蹭一顿晚饭，讨要一点零花钱。

在一个清冷的夏日，他卖掉了我的蓝色自行车，那是妈妈和拉瑟在我五岁生日时送给我的生日礼物。虽然尺寸对于我来说的确有点小，可我就这么一辆自行车，再说，它毕竟是属于我的啊！他将自行车卖的五十克朗都拿去买了酒。还有一次，他把我的一只布谷鸟闹钟卖给了洛拉，至于卖来的钱去了哪里，我一无所知。

其实，爸爸并不是一个薄情寡义的人，也并不想存心欺骗或利用别人,只不过他常常遭遇自己无法应付的飞来横祸。每次向别人借钱时,他的初衷都是尽快还清债务,只不过从未实现罢了。

爷爷奶奶一直是我们最坚固的支持和后盾,可爸爸从未流露出任何感激的意思。他总是闷闷不乐,将自己的痛苦和悲伤全归咎在他们头上。

一天晚上回到家后,他坐在扶手椅上,愤愤不平地向我抱怨,爷爷如何无情地拒绝了他借钱的要求。

"我这辈子就没求过他什么,就这么唯一一次开口借钱,他居然一口回绝。"

快到睡觉的时候,爸爸突然通知我穿好衣服出门。他在后车座上垫了几张报纸,然后抱我坐上去。我问他,这么晚了是要去哪里,他干脆装作没听见。到达白桦路后,他将自行车斜靠在爷爷奶奶家门外的铁栅栏上,动作敏捷地翻了过去。

那是一个深秋的夜晚,四周静悄悄的,整个谢利耶布似乎已经酣然入睡。爸爸绕着房子走了一圈,确保所有灯光都已熄灭,还特意抬头看了看楼上乌勒和玛塔的窗户。我紧紧靠着栅栏,双手冰凉,心慌得怦怦直跳。我本以为爸爸要强行私闯入室,没想到他顺着奶奶房间的苹果树噌噌爬了上去。

然后,他开始猛烈摇晃树枝。

大大小小的苹果纷纷落在地上,发出乒乒乓乓的响动,仿佛战场上此起彼伏的炮火声。我心里直打鼓:万一爷爷这个时候出来,肯定要狠狠骂爸爸一顿。

我们带着两袋沉甸甸的苹果骑回了家。

后来，我们谁都没动过那些苹果。我只吃代表达格玛·哈格琳的阿根廷苹果，而爸爸对水果更为挑剔，我只见他吃过李子，而且还因为酸涩的口感故意做出夸张的鬼脸。

第二天晚上，爷爷用愤慨的语气斥责附近的浑小子们毁了他的苹果树，说他一整天都蹲在地上，捡拾那些漂亮的果实。

"这样啊，"爸爸淡淡地说道，"那可真够倒霉的。"

妈妈同样成长于谢利耶布，她来自一个瑞典—苏联家庭，亲戚朋友一大堆，关系的复杂程度堪比列夫·托尔斯泰笔下的小说。妈妈家的房子距离爸爸家只隔了几个街区，大概因为石棉水泥房的实用性太强，那条街道干脆被命名为实用路。妈妈和外婆薇拉、外公路内，以及路内的父母贝提尔和丽萨住在一起。路内是一名车床工，薇拉在通用电气里负责引擎加工，贝提尔是冶金厂的一名模塑工人，丽萨在疗养院担任护工。家里共有三个孩子：妮娜、扬尼和塔妮娅。

作为共产党的非正式聚居点，妈妈家的来往人群总是络绎不绝。因此，在展开政治突袭行动时，安全警察费不了多少工夫就找到了这里。突袭行动在1941年仲夏期间达到顶峰。依据古斯塔夫·穆勒的密令，每一户共产党员家庭都要接受问讯和搜查。大多数情况下，警察也就是走个过场，进门寒暄两句，从厨房餐桌上拿只苹果啃上两口，然后道别离开。尽管如此，妈妈一家还是坚持让来访的波兰犹太人藏在阁楼上，将党报和宣传材料放在孩子们睡觉的床垫下。在德军转向东线战场后，虽然全家人仍然处于政府的严密监视下，但警察的突袭行动明显减少。据说安全警察那里掌握了家里每个人的档案。

我在实用路度过的童年片段多少有些传奇色彩，其中杂糅了祖辈零碎而短暂的历史记忆，以及官方披露的充斥着谎言的历史记录。为了缅怀先烈所付出的牺牲，那些尘封往事被一再提起，细节也被一再补充。其中一个引以为豪的事件是，"二战"期间的某一年，妈妈的爷爷贝提尔冒着极度的严寒，组织了五一大游行。料峭的春意中，几十名群众在大广场聚成一团，其中大多是爷爷的亲戚。

"同志们，游行的时刻到了！排好队，气势恢宏些！保持一米五到两米的间距！"

大家笑得前仰后合，不过笑归笑，我们内心都明白，其中体现出的信念和勇气是不应回避的。唯一值得耻笑的，是不作为的冷漠态度。无论多么孤单和无助，无论多么绝望和沮丧，都要奋斗，都要进取，都不能放弃。

同志们，前进！前进，铭记历史！

"二战"期间，薇拉和路内会骑着自行车，往返八十公里外的恩雪平，将党报运回韦斯特罗斯。这些遭到封禁的党报是塞在匿名的行李箱里，再偷偷放上火车，由斯德哥尔摩发出的。他们将报纸藏在靴筒内，再暗中派发给工友们，其中也包括我的爷爷。我听说希格的表叔曾被逮捕并被遣送到卡利克斯的斯图瑞森劳动营，而他这辈子从未卷入任何政治斗争，遭到逮捕的原因仅仅是因为警察认错了人。回家之后，希格的表叔就像换了个人似的。由于曾在华沙的工会里担任过代表，外婆被通用电气解雇。斯蒂娜因为共产党员的身份而无法继续在服装店担任营业员——顾客拒绝购买由她经手的任何服饰。在斯蒂娜搬去斯德哥尔摩的斯旁阿之前，她接到一个光荣而崇高的任务：在人民公园举行的追思会上宣读斯大林的讣告。步入暮年后，每当回忆起这一切，斯蒂娜会为当年的执迷和愚蠢自嘲不已。对于新任共产党领导人卡尔·亨里克·赫尔曼松提出的方针改革，她表示接受并欢迎，而外公外婆则忧心忡忡。他们认为党派中的新生力量太过妥协，已经严重偏离了社会主义基本原则。在这种趋势下，为了抵抗纳粹而献出生命的两千两百万苏维埃战士，他们的牺牲突然变得不值一文。

我从小便接受这样的教导：评判一个人真正的标准是反法西斯主义。法西斯分子无权谈论自由和民主。法西斯主义是资产阶级的特征，终将被人民阵线击溃得四分五裂。认识到这一点，就意味着对反法西斯胜利做出了贡献。外公外婆告诉我，这些话除了他们，再不会有其他人对我这样说。无论我上哪所学校，读多少年的书，都不会从老师的口中听到相关的一个字。

奥萨，永远别忘记，你出生于1968年5月20日。这一天既是贝提尔的忌日，也是巴黎的工人和学生团结起来，爆发五月风暴的日子。

长大后，我开始了解自己生日那天所发生事件的具体经过以及深远影响。我隐约觉得，这并不是巧合，我就是那个被选中的孩子。对此，爸爸不置可否地表示，五月风暴和巴黎上流阶层的孩子没什么关系，不过5月20日是古巴共和国的成立日。娜塔莎，这才是值得庆贺的！

外婆薇拉出生于1917年十月革命的俄国，成长于距离莫斯科东北约两百公里的亚罗斯拉尔夫。薇拉的爸爸彼得曾在瑞典通用电气的俄国分部上班，在1932年斯大林做出了收购所有外国公司的决定后，通用电气将整条生产线全部迁往韦斯特罗斯，并且向员工给出随厂移民的优厚条件，彼得毫不犹豫地答应了。这一举动听来大胆，其实并不让人意外：彼得的爸爸就是瑞典人，19世纪80年代瑞典移民潮兴起的时候，他没有选择乘船前往美国淘金，而是一路向东去往俄国谋生。可以说，彼得的骨子里一直流淌着瑞典的血脉。彼得的妻子奥尔加直到"二战"结束后才移民瑞典，而彼得那时已经组建了新的家庭。

薇拉十五岁时，跟随爸爸和弟弟阿列克谢一起来到瑞典。就在同一年，社会民主党开启了其独具特色的政府时代，但法西斯主义在欧洲大陆的强势地位迫使她加入了瑞典共产党。因为俄裔的身份，薇拉在党内颇有威望，而在俄方来说，她的价值同样不可小觑。她能够在俄国和瑞典之间畅通无阻。50年代时，妈妈曾前往苏联参加先锋营的活动，并被视为俄国共产党分子的后代。

薇拉后来离开了路内，和尤利乌斯结婚，并一起迁居波兰小住过几年，后于1958年前往苏联。50年代收听短波电台的瑞典人应该对外婆的声音不会陌生。她总是用"这里是莫斯科"作为开场白，播报莫斯科电台的新闻事件。如果碰上更为稚嫩和短促的女声，很有可能是坐在麦克风前的妈妈。她在莫斯科住过两年，亲眼见证了苏联公民的出行受限，原有的价值观随之土崩瓦解。她的尖锐批判被视为青少年叛逆期的霸道和放肆，遭到大人们的驳斥和嘲笑。

离开莫斯科后，薇拉和尤利乌斯回到瑞典，陆续辗转于各大城市：蒂勒瑟、卡尔斯塔德、瓦拉，但他们对社会主义优越性的信念从未动摇过。关于苏维埃联盟的争论于是成为每年圣诞节的保留曲目：妈妈极力想要说服他们承认社会主义系统的缺陷和疏漏，外婆和外公——由于路内去世得早，于是尤利乌斯承担起外公的角色——则列举出勃列日涅夫号召苏联军队解放阿富汗的种种理由，妈妈于是提高了嗓门抗议道，无论从哪个角度说，侵略和压迫其他国家和人民都是极其错误的。

"塔妮娅，我亲爱的小塔妮娅。"外公用尽可能委婉的口吻规劝妈妈，她并不了解阿富汗妇女接受教育、摘掉面纱的价值。

"你不是倡导自由的左翼女性组织成员吗？"妈妈继而转向外婆。

"我是啊。我一直都是。"

"所以呢？"

"我认为，我们都应该为自由和解放而奋斗。"

"是吗？"

"是啊，我一直这么认为。"

花楸山路的家里，外婆、外公和妈妈吵得不可开交，可怜的爸爸只能尽自己最大的努力捕捉俄文单词，但往往事与愿违。为了安慰他，我将自己听到的都复述了出来。

"阿富汗问题只是地区性的冲突。纯粹的国家内部事务！不需要外国势力的介入就能解决！"

他对答案很不满意，坚持认为苏联军队绝不会无缘无故欺压无辜百姓。

虽然在政治立场上保持高度一致，爸爸和外公还是无法做到真正相互理解。爸爸总是取笑外公的绘画作品，以及狄德罗、斯坦尼斯拉夫斯基和萨拉·里德曼作品中的灵魂独白。外公认为，艺术、文学、戏剧和音乐不仅仅能够反映出工人阶级的心声，更是工人阶级的精神寄托。文化的使命是解放，是倡导，是启蒙。

提到外公，不少人都会联想到阿斯特丽德·林格伦作品《海滨乌鸦岛》里的梅尔克大叔。他总是在 Polo 衫的外面套一件羊毛开衫，也总是孜孜不倦地教诲别人，而不愿聆听别人的意见。当然，这么形容未免有些夸张。不过外公滔滔不绝的时候，阿列克谢会悄声和我说，我眯一会儿，等尤利乌斯唠叨完了再叫我。阿列克谢和麦肯结了婚，所以既是爸爸的姐夫，也是爸爸的舅舅。

外公对工人阶级有着特别深厚的感情，这一点为爸爸不解和抨击。外公坚持认为，工人阶级是一种特殊的存在，理应受到格外的关注。一旦旁人持不同意见，他会变得十分失落。尤利乌斯在艺术学院读书时，曾师从瑞典雕塑家兼画家斯文·埃里克松，毕业后前往布拉格剧院观摩和进修，如今坐在斯卡拉堡省教育局的办公室里，担任教育顾问一职。爸爸无论如何想不通，就凭这样的履历，外公有什么权利对车间工人的现状发表高谈阔论？

"尤利乌斯的一双手到底是用来干什么的？拿着水彩颜料涂涂抹抹？在打字机上敲敲打打？我这双手变成挂肉的铁钩时，约兰·帕尔梅还在爱立信车间里打工呢。可尤利乌斯呢，他干了什么？"

爸爸说，就算外公崇拜的那个什么契诃夫从坟墓里爬出来，花上几个月时间去冶金厂体验生活，他也不会买账的。

爸爸的论调让我觉得很难过。我不想让自己对外公的爱蒙上阴影。外公陪伴我度过无数个幸福的夏天，他和我一起采摘蓝莓，一起观察水蛇，还会为我绘声绘色地读故事书，像对待大人一样和我讨论问题。但为了讨爸爸欢心，我还是夸张地笑了两声表示附和。

有一次，外公无意间提到家里那个桃花心木的书橱，言语间流露出轻视的意思，爸爸因此记了仇，发誓永远不会原谅。作为报复，爸爸将外公外婆的家贬得一无是处，而在我看来，那是全世界最漂亮的房子。出自瑞典设计师布鲁诺·马松之手的家具简约大方，所有纺织品均来自布罗斯，整齐有序的搁板，外婆的手工刺绣窗帘和钩花毛毡，墙上还挂着外公的画作和俄国先锋派艺术品。家里到处都是书，空气中弥漫着浓缩咖啡、俄式饺子、烟熏鸡肉和罗宋汤的香味。伴随着苏联游吟诗人维索茨基和智利作曲家比奥莱塔·帕拉的歌曲，外公外婆悠然对饮着朗姆酒，其间还穿插着对巴尔扎克和斯特林堡作品的讨论。除了对苏联的坚定拥护和信念外，这个家满足了我的一切幻想和期待。

爸爸不屑地说，整个房子看起来俗不可耐。

最令爸爸恼怒的，大概是外公将工人阶级比作革命先锋派的言论。外公用挑衅的目光注视着爸爸，言之凿凿地表示，工人阶级必将领导整个国家实现社会主义，爸爸只觉得荒谬可笑。

不过在围绕英格玛·伯格曼[①]的话题上，他们倒是很有共鸣。爸爸的说法是，伯格曼的表现手法就那么几种，要

[①] 英格玛·伯格曼（Ingmar Bergman，1918—2007）：出生于瑞典乌普萨拉，瑞典导演、编剧、制作人，代表作有《第七封印》《野草莓》《秋天奏鸣曲》《芬妮与亚历山大》等。曾获得第35届威尼斯电影节终身成就奖、第49届奥斯卡金像奖最佳导演提名等。

么拍一只嘀嘀嗒嗒不停走的钟,要么拍一个暴怒发狂的男人,这也能称得上殿堂级的大师?当然了,电影卖座不是没有原因的——谁不想在大屏幕上多看两眼哈里特·安德森的美貌容颜和性感身材呢?外公的说法是,伯格曼是个彻头彻尾的资产阶级嘴炮,平时满嘴跑火车,一碰到政治立场问题就退缩了。当然了,爸爸附和道,这些大导演都一个德行,打着艺术的幌子玩弄女性。

爸爸对外婆也颇有微词,可同时又对她怀有无比的尊重:外婆出生于苏联,并且为到访瑞典的所有俄国名流担任过翻译。爸爸不厌其烦地一一列举外婆在工作中结交的朋友:宇航员尤里·加加林,作曲家阿拉姆·哈恰图良,芭蕾名伶、科学家、马戏团明星……而在他看来,其中最具分量的莫过于有"俄罗斯冰球之父"美称的传奇教练阿纳托利·塔拉索夫。在爸爸的潜意识里,外婆熠熠闪耀的履历多少能让他沾点光。外婆经常出差,回家时总会带些俄国特色的手工艺品,俄罗斯套娃、邮票、瓷器等等。我骄傲地向爸爸展示外婆转赠予我的礼物,感觉就像图坦卡蒙墓[①]出土的文物一般珍贵。

有一年,外婆作为陪同翻译,跟随一个芭蕾舞团出访韦斯特罗斯,下榻在市立大酒店,顺便邀请我和爸爸去探访。对于我们而言,沿着大广场两侧的石子路径直迈上市立大酒店铺着厚厚地毯的台阶,无异于一件难得的盛事。我们经常会去广场拐角处的地窖酒吧坐一坐,但从未踏进过酒

[①] 图坦卡蒙墓:埃及法老图坦卡蒙的陵墓。图坦卡蒙是3300多年前的一位年轻埃及法老,其豪华陵墓和黄金面罩已经成为埃及古老文明的重要象征。

店大门一步。既然光顾斯德哥尔摩老城金色和平餐厅的梦想太过遥远,爸爸憧憬着能在市立大酒店的主厨餐厅吃上一顿高档晚餐——佐以香煎洋葱的特级牛排。运气好的话,或许邻座就是知名音乐人埃弗特·陶布和科内利斯·弗雷斯韦克。

外婆穿一身色彩艳丽的丘尼卡,头戴一顶乌兹别克传统花帽,露出短短的头发,显得身材矮小而圆润。她在酒店套间里接待了我们,笑眯眯地用俄文发音称呼我的名字,声音柔软动听,富有韵律。

爸爸的怀里是一大束娇艳欲滴的红玫瑰。他将玫瑰递给外婆,抖了抖沾在西装上的水滴,动作和表情都有些生硬。也许是怕产生不快,和妈妈离婚后,爸爸和外婆见面的机会并不多。直到几名芭蕾舞者探头进来打招呼,房间里的气氛才轻松起来。他们问爸爸要不要一起喝一杯,爸爸偷偷瞄了一眼外婆的态度。外婆欣然应允,并用俄文表示了感谢。

"你外婆的确是个狠角色,"走出酒店大堂时,爸爸还在兀自感慨,"不过那束花实在太贵了。"

妈妈和爸爸都成长于阶级意识浓厚的工人家庭，秉承着工人阶级朴素的价值观，懂得为民主改革和工人阶级的权益而奋斗。除此之外，妈妈在实用路的革命家庭和爸爸在白桦路的传统家庭还是有很大区别的。

实用路的房子布置得井井有条，家里摆满了书，艺术气氛浓郁，不管大事小事，都值得全家人郑重庆祝一番。在外公外婆看来，踏实勤奋的工人阶级在怀揣实现社会主义梦想的同时，也不乏波希米亚式的浪漫。爸爸家里则没有阅读或庆祝的习惯，爷爷奶奶认为精神享受是奢侈且无用的，如果攒下钱来，不如买一只水晶吊灯更为实际。妈妈家里的女性都要工作挣钱，而奶奶是不折不扣的家庭主妇，所有的生活都围绕爷爷展开。

不过，爷爷在说起当年的战斗经历时，还是非常骄傲和自豪的。

20年代时，爷爷被迫北上诺尔兰省，以铁路工人的身份承担紧急基建任务。修筑铁路是一项带有浓厚政治色彩的艰巨工程，爷爷的很多工友都是工团主义者。由于孤独苦闷，每周都有工友将薪水全部用来喝酒消愁，从而入不敷出，其他人只能合力凑出一点钱，寄给他忍饥挨饿的家人。爷爷因此坚决戒了酒，坚决不让自己陷入无法自拔的深渊。

他说，作为最底层的铁路工人，无论是否愿意，大家都必须保持团结，这是生存下去的唯一方法。一名工友曾和附近村里的一个姑娘发生了关系，由于动作过于粗蛮，头脑又过分简单，激烈的性行为导致姑娘的下体严重撕裂。这名工友被处以高额赔款。其他人好不容易凑足了钱将他保了出来，又将他狠狠打个半死泄愤。

爷爷不厌其烦讲述的另一段光荣历史，也就是1945—1946年冶金工人大罢工后，他被列入政府黑名单的遭遇。

"知道吗，丫头，要不是我有点狩猎捕鱼的本事，早就饿死了。也真是见鬼了，我们费那么大劲儿罢工，不就是为了涨个十五奥尔的薪水嘛！我在黑溪河偷偷捕捞了好多小龙虾，以一克朗二十奥尔的单价卖给了市立大酒店。"

爷爷很快恢复了工作。一来他有技能和经验，二来塔格·埃兰德宣布，社民党人应该在每个工种上全面碾压共产党人。爷爷主动加入了工会，从而踏上了稳固的复出之路。但他从未正式登记过，自己究竟属于社民党还是共产党。因为一旦被国安部门掌握档案，可就是一辈子摆脱不掉的麻烦。

爷爷很乐意和我谈论社会主义的问题。我记得有一年冬天，因为出水痘我在家里一连躺了好几个星期，爷爷第一次和我描述起社会主义的宏伟蓝图，而我的积极反应也让他的陪护时光变得不再无聊。本来，早上我们一起煮点麦片粥喝，下午就玩玩牌，听听埃弗特·陶布的唱片。然后突然有一天，爷爷话锋一转，决定和我聊点别的。

"丫头，我现在要告诉你的，虽然听着很奇怪，但绝对真实。你知道吗，这个世界上有种东西叫社会主义……"

"我知道啊。"

"哦哦……这样啊……"

爷爷显然有些意外，但他并没有沮丧，而是回忆起修筑铁路时，他和工友们的美好愿景：工厂的管理和经营应该遵循集体制原则；工人有权选举出自己的领袖；工厂的盈利必须按需分配，以照顾到所有工人的福祉。苏联的那一套是行不通的——真正的社会主义不应和政治或党派扯上关系。人们应该全面掌握生产的权力。

"丫头，你听好了，谁都不应该通过剥削他人的劳动而赚钱。谁都不行！"

如果可能的话，社会主义一定会在纽约萌芽。只是现在时机还没有成熟。

"我大概活不到那个时候了，不过丫头，你一定会见证历史的！"

爷爷在世的最后几年，我去他家探望过他几次。他翻出冶金工会授予他的水晶花瓶，上面还镌刻着他的名字。他小心翼翼地将花瓶递给我，然后回忆起自己在共产党、右翼社民党和工厂领导层之间斡旋的种种过往。

"大家都在等待斧子劈下的那一刻，可真正有勇气挥动斧柄的，只有我一个！"

我将花瓶捧在手里，厚实的玻璃质地有着沉甸甸的分量，代表着卡尔·安德松曾参与建设的这个国家，曾为之奋斗的瑞典工业。当然他不是一个人在战斗，但他贡献的力量不可小觑。他见证了瑞典工业的复兴和发展，见证了工人阶级福利的提升：十二小时工作制缩短为八小时工作制，五天的带薪年假延长为五周的带薪年假。还有全民选举权的实现、养老金的普及、退休保险和牙医保险的规范，以及失业率的一降再降。还有什么理由质疑，这样的进步会就此停止呢?

　　爸爸摇摇头,对爷爷的自吹自擂并不买账。"我的父亲的确做过很多事,"他说,"但和塔妮娅那边的贡献相比,简直不值一提。"这个国家民主改革的每一步进程,都离不开实用路那些共产党员的坚持和努力。他们抵抗的是纳粹,是资本家,是右翼分子,是所有反动势力!

　　"这些足以让你感到骄傲,娜塔莎。永远不要忘记,你也是这个伟大家族的一员!"

从地理范围来看，爸爸生活的圈子相当狭小：冶金厂、维克桑、谢利耶布、港口、主街、大广场，偶尔还有伊勒斯塔，这些地方骑车都可以到达。与之形成鲜明对比的是，爸爸的梦想宏大而虚幻。他憧憬着共产主义的实现。这个秘密我从没和其他人透露过。尤其在身无分文、捉襟见肘的那几天里，他的这一愿望就变得格外强烈。

爸爸说，共产主义的实现意味着一个没有阶层的社会，因此也没有金钱和战争的概念。商店就是一个存储仓库，人们进去各取所需，留下自己的富余物品以供其他人取用。比如用一双鞋交换一张地毯，用一辆自行车交换一台洗衣机。各色人种混杂而居：黑人、白人、犹太人、芬兰人、俄国人、斯堪的纳维亚人、美国人……国籍是毫无意义的。人们没有贫富之分，大家的生活水平趋于统一。每个人都说一样的语言，彼此互帮互助，和谐共处。根据共产主义的价值观，人与人之间的关系不应该是竞争和攀比，而是合作和分享。人类所生产和创造的，只有最为实用和有效的必需品，而非那些污染环境、毫无意义的奢侈品。重体力劳动将由大家轮流承担，而不应成为少部分人束缚终身的枷锁。弱势群体理应得到照顾。住宅的功能更适应集体生活而非个体隔绝——比如，在公共区域设立统一的厨房供大家烹饪和就餐，以此营造一种宽容平等的氛围。

在共产主义社会中，不会有人感到孤单，不会有人受到排挤。

如今，在以和谐社会为傲的瑞典家中，爸爸真诚地憧憬着真正的平等。没有阶层的划分，没有战争的困扰。

"到时候，你就会见识到什么才是真正的理想家园。那感觉才真的好。"

对于社会的发展和规划，爸爸颇有长远眼光和宏伟蓝图，然而面对家庭生活琐事的安排，他却毫无想法。或许他的幻想不足以支撑过于细节的部分，又或许，他根本无力面对眼下的实际困境，从而显得漠然和冷淡。

在某种程度上，爸爸在脑海中所构建的共产主义社会，同他对古巴的认知和想象存在不少相同之处。他天真地认为，一旦实现了共产主义，寒冷漫长的冬季也将不复存在。因为共产主义意味着古巴式的阳光和温暖，没有冰雪，没有严寒，没有黑夜。爸爸对于周游世界毫无兴趣——因为"旅行使人狭隘"——但他并不反对去古巴。爸爸常做的一件事是，从厨房抽屉里拿出一本棕色的邮政储蓄存折（那还是我出生时，舅公伊利斯送的礼物），紧紧攥在手里，然后夸口说里面存了一大笔旅游资金，我们想什么时候动身都行。我已经懒得揭穿存折里空空如也的事实，只为了维护爸爸那点可怜的自尊心。

爸爸的另一个梦想是一幢红顶白墙的小房子，有着宽敞的后院和芬芳的玫瑰花圃。他可以成天坐在凉亭里收听广播，而我可以在草坪上尽情玩耍。那将会是多么温馨而美好的场景！相形之下，共产主义的理想似乎变得遥不可及，而且越来越无所谓了。

爸爸是一个缺乏短期规划的人。比如下一次发薪日之前，家里的生计该如何维持之类的实际问题，他从来不去思考。他满脑子想的都是社会的变革和工业化进程的影响。而他一整年的盼头就是为期四周的带薪年假，那是他得以堂而皇之逃避工作的短暂闲暇。

整个夏季，他始终无所事事。

等到爸爸一开始休年假，妈妈便将我送回家。我记得爸爸打开房门时的惺忪睡眼和迷离表情。从衣服的褶皱不难猜出，他又在扶手椅上将就了一晚。他看我进了家门，迈着宿醉的摇晃步伐回到扶手椅上继续昏睡。清晨的阳光洒在地板上，我坐在沙发里，注视着他毫无生气的身体。爸爸就这样浑浑噩噩地挨过四周的时光，然后在恢复上班的前一晚，陷入无边的沮丧和失望。

爸爸并不是共产党的一员。对于他而言，党派，这个被妈妈视为终身归属的组织，根本称不上是一个确切的概念。他从未参加过任何马克思主义学习小组，也从未参与过关于薪酬、价格或利益的讨论。他表示，这些完全没有必要。

"我每天上午七点零三分打卡进厂，一直工作到下午四点零六分下班。我任劳任怨、勤勤恳恳地工作八个小时，可拿到手里的，却只有四个小时的薪酬。其余的都进了瓦伦堡的口袋。还有比这更让人寒心的吗？"

爸爸对团结和公平的信念，其执着程度不亚于他对炼钢的要求。他也担心过于激进终将适得其反，但他仍然秉持着生活中细节的坚持，比如银行支票的签名一定要用蓝色圆珠笔书写。及至后来我才知道这一切的源头：爸爸的档案曾被国安部门记录在册。至于其中的原委和详细经过，我也只是听说了个大概。

瑞典的国安部门于1955年首次掌握了妈妈的档案，当时她年满十二岁，刚刚前往华沙参加世界青年大会。档案中显示，妈妈参与了游行示威和党派集会等一系列活动，甚至还收录了一张妈妈和卡尔·亨里克·赫尔曼松跳舞的照片。虽然镜头只捕捉到妈妈的一只耳朵，但档案中明确表明，与共产党领袖翩翩起舞的女孩正是塔妮娅·林德堡。国安部门于1967年更新了妈妈的档案，注明她与一位名叫勒夫·安德松的男子结为夫妻。虽然该男子在党派中的身份和地位仍属未知，但爸爸的名字由此在国安部门内被隆重记上了一笔，尽管他生平所从事的政治活动只有投票选举而已。

虽然都有左派倾向，妈妈和爸爸所表现出来的方式却大相径庭。爸爸总觉得自己备受压迫——当然他不会直接说出这么负面的字眼儿——但同时又懒于抗争。妈妈倒不觉得自己受到了不公平对待，不过她一直坚持为受压迫的群体发声。他们都赞同渐进式分配政策的必要性，可每当爸爸表达出对掌握更多权力的渴望时，妈妈都会强调女性的职场地位有待提高。爸爸的梦想是更高的薪水，妈妈的梦想是六小时工作制。妈妈秉承宽容而温和的人类学观点，倡导同性恋权益的平等化。爸爸的思想则更为激进，赞同用极刑惩罚所有的恋童癖罪犯。至于对同性恋的态度，爸爸倒是从没说过，大概是因为实在不感兴趣——那些基佬的圈子距离他都太遥远了。

妈妈曾一度积极投身于反对核能的群众运动中，并且前往瑞典通用电气原子公司名下反应堆所在的城市进行游行示威。爸爸打从心底不支持，可又不愿在明面上背叛妈妈，于是在申请调动时故意避开了所有相关的岗位。后来最终投票结果出炉，核能得以继续使用，爸爸这才松了口气。他可不想因此丢掉饭碗。

"要真给这帮人得逞了，整个国家都完蛋了。"爸爸心有余悸地感慨道。"无知的傻瓜，还真以为太阳能可以解决一切呢。"

他们离婚后不久，正赶上1973年瑞典大选，爸爸有意向支持帕尔梅当选首相。他对爷爷守口如瓶，却让我把这个消息转达给妈妈——这一举动无异于向离开他的女人昭示独立性和思想性。当他最终将选票封入信封时，上面勾选的一栏里却赫然写着左翼共产党。

妈妈于1979年成为市议会议员的候选人时，爸爸站在维克桑市立学校餐厅的绿幕后，紧张得满头大汗。他小心翼翼地对折好写有妈妈名字的选票，一如曾经轻抚过妈妈的脸颊，然后注视着妆容精致的妈妈以尖锐而悲伤的口吻陈述着自己的政见。及至90年代，妈妈参加瑞典议会的议员选举，尽管她在候选人名单上名列首位，当选已经是板上钉钉的事实，爸爸仍然以无比郑重的态度勾选出她的名字，投下神圣的一票。

1976年，瑞典政坛经历了一场划时代的变革：社会民主党被由中间党、温和党、自由党组成的联合政府击败。而我在大选结果公布前就已经睡着。

"谁赢了？"次日，一个蒙蒙亮的九月清晨，我站在自行车旁，问低头开锁的爸爸。

"资产阶级赢了。就看这帮人怎么把瑞典从天堂折腾到地狱吧！"

爸爸说，资产阶级的上台代表着强盗时代的到来，也意味着工人阶级的好日子走到头了。很快我们就像阿斯特丽德·林格伦小说《绿林女儿》里面的罗尼娅和毕尔克①一样，被迫进行造反，过着与世隔绝的生活。

我和爸爸都陷入了沉默，努力从震惊中恢复过来。

"这真是场彻头彻尾的悲剧。"奶奶依照爷爷的指示，投了当时的社民党主席拉尔斯·韦尔内一票。

"帕尔梅就不能连任吗？"她怎么都想不通，这事真的行不通吗？她为去世的老国王古斯塔夫六世·阿道夫感到庆幸，至少他不用活着见证社会的堕落。在奶奶心目中，这么一位睿智聪明、受人爱戴的国王，一定是社民党分子。

"瑞典国王和社民党能扯上什么关系？"爸爸问。

"皇室成员难道不都应该支持社民党吗？"奶奶一脸惊讶。

"我说孩子他妈，拜托你讲话前过过脑子！"爷爷忍不住插嘴。

爸爸和爷爷讨论政治的时候，奶奶习惯全程保持沉默，以免招致各种嘲笑和揶揄。而我则可以夸夸其谈，爷爷不仅认真聆听，还会夸张地拍手叫好。

"你的想法真棒啊，丫头！这么新颖的观点，我可是头一次听说！"

在爸爸和爷爷的鼓舞下，我将三党联合政府的劣迹改

---

① 罗尼娅和毕尔克：瑞典作家阿斯特丽德·林格伦的儿童文学作品《绿林女儿》中的主人公。少女罗尼娅是生活在广袤森林里的山贼马蒂斯的独生女，她在父亲、母亲和山贼伙伴的熏陶中成长起来，在独自离家的过程中，她偶遇了一个名叫毕尔克的少年。毕尔克是另一伙强盗首领的儿子。他们在争吵和对峙中，逐渐对彼此产生了好感。

编成剧本、小说和诗歌，洋洋洒洒地写了一篇又一篇。爸爸让我改了又改，并且一再告诫我，千万不能将这些内容带去学校公之于众，不然肯定惹来无尽的麻烦。

一到周末,爸爸总是睡到昏天黑地,不省人事。碰上宿醉特别厉害的星期天,他倒能早早爬起来——因为惦记着那些被他喝空的酒瓶。这时,他免不了要骚扰哥哥罗尔夫,央求他开车带我们去伊勒斯塔的所谓"秘密基地",爸爸认识那里的一个人,一年四季都在偷售自酿啤酒。一钻进车后座,爸爸就不自主地颤抖起来。

"勒夫,你怎么了?"

"没什么,开车吧。"

周末的清晨,我总是醒得特别早,第一件事就是跑进我自己的房间拿一样玩具——俄罗斯套娃、化妆包或画板——回到依然酣睡的爸爸身边,玩上好一会儿。玩腻了之后,我就再去拿一样过来。就这样,玩具被一样一样地搬到床上,又被我一股脑儿堆在爸爸身上。

公寓内死一般的寂静,只能听见爸爸沉重的呼吸声,以及他偶尔翻身时,床板响起的吱呀声。

爸爸的一双脚总是支棱在被子外面。如果他没穿袜子的话,可以清楚地看见脚上陈年的污垢和老茧,就好像他刚从污水沟里跋涉回来一样。我坐在床脚边,仔细打量爸爸的一双脚,伸出手抚摸着他扁平的足弓和开裂的脚指甲。甲盖粗糙混浊,泛出黑黄的颜色。

我朝爸爸身边挪了挪，一股酸腐的臭味瞬间填满了鼻腔。

我重新爬回床上，可没过一会儿，又忍不住去研究爸爸的双脚。他究竟是怎样酝酿出如此令人作呕的脚臭的呢？

我冲出卧室，踮起脚尖站在穿衣镜前，凝视着自己眼中深不见底的惊恐和孤独。

然后我光着脚爬上床，在爸爸身边蜷缩成一团，紧紧贴住他的身体，长久地凝视他宽厚的肩膀。

一整个星期，爸爸都在盼望着放假。可真正到了周末，他又变得懒散起来，似乎对什么事都提不起兴趣。我嚷嚷着催促他起床，可他总要在床上再赖上一会儿。

早餐照例是加了茄汁沙丁鱼的三明治。长大一些后，我开始在橱柜里翻找各种通心粉罐头和亨氏的鹰嘴豆罐头，然后起开罐盖直接往嘴里倒。连爸爸都不知道这些罐头是从哪里来的。

收听广播电台是周末最重要的节目。如果足够早的话，我们能赶上电影演员西格·菲尔斯特主持的早餐俱乐部栏目。然后是怀旧金曲回顾，厨房里充满了《关于艾琳的梦》《殖民地的来信》以及伯特·巴卡拉克[①]的经典民谣。

爸爸站在水槽前，上身微微有些前倾。瑞典喜剧明星

[①] 伯特·巴卡拉克（Burt Bacharack，1928— ）：美国作曲家、流行歌手、唱片制作人和钢琴演奏家。他曾获六次格莱美奖和三次奥斯卡奖。

莫尔塔斯·埃里克松[1]和斯蒂格·雅瑞尔[2]的单口相声总能让他开怀大笑，而每当拉瑟·贝里哈根[3]唱起自己的代表作——一位腰板笔直的老绅士脱掉燕尾服又踢掉皮鞋——爸爸会让我站在他的脚背上，笨拙地带着我在地板上跳来跳去。

然后他一边咝咝倒吸着凉气，一边说自己的脚趾要被踩掉了。我笑得格外放肆，就好像被妈妈附体了一般。

十点左右，我们会坐公交车前往市中心。公交车开的和爸爸平时上班是同一条线路，但不用骑自行车是周末专属的特权。

---

[1] 莫尔塔斯·埃里克松（Moltas Erikson，1932—1988）：出生于瑞典乌普萨拉，瑞典喜剧演员。

[2] 斯蒂格·雅瑞尔（Stig Järrel，1910—1998）：出生于瑞典马尔姆贝里，瑞典演员、电影导演、喜剧表演艺术家。

[3] 拉瑟·贝里哈根（Lasse Berghagen，1945—　）：出生于瑞典斯德哥尔摩，瑞典歌手、作曲家、演员。

韦斯特罗斯的所有建筑似乎都在一味追求高度。火车站旁耸立着的，是深色砖墙结构的瑞典通用电气塔楼。早在孩提时代，我就已经听说，瑞典通用电气历史上最重要的决定——当然，或许也与每一个韦斯特罗斯人息息相关——就是在那只铜绿色穹顶下做出的。爷爷说，最有权势的高层们召开了漫长的圆桌会议，讨论每一条关乎企业发展和民生问题的政策和举措。

"鬼知道那帮老家伙都密谋了什么，"爸爸咕哝道，"就搞出这么个不伦不类的烂摊子？"

瑞典通用电气老板的私家别墅距离市中心不远。爸爸说，那幢豪宅就隐藏在山坡后面，成荫绿树的掩映之中。根据爸爸的描述，每天晚上，那里都是一派莺歌燕舞、纸醉金迷的奢靡景象：在管乐团的伴奏下，穿白色制服的侍应生穿梭在有钱的太太和绅士之中，奉上雪茄和鸡尾酒。这些尊贵的客人也许从斯德哥尔摩搭乘自家游艇远道而来，说不定其中还有瑞典火柴大王伊瓦·克鲁格珍藏的"洛瑞丝号"——那可是一艘几乎完美的船！

餐桌上每天都供应上等的牛排和俄国鱼子酱，还有堆成小山似的瑞典小龙虾。

"小龙虾落到这帮人嘴里，真是可惜了。他们就会吃龙虾尾的肉，其余部分全部扔进垃圾桶。"

爸爸说，瑞典小龙虾代表了一种神秘莫测、无与伦比的味觉体验，绝大多数人终其一生都无从知晓。他对这种黑红色的生物有着近乎痴迷和虔诚的态度，并且打从心底鄙视那些碍于传统、一年勉强吃上一两只的人们。

每到盛产小龙虾的季节，家里每周都会吃上好几顿。爸爸用自己的方法将小龙虾烹煮至红熟，然后展开折尺，挑出其中最大的一只进行丈量。然后我们坐在电视机前，各自在膝盖上平铺一块手帕，然后动手吃起来。爸爸说，我剥下来的虾壳比他的只多不少。赶上兴致高昂的时候，爸爸还会模仿豪宅里那些衣冠楚楚的绅士，拿腔拿调地即兴表演一段：

"这位小姐，您还想再来一只小浓（龙）虾吗？不了吗？那么，我能请灵（您）抽根雪茄，喝杯白南（兰）地吗？"

爸爸用手托着腮，半闭着眼睛，竖起兰花指，模仿出公爵夫人的媚态。他故意混淆了平舌音和翘舌音，还拖长了浓重的鼻音，说起话来瓮声瓮气。

"前些天，我和我的先僧（生）诺普·冯·小气鬼二世去了死（使）馆区，掺（参）观了一栋好漂亮、好漂亮的别素（墅）！我和你们缩（说），里面有镀金的浴缸，白痴（瓷）的马桶，大理丝（石）的酥（梳）妆台，还有猪（足）够的空间让我放屁……噗噗噗……哎哟哟！"

他拿起手帕，在空中挥舞了两下，然后掩住鼻子，将脸别向一旁，假装被熏得喘不过气来。

"熏屎（死）人啦！诺普，快过来帮我挡挡！"

我笑得前仰后合，差点儿从沙发上跌下来。

"再来一段！我还没看够嘛！"

但爸爸早已兴味索然，一声不吭。

进城后，我一直在数自己看见了多少座塔楼。人民大楼的矩形结构和市政厅灰色花岗岩的钟楼设计，标志着工会的神圣和威严。自从1917年起，工会就和瑞典通用电气、冶金厂、伊卡连锁超市等商业巨头有着紧密的合作。19世纪末20世纪初的十年间，韦斯特罗斯仍是一个以激进频繁的工人运动而著名的混乱城市，但现在，工人阶级拥有绝对的主导权和毋庸置疑的地位，工会的任务由化解矛盾和争端转为扩大生产力和提高工作效率。各项基础建设和配套设施应运而生：免费的托儿所、宽阔的自行车道、物美价廉的厂区餐厅。就连自由党派资助的《西曼兰省报》也一改平时的刻薄口吻，对韦斯特罗斯的变化赞不绝口。

主教座堂的塔楼由姜饼颜色的砖石砌成。港口以南坐落着热电厂，红色照明灯的映照下，高耸的烟囱中不断喷涌出股股浓烟。每到夜晚，我坐在窗前，凝视着妈妈和拉瑟所在的方向，不时被那片晕开的烟雾模糊了视线。

空军基地就设在城外。星期六的时候，总能看见身穿红色制服的军乐队女孩列队排练的情形。她们吹着小号，打着鼓，一路演练到瓦萨大街。我羡慕地望着她们干练的短裙和白色的靴袜，好奇这些女孩究竟从何而来。她们挥舞鼓棒的娴熟技巧和充满自信的甜美笑容是我永远也无法企及的。她们肯定不是维克桑本地人，很可能来自塔尔托普或哈姆勒，在漂亮的联排别墅或高档的独栋别墅中长大。

爸爸站在我身边，鼻腔里发出不屑的嗤笑。他厌恶一切与军队扯上关系的东西，从不观看战争电影，从不阅读战争历史，更不会对武器装备着迷。爸爸年轻时曾在哥特兰岛服过兵役，后来因为某种他自己也说不清道不明的原因得到了赦免，提前结束了军队生涯。

逃避兵役对他而言无异于一种解脱，但原因不明的赦免又极大打击了他作为男性的自尊心。这一谜团始终困扰着他。唯一让他感到释然的，是我们在波罗的海目睹了一起飞机引擎自燃的意外。爸爸模仿起哥特兰方言，以过来人的立场发表了一番感慨：

"你知道岛上的人都怎么说吗？长耳朵驴子祸事多。那种四面环海、哪里都不靠的小岛，什么倒霉事都能摊上。"

爸爸有自己的一套理论：男人的精气神绝不是靠一身军队制服来体现的。况且，刘海和贝雷帽算是什么搭配——一个真正的汉子是不应该遮挡住英气的额头的。

我们先去了大广场。夏天的时候，我们会采购本地出产的黄瓜和阳台上观赏的绿植。然后爸爸会拐进市立大酒店左配楼的洗手间方便一下。其实他并不见得特别尿急，只是想换个环境，回归到人类最为原始和粗俗的本能。况且，在精挑细选了几盆牵牛花之后，他亟须以这种方式证明他男性的身份。

我站在洗手间门口，张望着里面的男人们冲着小便池叉开两腿的背影。伴随着哗哗的声响，浓重的尿骚味直直地钻入我的鼻腔。

"喂，喂，看什么呢！"

洗手间外的地面已经漫湿一片，我好不容易挪到一块稍显干燥的瓷砖上，一边担心脚下的白色凉鞋，一边忍受着不怀好意的嘘声。混杂了尿液的污水逐渐浸过脚跟，我屏住呼吸，强忍住呕吐的冲动。爸爸过了好久才释放出来，末了还习惯性地甩了甩手。照例没有洗手。

有时，他甚至直接在厨房水槽解决。我清楚地记得，一股棕黄色液体是怎样精确地瞄准下水口奔涌而出的。温热的尿液蒸腾起的水汽，让我联想到冶金厂的锅炉冒出的阵阵白雾。

离开洗手间后，我总要找一处干净的水坑，将凉鞋在里面浸泡上一会儿。冬天的时候，我干脆把靴子踩进厚厚的积雪里，一动不动地站上半分钟。对我的行为，爸爸虽然疑惑，却从不过问。

我们直奔埃里克松超市的水果和奶酪柜台，第一百零一次证明爸爸的理论：这里的物价贵得离谱，只有打折后的农家奶酪才勉强能够接受。之后我们转场来到西格玛商场的玻璃器皿和手工制品柜台，爸爸看得格外仔细，却基本没有买过什么。记得有一次，他在百般纠结和挣扎后，忍痛买下一只吹塑玻璃的海豚。走出店门前，爸爸照例叮嘱我：装饰品不是必需品，你要永远记住这一点。

在弗杰斯塔家具店里，我们惬意地试坐在真皮沙发里，用手指摩挲着黄铜包边的扶手，一脸满足。

商人大街上的一家艺术品交易行也是我们常光顾的一站。爸爸摆出鉴赏家的挑剔姿态，面无表情地逐一打量店里的展品。他尤其看不上那些主题不明或是笔法粗糙的作品——"一幅画倘若连意思都表达不清楚，还有什么收藏价值！"这是爸爸的原话。他时常感慨，现今的画家怎么就不能向安德斯·佐恩[①]、布鲁诺·利赫佛斯[②]这些大师好好学学,哪怕模仿也行啊。

一走进泽特隆德玩具店,爸爸立刻变得局促不安起来,不断擦拭着额头上沁出的汗珠。在他看来,我看上的玩具要么太贵,要么和已有的雷同,要么就是三分钟热度的垃圾货,一进家门就会被丢到一边。他建议我们去多姆斯购物中心,挑上一本书或者一张邮票,价格便宜,而且实用性更强。我什么都没说,默默跟在爸爸的身后走出玩具店。

锻造路上的摩纳哥歌舞餐厅里有一个熟食铺,我总是点最大份的烤香肠配土豆泥,然后狼吞虎咽地一扫而光。爸爸在一旁咂咂嘴,故意说只有小孩和流浪汉才会在外面大吃特吃。

爸爸的午餐通常在地窖酒吧里解决。他喝啤酒,我喝汽水。中午正是酒吧里生意冷清的时候,几个男人坐在吧台角落里,要么自顾自读报纸,要么无所事事地盯着酒保发呆。

爸爸总是不紧不慢地尽情消磨时间,只有在点烟的间隙才会放下手中的酒杯。他喝得格外仔细,就连粘在嘴唇上方的啤酒沫都一丝不苟地舔进嘴里。我们不像在家里那样侃侃而谈,而是沉默地各自坐着,爸爸一杯接一杯地喝,

---

[①] 安德斯·佐恩(Anders Zorn,1860—1920):出生于瑞典穆拉,瑞典画家、雕塑家和蚀刻版画家,也是瑞典历史上最重要的艺术家之一,代表作有《仲夏节》《夏季》等。
[②] 布鲁诺·利赫佛斯(Bruno Liljefors,1860—1939):出生于瑞典乌普萨拉,瑞典艺术家、画家。擅长自然景物的绘画,其野生派的画法对后世有很大影响。

一杯接一杯地点。我掏出从家里带来的玩具,低着头摆弄来、摆弄去。

我的耐心很快消耗殆尽。我坐在高脚凳上晃着两条腿,像只虾米似的弓起腰,将下巴抵住吧台的桌面,然后问侍应生要来餐巾纸和笔,在上面胡乱涂鸦;或者摊开长长的山楂卷,编织围巾和项链;或者用几枚二十五奥尔的硬币叠罗汉玩。好不容易等到爸爸终于下达离开的指令,我便急不可耐地跳下高脚凳,欢呼着冲出门去。

从地窖酒吧出来后,我们直奔瓦萨大街的酒类专营店。随着结账的队伍有条不紊地向前推进,爸爸顺利地满载而归:两瓶匈牙利甜酒,一瓶今日特价的烈酒。

我们来到出租车候车点等候,爸爸一身的酒气和身后的明黄色戒酒广告牌形成讽刺的对比。爸爸显得很不耐烦,抱怨着订车电话的等待音乐播放起来就没完没了。真正坐进出租车之前,他却慢条斯理起来,象征性地竖了竖领口,掸了掸前襟,活脱脱一位注重仪表的绅士。在我看来,以我们的身份和财力搭乘出租车,实在是奢侈而尴尬。

到达公寓大门外后,爸爸掏出几张十克朗的纸钞支付了车费。一下车,我便央求他骑车把我带去谢利耶布的某位女性那里:麦肯姑妈、妮娜姨妈、罗西塔表姐、奶奶——算了,还是不去奶奶家了,她年纪实在太大,况且我们经常见面。

我们来到精致的黄色砖房前,爸爸敲了敲半透明的玻璃窗格,麦肯应声打开了门。

"是你呀,奥萨囡囡!"

"能让这丫头在你家待两个小时吗?"

"好啊好啊好啊。进来吧!"

屋内弥漫着一股肉酱的香味,我本能的饥饿感立刻战胜了唐突打扰的歉疚感。

由于年长爸爸不少岁,麦肯颇有长姐如母的风范。爸爸出生的时候,麦肯已经和阿列克谢在交往了。阿列克谢也是外婆薇拉的弟弟。所以尽管爸爸和妈妈离了婚,两家人之间仍然有着千丝万缕的联系,其姻亲关系的复杂程度,大概不是一两句话能说清楚的。

麦肯和阿列克谢同样住在谢利耶布,距离爷爷奶奶家不过数百米远。麦肯有一头黑色的卷发,性格开朗,容貌出众,身材瘦削骨感,在一家建筑公司担任秘书。阿列克谢任职于瑞典通用电气,是一名拥有二十五年工作经验的工程师。他仪表堂堂,身材略微健硕,特别擅长开玩笑。被他打趣过的人总会对他的幽默念念不忘。

麦肯和阿列克谢所住的房子是爷爷帮忙修建的。里面贴有绿色的天鹅绒墙纸和全套齐本德尔式家具。餐桌椅十分考究，天花板上还挂着大小不一的水晶吊灯。角落里的斯坦威三角钢琴由于无人弹奏，彻底沦为摆设。地板上的条纹地毯打理得干干净净，车库里停着一辆进口的奔驰轿车，在不知情的外人看来，还以为这家人是资产阶级党派的忠实拥趸者。

二楼是表姐罗西塔的房间。罗西塔比我大十八岁，从小就是公认的美人。尤其是笑起来的时候，眉眼像极了瑞典电影女星列娜·纽曼。她在一家肺科诊所工作，每天至少要抽掉一包烟。她很愿意花时间陪我玩，并且从不在背后非议妈妈。我暗暗希望，自己也能成为像她那样的人。

麦肯在狭小的厨房里操持着，烤箱里正烘着甜饼，炉灶上正炖煮着白菜肉卷。同时她还要承担起一大家子人衣服的清洗和熨烫工作：她自己的、阿列克谢的、罗西塔的、爷爷的、奶奶的、爸爸的，还有我的。繁重的家务活让她成天忙得团团转。尽管麦肯天资聪颖，遇事颇有见地，但她完全没有时间坐下来和大家闲聊。她的回答要么是"好啊好啊好啊"，要么是"算了算了算了"。我猜她根本没听清对方在说些什么，所以也只能敷衍了事。

她管我叫奥萨囡囡，或者傻丫头、小傻妞。阿列克谢曾经开玩笑说，怎么有种智商不太高的感觉，结果被麦肯说了一顿。

我已经记不清楚自己在麦肯家到底做了些什么，只是有一个大致的印象：如果时间足够晚的话，我可以在那里过夜。麦肯忙东忙西的时候，我就跟在她屁股后面，一起唱托尔·斯库格曼[①]的流行歌曲：《小美女弗莱肯》《远离恐

---

① 托尔·斯库格曼（Thore Skogman，1931—2007）：出生于瑞典哈尔斯塔哈马市，瑞典流行歌手、作曲家、演员。

惧》《成为今年的韦姆兰小姐》。我信誓旦旦地表示,长大后要买一只麦克风送给她。麦肯笑得眼泪都出来了。

客厅的边桌上放着复古款的眼镜蛇电话,抽屉里则塞满了各种化妆品。罗西塔耐心地教我如何画出均匀而绚丽的眼影。我用毛刷反复扫过已经结块的彩妆盘,晕出一层层浮粉。罗西塔将过期的化妆品都送给了我,我因此从七岁就开始了自己的化妆生涯。为此,小学老师玛吉特和妈妈都很困扰,却又不好挑明。哭得厉害的时候,眼泪将眼线冲刷下来,在脸颊上形成黑色的纹路,我只好用袖子擦了又擦。

星期天的时候,我都会借用麦肯家的浴室洗澡。浴室瓷砖上隐隐浮动着酒红色的花纹,浴缸里满是松香味的泡泡。在我洗掉了一周的污垢后,麦肯还会用卷发棒和发卷帮我做出大波浪的造型。爸爸来接我时,顺便还会带走一大包洗净熨平的衣服。

我另一个常去的地方是妈妈的姐姐妮娜和姐夫圭多家。他们也住在谢利耶布,继承了位于实用路外公外婆的房子。韦斯特罗斯是一座大城市,可我和爸爸生活的地方,怎么看都像是一个偏远落后的小村落。

妮娜和圭多家的房子——也就是外公外婆曾经的房子——方方正正的,由灰色的石棉水泥板搭建而成,正好坐落于一座大花园的角落里。花园疏于打理,却兀自生长得蓬蓬勃勃,除了獐耳细辛、紫苑、黄花九轮草这些铺天盖地的野花,灌木丛中还缀着饱满硕大的覆盆子,到了夏季,樱桃树上也结出累累硕果。圭多租用了一间破败的温室,在恶劣的条件下顽强地培养出西葫芦和青豆等蔬菜,以配合正宗的意大利南部菜肴。

厨房的窗框统一漆成了蓝绿色调,由于在缺乏抽油烟机的情况下经年累月的烹煮,从厨房的墙壁上不断渗出橄榄油的浓郁气味。操作台上摆着一台火腿切片机,旁边堆着韧劲十足的脆皮面包。这里是圭多的地盘,也是意式薄饼、蔬菜奶酪卷和奶油焗海鲜的发源地。每到星期天,妮娜都会搬出笨重的压面机,将鸡蛋、面粉、橄榄油铺上满满一桌,于是,整间厨房就成为晾晒意大利面的作坊:窗帘杆,椅子背,吸尘器,但凡能挂的地方都挂满了。从二楼传来玛丽安娜·菲斯福尔和乌尔夫·伦戴尔的歌声,那里是我表哥安德烈的房间。他比我大十三岁,习惯昼伏夜出的生活。他聪明却不安分,是典型的无政府主义者。他一直期望着我能够早些成熟,读懂约翰·多斯·帕索斯[①]的著作。

客厅里陈列着一个巨大的书橱,以及舅公伊利斯留下的一架簧风琴。伊利斯是妈妈和妮娜的奶奶丽萨的弟弟,很早就去世了。他是位不折不扣的隐士,对现代化的一切嗤之以鼻,信奉尿疗法能治愈手上的湿疹。再另类、再怪异的人和他相比,都显得正常得不能再正常了。

地下室弥漫着一股潮湿的水泥味。一只年久失修的锅炉时不时就要出点岔子,另一只不知道什么时候买来的马桶总是滴滴答答地漏水。沉重的门板只要稍一移动,就会发出吱吱呀呀的声响,门框上的颜色已经斑驳泛黄。无论从哪个角度看,这幢老房子都已经不再适应现代的生活了。但只要是在里面住过的人,无一不为房子的历史沿袭和人

---

① 约翰·多斯·帕索斯(John Dos Passos,1896—1970):出生于美国芝加哥,美国小说家,代表作为《美国》三部曲,包括《北纬四十二度》、《一九一九年》和《赚大钱》。

文气息感到骄傲。

相比于操持家务，妮娜更喜欢读书或解字谜。厨房的餐桌上总是堆着厚厚的一摞书，以及各种各样的过期杂志。妮娜比妈妈年长五岁，整个人洋溢着青春的活力和气息。她喜欢将一头蓬松乌发在脑后团成葡萄柚一般的发髻，衬得她身形更为修长纤细。妮娜在瑞典通用电气担任设计助理，同时积极投身于瑞典工业工会的各项事务。她会将整个周末的时间慷慨地与我分享，陪我一起缝纫、画画、编小剧。当然最多的还是聊天，甚至能够谈论那些最为琐碎和敏感的话题。妮娜善解人意，无论见到谁或是说到什么，都从未表现出慌张或急躁的窘态。她没有偏见和执念，在道德观方面宽容而大度。

她常说我是她的心头肉，然后用小珍珠、小贝壳、小牡蛎之类的昵称来称呼我。

圭多出生于意大利塔兰托，1947年移民瑞典。当时瑞典亟须招揽劳动力，而战后的意大利满目疮痍，一派破败不堪的景象。圭多的父母本来经营了一家生意不错的小餐馆，后来墨索里尼一声令下，要求将所有铜锅和金属厨具全部上交国库，熔炼成弹药。这对意大利国民而言，无异于一个沉重的打击。身为社会主义者的圭多父亲在一夜之间失去了自己辛苦积攒的所有财富，不得不带领全家另谋生路。

姨父圭多身材矮小敦实，前胸和大腿上满是卷曲的黑色体毛。他似乎天生具有超强的御寒能力，经常穿着短裤走来走去，让人很难不注意到他发达的肌肉和雕塑般的鼻子。圭多的嘴角总叼着一根香烟，我从没见他抽过，但隔三岔五地，他胸前金项链的十字架吊坠上都要落上一层烟灰。圭多在厨房水槽里清洗项链时，也会顺便拿出小刀将胡子修刮干净。在我的印象中，圭多西装革履的打扮屈指可数，但是那种帅气和优雅却无人能及。

实用路的房子是一座美食的圣殿。每顿饭结束后，圭多都会对自己的手艺进行坦率的检讨，然后诚心诚意地询问大家，对四小时后的下一顿正餐有什么想法。圭多吃东西的态度认真得近乎虔诚。他总是低着头，在餐刀和餐叉的熟练配合下将食物切割成合适的小块，然后迅速地咀嚼吞咽，最后用面包蘸着番茄酱汁，将餐盘刮得干干净净。大多数时间里，他都在沉默不语地享受美味，只有偶尔的几次，他放下餐具，用拇指和食指做出郁金香花苞的椭圆形，一边比画着，一边急切地想要解释什么。由于嘴巴里塞满了食物，他的声音含混不清，惹得我们哈哈大笑。圭多满脸羞红，只好央求妮娜替自己翻译。

爸爸笑得最厉害。他夸张的笑声透着一种不为人知的心机：通过贬损圭多从而强化自己的男性魅力。

爸爸曾在塔兰托住过一个夏天，那是他第一次，也是最后一次去意大利。根据他的描述，意大利简直就是一个藏污纳垢之地，卫生条件极其恶劣，未经处理的生活污水直接流入大海，成为人们习以为常的一景。

"你在海里游着游着，一根烂香肠就漂进嘴巴里了。到处都是乱七八糟的，你简直无法想象自己身处一个怎样的国度。"

圭多倒觉得，爸爸的生活才叫乱七八糟。特别是在饮酒方面，他应该有所控制和节制才对。

我的小心肝，我最亲爱的小公主。圭多姨父不吝用最甜美的意大利语称赞我。对于我只是干巴巴地称呼他的名字，他仿佛受到了莫大的伤害。

"我是你的姨父！你至少应该叫我圭多姨父。我最亲爱的小公主，你必须牢牢记住这一点！"他越说越急，伸出只剩残肢的食指挥来挥去——那是一次误操作冷压机导致的事故。

不知道为什么，圭多做事总是会出岔子。比如记错了见面地点，不小心将自己反锁在门外，出国忘记带护照，平安夜摔断了锁骨，在游泳池里滑脱了泳裤之类。好在这些尴尬和粗心都没有影响到妮娜和他的婚姻。

圭多在意大利俱乐部里担任某个重要职务，要么是轮值主席，要么是财务主管。他们家的那张颇有年头的餐桌，在四五十年代时曾是共产党代表商谈和指挥的重要见证，如今成为意大利人围坐聚会的据点，他们喝着咖啡，抽着雪茄，海阔天空地东聊西扯。只要厨房门发出砰的声响，多半是某个刚从家乡探亲回来的意大利人捎带了土特产过来：大桶的橄榄油、新鲜的帕玛森奶酪、硕大的石榴，有时还有一大木箱的仙人掌果。意大利人特有的热情让实用路的房子充满了欢声笑语，始终生机勃勃。妮娜有时会加入其中，笑得前仰后合，有时则会让圭多带朋友出去，另找个地方继续。

一到星期天的晚上，我就不想待在家里。爸爸整个周末都在睡觉。难得清醒的几次，他睡眼惺忪地爬起来，脸颊上还印着深深的睡痕，摇摇晃晃地走到橱柜前，盯着被他喝空的酒瓶，骂骂咧咧地说，真他妈的见鬼，明天又要上班了。

每天早晨六点一刻，由于担心我们父女俩都睡过了头，爷爷都会准时打电话过来。爷爷一直无法接受自己已经从冶金厂退休的事实，仍在忠心耿耿地监督着现任工人——爸爸的作息时间，以保证工厂的顺利运转。有几次，他直接用备用钥匙开了公寓的门，搬了把椅子坐在床边，算准了时间叫我们起床。他俯下身，用细瘦的胳膊拼命推搡爸爸。

"勒夫，醒醒！勒夫！该上班了，勒夫！快起来，丫头，你该上学了！"

天才蒙蒙亮，我们睡得正香，冷不丁被一个老头嚷嚷起来，的确不是一件令人愉快的事。爸爸恼羞成怒，掀开被子就冲爷爷破口大骂。爷爷不动声色地将椅子搬回原处，下了楼，骑上自行车回到自己家。然后过上一段时间，照旧不请自来地充当人肉闹钟。

爸爸的左耳几乎完全丧失了听力，所以如果他恰好往右侧睡，枕头把右耳堵了个严严实实，那么闹铃声根本就不起作用。这一点爷爷也很清楚。

爸爸需要在七点零三分打卡进厂。在此之前，他要先把我送去幼儿园（上小学后变成了延长班）。每天早晨，他都要一连催我好多遍，然后手忙脚乱地找出我要穿的衣服。我们既不刷牙洗脸，也不吃早饭，就这样还总是匆匆忙忙的。

唯一耽误时间的是爸爸例行的晨吐。

他站在厨房水槽前，稍稍弓起背，左手肘撑住操作台，右手的拇指和食指不断搓来搓去。他大多数时候都是干呕，唯一能吐出来的就是前一晚灌进肚子、尚未消化的啤酒。然后他抬起头，目光呆滞地望向窗外，身体微微颤抖，拇指和食指的揉搓也渐渐缓慢下来。临出门前，他又要再吐上一轮。我站在走廊里，听见他草草冲洗水槽的声响，紧接着是一阵匆匆的脚步声。

"没办法，这都是神经反应。"他解释道。

然后我们走下楼，他跨坐上自行车，将我放在后座上。

在我的记忆中，我们是唯一一对大清早赶路的父女。其他人要么还在家里吃早饭、读报纸、听广播，要么忙着整理床铺、洗漱干净，然后拿出前一晚准备好的衣服换上。

我总是第一个到幼儿园的。赶上爸爸特别忙的时候，幼儿园甚至都还没开门。

"马上就会有人来了。"爸爸将我留在大门外，头也不回地骑车走了。

我孤零零地站在一团昏暗中，紧贴着白色砖墙的两层小楼，望着不远处的公寓里，灯光一盏接一盏地亮起。我将双手缩进袖管，在雪地里不停跺着脚，既是为了取暖，也是给自己壮胆儿。我就这样，眼巴巴地盼着食堂阿姨古恩的出现。她总是第一个到幼儿园。

"你怎么一个人站在外面，奥萨？"她一边问，一边将我领进厨房。

古恩给我泡了一碗热麦片，又做了一个奶酪三明治。等幼儿园老师上班的时候，看见坐在厨房里的我，每每问起，古恩都打马虎眼说，她和我是同时到的。因此，我很早就已经拥有了许多超越自己年龄的秘密。

"你怎么能这么做?"爸爸接我的时候,我忍不住怒气冲冲地质问。"外面那么黑,你知道我有多害怕吗?!"

爸爸永远只有一个答案。

"那我能怎么办?"

他也会毫无必要地折腾上一番。像往常那样匆忙起床,骑车带我来到大门紧闭的幼儿园或学校外,安慰我说很快就会有人过来,然后头也不回地骑走了。没过几分钟,他再次折返回来,骑车带我回了家,睡起了回笼觉。爸爸其实很清楚那天是周末或假期,他只不过想体验一下半途而废的放肆感觉:管他呢,我不上班了,还不如回家睡大觉!

爸爸常说,如果他不去上班的话,整个冶金厂就要停产了。有一次,他因为腰痛难忍而开了病假条;还有一次,他因为锁骨骨折被迫休息了一段时间,除此之外,他一天班都没缺过。

保险公司就在职业介绍所的正对面,搭乘同一个自动扶梯就可以到达它们所在的楼层。爸爸锁骨骨折的那次,我们曾经去那里办理理赔事宜。我们搭自动扶梯上去后,左转就是保险公司。我扭过头,透过职业介绍所的玻璃门,看见妈妈正在帮助某位失业的来访者填写申请表。我完全没想过要不要问问爸爸,能不能进去打个招呼。一场擦肩而过的相遇就这样悄无声息地过去了。

爸爸在保险公司的柜台前紧张得满头大汗。他很担心医生证明或者其他文件会出问题。好在最后办理得还算顺利,爸爸总算松了口气。离开保险公司后,我们直奔西格玛商场,爸爸爽快地买下一只贡纳尔·斯坦恩造型的陶瓷储钱罐。

爸爸总在抱怨自己浑身都疼,几乎没有一处好的地方。他攥紧拳头,拼命捶打僵直的脊背和肿胀的肩膀,以此得到短暂的放松。有几个晚上,他的疲倦和劳累已经达到身体所能承受的极限,他甚至担心自己会突然失去知觉,不省人事。

"如果我昏倒了,你要赶紧打电话通知埃尔迪斯。"

"昏倒了有什么表现?"

"等你看到就明白了。"

冶金厂附近有一家理疗诊所,里面摆着一排排简易病床,饱受背痛折磨的工人脸朝下躺着,由一位穿白大褂的护士为他们进行热疗操作。诊所是挑高结构,有着木质地板和沉甸甸的大门,就像黑白电影里的那种老房子。护士要求我坐在一旁静静等着,可我总忍不住跑到爸爸身边和他说话。爸爸的表情显得痛苦而沉重。

我一般不怎么生病,一包淡蓝色的儿童用阿司匹林足以维持我整个童年的健康。印象中,我偶尔发烧过一两次,不过爸爸还是坚持将我送去了幼儿园,他说如果情况恶化,幼儿园老师自然会打电话通知他。为了这句话,我死活不肯让老师联系爸爸。

"不行! 爸爸是炼钢高手。他要是走了,就没人炼钢了。"

不去幼儿园的时候,我都由爷爷带着玩。爷爷把我放在自行车后座上,骑车带我去湖边喂鸭子、看小鸟。而需要看病的时候,陪在我身边的要么是麦肯,要么是乌勒的妻子玛塔。爸爸总说自己请不了假。斯万医生是维克桑儿童护理中心的负责人,他长得很像艾尔莎·贝斯寇绘本里的蓝叔叔[1],只不过头发是银色的而已。他先用干燥冰凉的大手按了按我的肚皮和脖子,又拽了拽我内衣的松紧带,检查我的身体是否清洁。最后他温和地问我,是跟爸爸睡还是自己一个人睡。他说我已经是个大女孩了。

在周围人的眼中,爸爸是一个不折不扣的矛盾体。他的勤奋工作在兄弟姐妹之间赢得不少声誉。冶金厂的同事对他青睐有加之余,也不免责怪他过于敬业和认真。

爸爸的自我评价是"一头没人在乎的老黄牛":被利用,被剥削,被压榨,在社会中毫无立足之地。虽然他从未明说过,但内心始终深信不疑。与此同时,他又自诩为全瑞典最厉害的炼钢工人。他说,好像听说过在其他某个城市里,也有一个技能出众的同行——不过比自己还是差了那么一点。所以,爸爸仍是全国第一。

"要是你打电话到厂里找我,一定要说,我找炼钢高手勒夫·安德松!"

后来,爸爸被提拔为炼钢部门的小组长。冶金厂的内部刊物还对他的部门做了专访报道,我仔细端详着像素不高的采访照片,那是我唯一一次看见他同事们的相貌。照片下面的介绍文字里赫然写着:小组长勒夫·安德松。

"看到没?小组长勒夫·安德松!知道这是谁吗?对啦,就是我!"

爸爸将这期刊物保存在厨房抽屉里,时不时拿出来沾沾自喜一番。

---

[1] 蓝叔叔:瑞典绘本作家艾尔莎·贝斯寇笔下的人物,因为穿一身蓝色西装而得名。他被公认为是一位博学、友善、助人为乐的绅士。

虽然工作给予了爸爸所有的自信，但他还是讨厌上班。他私下将冶金厂称为野人厂，同时威胁我不许对别人透露一个字。

随着冶金厂的生意蒸蒸日上，临时加班的任务也越来越多。爸爸有时不得不推迟下班时间，甚至工作到深夜，而我也只好跟着他，在家和冶金厂之间来来回回地奔波。爸爸将自行车停在工厂大门外，去门卫处登记了我的信息，然后打卡进厂，接着点燃一根香烟。我看着他用长长的铲子从熔炉里取出一块东西——我问他那是什么，他总是敷衍地说"就是东西嘛"——锻造加工后，或者重新放回熔炉，或者拿取一块新的放进去。他的背部肌肉全程紧绷，两只手臂坚定有力地抬高或放低，然后稍事休息，狠狠抽上一口烟，另一只手向后拨弄着额前的碎发。

爸爸的工作间里灯光昏暗，周围都是浅浅的水池，滚烫的东西扔进去后，便会迅速冷却，发出嗞嗞的响声，同时蒸腾出白色的水汽。爸爸担心我会失去平衡，不小心跌进冷却池，于是让我去旁边的房间等着。我远远望着他汗流浃背的身影，感到无比的孤立和隔绝。炼钢部门并不遵循"三班倒"的工作制度，所以除了我和爸爸以外，再没有其他人。

我从不知道爸爸具体的工作流程，也不清楚最终成果是什么样的。爸爸说过，他们所锻造加工的特殊零部，会运往包括沃尔沃在内的大型企业。但这单薄的解释仍然无法满足我的好奇心。在我的印象中，冶金厂是一个黑暗而神秘的地方，任何不可思议的事都会在这里发生。

时间不知不觉地过去，爸爸干完活，掏出考勤卡，又点上一根烟，耐心等着打卡钟发出咔嗒一声。但打卡钟迟迟没有动静。

"混蛋!"爸爸忍不住骂起来,攥紧拳头对着打卡钟就是一拳。

打卡钟毫无反应。爸爸这才有点慌了。

"刚才发生的事,千万不要告诉别人。这玩意儿要是修不好可就麻烦了。"

我不喜欢深更半夜骑车回家的感觉。皮尔路漫长得似乎没有尽头,熊岛街十字路口的红灯总是亮个没完没了。沿途的一切仿佛都在嘲笑我:奥萨,快回家!你不应该出现在这儿!你怎么还不上床睡觉?

街道上的霓虹灯招牌闪得人直晃眼。我努力辨认着那些变形的字体和陌生的文字:热带。什么意思?热带风情。又是什么意思?

对于深夜加班,爸爸似乎没有任何意见。他知道工头会对自己大加赞赏,而且就加班费而言,也绝对物有所值。

"这下我们又可以赚上一笔了。"他每次都会这么说。"不过,千万别告诉你们幼儿园老师,我们晚上爱干吗干吗,和他们没关系。"

我不能透露的秘密实在太多太多。比如下雨天,他忘了关通风窗,结果厨房浸了一地的水。我们狼狈地收拾了几个小时,把家里能用的东西都用上了:床单、衣服、桌布,全都沦为吸水布。最后,我们精疲力竭地躺在光秃秃的床垫上,爸爸一个劲儿地抱怨没有购买房屋保险实在是失策,万一真遇上水灾,家里整个就被淹了。

"这件事,千万不要告诉你们幼儿园的老师!也决不许和爷爷提一个字!"

爸爸来幼儿园接我的时候,总是在衣帽间等着。趁着我迅速穿戴整齐的几分钟,幼儿园老师会说些鼓励的话,而爸爸的回答显得有些唯唯诺诺。对于老师的关心和付出,他不知道该如何表达心中的感激。他找不出任何抱怨或指摘的地方,相反,还有些畏惧和害怕。对于他来说,幼儿园老师代表着瑞典政府,因此享有极高的权威和无上的地位。

爸爸曾经参加过一次家长聚会。他起初很紧张,但当得知自己是这群妈妈、奶奶里唯一的男性后,爸爸明显放松了下来。他开始尽情施展自己的风趣幽默,而女士们的笑声和掌声也让他越发自信起来。

爸爸把自己能想起来的笑话讲了个遍。

到最后,爸爸简直收不住口,而且状态越来越好。他就像被喜剧大师罗尔夫·本特松附体了一般,挥挥衣袖,挑挑眉毛,就能立马编出一个段子。他根本不想结束,直到大家开始收拾杯碟桌椅时,他才恋恋不舍地安静下来。

"她们笑得可真夸张!"爸爸向我炫耀了一路。"那帮女的估计这辈子都没这么尽兴过!"

让我觉得有些尴尬的是,爸爸借用了马格努斯和布拉瑟二人组表演过的一个段子,而且还颇为俗气和情色,大意是说在厕所里干那档子事。看到爸爸卖力地模仿厕所里的冲水声和嘿咻声，我简直想找个地洞钻下去。在场的女士们倒没有丝毫难为情，一个个笑得前仰后合。

自从那晚以后，爸爸感到自己的肩头多了份沉甸甸的责任：为大家带去欢笑和快乐。这一执念深深折磨着他。他开始胡思乱想，甚至做好了最坏的假设：被人家当作油腔滑调的花花公子，只会耍嘴皮子，而不屑于脚踏实地地做实事。爸爸说，他坚决不要承担被人误解的风险。

于是，爸爸再也没参加过任何家长会。这也不坏。爸爸在这种公开场合下往往很难做到言行得体。不过，他倒是出席了我五年级学年结束的结业典礼。妈妈也去了，在学校礼堂里，和爸爸挨坐在一起，看起来完全就是一对和睦恩爱的夫妇。我完全搞不懂他们是怎么想的。在校长祝完大家暑假愉快后，妈妈直接赶去上班了。爸爸那天调休，也不急着回家。班主任英格堡老师是第一次见到爸爸，所以礼貌地问他是否想去我的教室参观。爸爸欣然应允。

爸爸环视四周，他身上的酒气在打扫得空空荡荡的教室内弥散开来。墙上的画作都已经拆了下来，桌椅也都擦拭得一尘不染。

"我没猜错的话，你们是在研究阿克塞尔·冯·菲尔逊吧。"

"是的。从下学期开始，我们就要学习法国大革命的历史了。"

"嗯，嗯，好。真不错。"

回家路上，爸爸问我是否还记得那首重复过上千遍的韵律诗。

"就是你幼儿园时常唱的那首，"爸爸提示道，"英格堡，英格堡，你是我的小花猫。"我愣愣地琢磨着爸爸唱的韵律，可怎么都想不起后面的部分。

"记得这一句就够了。"

"是啊，这一句比较重要。"

爸爸接着说，英格堡真是一个好名字。比如他的妈妈——也就是我的奶奶——也叫这个名字。

"你的老师看上去人挺好的，是吧？"

"嗯，她人特别好。"

"看着就是。我说，你的暑假打算怎么安排？"

妈妈出席家长会的频率明显要高得多。只要是通知到的，她一场不落都会参加。我上小学低年级的时候，她质疑学校每天早晨要求我们朗读《圣经》，合唱赞美诗，每顿饭前还要感谢上帝恩赐食物，等等。玛吉特老师给出的答复是，尽早学会赞美诗，长大以后去教堂做礼拜会更适应一些。既然如此，妈妈不客气地指出，这些孩子应该从小就学唱《国际歌》，为将来的五一大游行做准备。妈妈还对教室里的反省角很有意见，她也不明白，为什么学生走到讲台前都必须鞠躬或行屈膝礼。

"学校的任务应该是教育，而不是教化！学生们应该接受民主和平等的理念。"

其他家长都沉默不语。

妈妈不喜欢评分制度；玛吉特老师不喜欢妈妈，她想不通妈妈的不满：孩子们不穿鞋，在地板上围坐成一圈，这种上课方式到底有什么不能接受的？

学校上课和延长班是各自独立的。爸爸每天都要和延长班的老师聊上几句，但他和玛吉特老师没见过几面。我告诉他，玛吉特老师教我们唱《救主为我预备道路》[①]，爸爸不屑地说，这么老掉牙的曲子还拿出来炫耀，真是丢人丢到家了。

家人和亲戚之中，我大概是爸爸唯一的听众。所以在其他人面前，爸爸总是保持缄默而冷淡的态度。

玛吉特老师为每位家长安排了见面时间，当爸爸走进教室时，他的肩膀不自觉地紧绷起来，步伐也变得拘谨。爸爸很担心自己会遭到老师旁敲侧击的指摘。

玛吉特老师翻开我的课本和作业本。

"奥萨在学校表现得非常优秀。所有功课都完成得很好。"

爸爸整个人放松下来，下意识地掏向装有香烟的口袋，但很快停住了手。玛吉特老师还展示了我画的一张《仁慈的撒玛利亚人》，评价说我似乎对基督教知识特别感兴趣。

"那是，那是。奥萨的确是这样！这些知识不仅有趣，还很重要。"

玛吉特老师拿出一张表格请爸爸签字，这令爸爸又一次紧张起来。他紧抿住嘴唇，沉默而专注地写下自己的名字，勒夫·安德松。"勒"字和"安"字的花体尤为飘逸。我们跟玛吉特老师道了再见，起身往门外走去。玛吉特老师站在窗户边，在落日的余晖下仔细端详着爸爸的签名。

"勒夫！"她喊住爸爸。"勒夫，你的字写得真漂亮！"

爸爸昂首阔步地走出教室大门。你们的老师还真有眼

[①] 《救主为我预备道路》(*Bereden väg för Herran*)：由瑞典—芬兰籍诗人弗朗茨·迈克·弗朗兹恩（Frans Michael Franzén）于1812年作词的基督教颂歌。

光！他得意扬扬地念叨着。这娘们儿不错！可惜屁股大了点，唉，人无完人呐！你说这上帝造人的时候，也真会开玩笑。

玛吉特老师说，我是全班最优秀的学生。无论从哪门功课的成绩来看，这一点都是毋庸置疑的。可是连续三年里，我始终没有得到金色星星的奖励——玛吉特老师大概不愿意把镶有金色星星的练习本送给一个又脏又怪的孩子。出于安慰，她总是在我的作业本上用蓝色圆珠笔草草画一颗五角星。有一次，她意外画了一颗红色的五角星。爸爸因此震惊不已：这娘们儿肯定猜出我们一家是布尔什维克！

小学高年级的时候，我和海伦成了好朋友。海伦是班里唯一不住公寓的学生，她的妈妈在邮局做兼职，爸爸在电脑公司工作。她长得很漂亮，有一头蓬松的长发，还有一个极尽奢侈的衣柜。她的青眼有加令我颇为受宠若惊。海伦似乎并不在乎流言和偏见，她慷慨大方，幽默风趣，正直诚恳。如果没有她的陪伴，我恐怕会形单影只地度过漫长的求学生涯。我对她充满崇拜和感激，甚至暗暗希望她在未来某一天遭遇困境，也给我雪中送炭的机会，以报答她对我的不离不弃。

我们的友谊一直持续到高中毕业。在爸爸看来，海伦最让人折服的是她与生俱来的高贵气质：她从没有露出过满头大汗、灰头土脸的窘态，脚上的一双白皮鞋也总是一尘不染。

提起宇宙，爸爸会骄傲地告诉我，太阳是一颗恒星，而太阳系中大多数恒星都比地球大。他知道美国的首都是华盛顿，而非很多人以为的纽约。他还知道非洲是一个由若干国家组成的大陆，而且美洲大陆这一笼统的说法往往指代不明——应该将北美和南美区分开来。不过白宫里那群自大的家伙，大概认为整个美洲都是他们的。

爸爸上过六年小学，远低于瑞典国民的平均教育水平。但这并不妨碍他拥有缜密的逻辑思维和理性的批判认知。问题在于，他实在缺乏语言交流和脑力激荡的对象。晚饭结束后，他和爷爷也聊不上两句，而且总是爷爷在眉飞色舞地滔滔不绝，爸爸疲于应付。

"嗯，嗯，当然。是啊，真挺讨厌的。"

爸爸平时还是挺能自娱自乐的，可不知道为什么，一到白桦路的房子里，他就会变得性情乖戾起来。爸爸虽然善于自嘲，但倘若被别人当作嘲笑对象的话，他会立刻相当受伤。圣诞节家庭聚会的时候，姑姑叔叔们总喜欢拿爸爸取乐，毫不留情地翻出童年时的旧账寻他开心，爸爸也总是假装宽容和大度，偶尔还会露出一个迷人的微笑——只有我知道，在他硬汉的躯壳下，一颗玻璃心正在瓦解破碎。

姑姑叔叔们还会拉着我一起开爸爸的玩笑。有一年圣诞节，我坐在麦肯家那张齐本德尔式沙发上，用尖酸刻薄的语言形容他面容丑陋，不堪入目。在麦肯的鼓励下，我越说越起劲儿，笑得前仰后合。爸爸当时也附和地笑了两声。不过回家路上，他严肃地质问我这么做的目的，并且坦言，我的举动让他非常伤心。他的原话是：你设身处地想一想，如果我向别人介绍说，这是我"丑得出奇的女儿"，你心里会怎么想？

爸爸似乎并不想消弭自己和哥哥姐姐们之间存在的隔阂和误解。我的姑姑和叔叔们在为爸爸的敬业精神和专业技能感到钦佩的同时，也完全无法理解，在一天的繁重工作结束后，爸爸的释然和解脱。他们好像已经忘了，虽然有爷爷奶奶和麦肯的帮忙，但爸爸终究是一个无依无靠的单身父亲，被迫一个人承担起家庭的全部重担。他们注意到的只是爸爸孤僻的性格和酗酒的恶习，所以将他视为一个"永远长不大的妈宝男"。这种说法所隐含的指责是，爸爸逃避了成人世界里的要求和责任。

"勒夫是个不可救药的波希米亚主义者。"格瑞尔姑妈悄声对奶奶说。

对奶奶而言，这是个闻所未闻的概念。

"啊？你说他是什么主义者？"

"波希米亚主义者，妈妈。勒夫是个典型的波希米亚主义者。"

"你说是就是吧。勒夫是个好孩子，他一直很努力。"

而在爸爸看来，他的哥哥姐姐们过着近乎原始人的生活。他们不读书，不看报，不接触任何时政或新闻，因此也无法在重要问题上发表观点。他们人不坏，可就是和自己谈不来——不像塔妮娅和她的家庭，总有很多值得交流的话题。爸爸怀念外婆关于斯坦尼斯拉夫斯基的表演理论[①]以及布莱希特的剧作《大胆妈妈和她的孩子们》[②]的演讲。当然,尤利乌斯的存在有时不免令他自惭形秽,但同时,也为他打开了一扇新的窗户,比如从另一个视角审视媒体对拳击运动员布瑟·赫格贝里的描述和报道。

爸爸的哥哥姐姐根据生活方式和经济条件将人分成三六九等;爷爷奶奶看重对方是否乐于助人,虔诚可靠;妈妈的关注点放在人们支持和选举的党派。而爸爸在人际交往中,往往特别在意聪明程度和反应速度,至于其他方面,他很少妄加评判。

没有比他们更蠢的蠢货了!这句话简直成了爸爸的口头禅,在三党联合政府上台后,爸爸对瑞典内阁大臣的不满达到了顶点。他愤愤不平地表示,首相图尔比约恩·费尔丁[③]周围都是一群废物,脑袋愚笨,目光短浅,思想简单。除了打官腔,什么都不会。

---

① 斯坦尼斯拉夫斯基的表演理论:即世界戏剧三大表演体系之一的斯坦尼斯拉夫斯基体系。由苏联著名演员、导演、戏剧教育家和理论家、舞台艺术改革家斯坦尼斯拉夫斯基提出。其精华在于体现出人的天性,要求演员真正存在于舞台之上,不是在表演,而是在生活。

② 《大胆妈妈和她的孩子们》(*Mutter Courage und ihre Kinder*):德国作家贝托尔特·布莱希特(Bertolt Brecht)的作品。讲述了号称"大胆妈妈"的女主人公安娜·菲尔琳,带着两个孩子和一个哑女,拉着货车随军叫卖,把战争视为谋生的依靠,发财的来源,最终落得家破人亡。

③ 图尔比约恩·费尔丁(Thorbjörn Fälldin, 1926—2016):出生于瑞典翁厄曼兰,瑞典政治家。1976—1982年期间担任瑞典首相,1971—1985年期间担任中间党领袖。

"一帮猪头!我看他们脑子全进水了!不,早就进水了,现在已经都生锈了!"

根据爸爸的说法,就整体而言,相当一大部分民众可以分为两类:愚蠢和极其愚蠢。

这也就难怪,在超市或杂货店买东西时,爸爸总会对排在队伍前面的人出言相讥。

"蠢猪。"

"瞎了眼!"

"一派胡言!"

"稀里糊涂。"

"磨磨蹭蹭,没完没了。"

"笨蛋!"

爸爸通过这种方式提升自己的信心,每天都要重复好几次。

爸爸在格律塔上了两年后,转学到库斯恩读完了小学,但他不太愿意谈论自己的学校经历。我唯一听他提起过的人物是颇具传奇色彩的合唱团指挥布鲁·萨缪尔松先生。萨缪尔松先生总是身穿黑色披风,头戴贝雷帽,趾高气扬地巡视每间教室,检查学生的歌唱情况。他曾经不客气地当众指出爸爸不会唱歌,但当即被爸爸的班主任反驳了回去——"勒夫当然会唱歌"。我猜想,那是爸爸学生时代唯一的高光时刻。他成绩平平,也没有努力的意愿,大概是清楚自己一满十四岁就会进入冶金厂下属的工业技校,然后顺理成章地走上工人的职业道路。爷爷固执地要求儿子们继续坚守自己奋斗终生的岗位,因此除了罗尔夫之外,其他四个儿子都在冶金厂谋了一个职位。直到老年后,爷爷的观念才有所转变。

"丫头，我和我的几个儿子辛辛苦苦喂饱了瓦伦堡这帮资本家，结果呢，有谁感谢过我吗？一个都没有！"

爸爸曾说，有些人生来就是要当工人的，完全没有选择或妥协的余地。如果他赢了一百万彩票，从此不再上班，自然会有另一个人顶替他的位置。熔炉还会照常燃烧，至于效果如何，可就不好说了。毕竟，爸爸可是全瑞典最厉害的炼钢工人。

爸爸很乐意辅导我的地理和历史科目，可一旦我的英文作业遇到问题，他就犯了难。爸爸不会说英语，而且一点也不喜欢英国——他说那是世界上最无聊的国家。他只会说最简单的几个英语单词，比如好吧，行吧——他的发音是"好爬"和"行爬"，不过他假装说英语的水平可是一流的。打从我记事起，他就会为我表演一人分饰多角的英文剧，剧情通常发生在一家高档餐厅里，笨手笨脚的侍应生遭遇挑剔的顾客后发生的一连串搞笑事件。他也会跷着二郎腿坐在椅子上，一手拿着烟，一手握着一杯假装威士忌的啤酒，然后叽里咕噜地说上一大段独白。我猜他是在模仿爱尔兰喜剧演员戴夫·艾伦[①]，不过因为当时我们都不懂英语，所以谁都不知道爸爸到底在说些什么。

"叽里呱啦滴滴答答叽里咕噜扑通扑通……"我笑得几乎要满地打滚，爸爸露出了满意的神情。

好几年之后，爸爸的把戏才被揭穿：他嘴里叽里咕噜说的净是些胡言乱语，根本没有任何含义。真相大白的那一刻，我感到自己遭到了最可耻的欺骗。爸爸的表演从此

---

① 戴夫·艾伦（Dave Allen, 1936—2005）：出生于爱尔兰都柏林，爱尔兰喜剧演员、讽刺艺术家。

失去了幽默的色彩,生硬地暴露出他的无知和虚荣。我替他感到悲凉和寒心,而爸爸仍然沉浸其中,乐此不疲地自欺欺人。

"这种语言可是世界上独一无二的,"他沾沾自喜道,"叽里呱啦滴滴答答叽里咕噜扑通扑通……"

"别说了,爸爸!这一点也不好玩!"

他仍在继续。

"别说了!住口!"

爸爸明显生气了。或许我的话让他感到了挫败,或许是我剥夺了他仅有的自娱自乐的权利。他死活不承认自己不会英文这一事实。

"我当然会说英语。我说的就是英语!"

当我在学校开始学习英文后,我发现自己也坐在了爸爸的位置上,跷着二郎腿,一手拿着啤酒杯,嘴里叽里咕噜地不知道在说些什么。

书橱上珍藏着几本油布封皮的记事本，爸爸在上面细心记录了各项体育赛事的比分，还专门列出表格，统计出近年来世界滑雪锦标赛的排名。为了1976年的蒙特利尔奥运会，爸爸特意购买了一台彩色电视机。他去银行办理了分期付款，还叫了出租车送货上门。我总怀疑爸爸为此欠了债，因此始终惴惴不安，生怕哪天晚上，陌生人闯进家里，要求搬走这台来路不明的电视机，然后爸爸拼命搪塞说，自己已经把电视机借给生病卧床的哥哥了。

　　爸爸花了好几天的工夫，总算调出两个频道。

　　"重要的是我们能看到体操比赛的画面。"

　　白俄罗斯选手奥尔加·科尔布特被誉为"来自明斯克的麻雀"，当她在自由体操项目上出现失误时，爸爸不禁扼腕叹息；而罗马尼亚选手纳迪娅·科马内奇以其完美的技艺博得全场经久不息的掌声时，爸爸恨不得将未开封的啤酒罐直接砸向电视。

　　爸爸讨厌罗马尼亚人。世界上所有的政治人物里，他最反感的就是罗马尼亚总统尼古拉·齐奥塞斯库。他听说齐奥塞斯库曾下令制作一张世界地图，并且将罗马尼亚首都布加勒斯特用李子一样硕大的红宝石标记出来。这是对社会主义的误解。这种败类应该为自己的疯狂行为受到惩罚，被发配西伯利亚接受马克思主义最基本的教育，切断与外界的一切联系。

爸爸既支持苏联，也支持瑞典。当两队在冰球决赛上相遇时，爸爸一边祈祷着瑞典王国的胜利，一边为彼得罗夫、米克哈罗夫、哈拉莫夫等球员的精彩表现而叫好。当苏联国歌在体育场上方奏响时，爸爸情不自禁地向前探出身子。

"快听啊，娜塔莎。这音乐真动人！"

对于爸爸支持苏联这件事，我丝毫不觉得惊讶。他一直说自己是共产主义者嘛。倒是妈妈模棱两可的态度让人有些捉摸不透，按理说，妈妈是党员，有一半的俄国血统，甚至还在莫斯科居住过。一直到很多年以后我才理解，这其中牵涉的不仅仅是意识形态，而更多的源于对妈妈的爱情，以及爸爸对成为反法西斯一员的强烈渴望，当然还有对俄国美学魅力的迷恋，比如沙皇俄国时代镶金边的蓝花瓷。至于马雅可夫斯基的代表作究竟是《穿裤子的云》还是《云朵图案的裤子》，爸爸完全不在乎，反正自己有裤子穿就行。

爸爸曾经去过一次苏联。那里和意大利完全不一样！在所有民族里，苏联人是最富有同情心的，他们的语言也是最优美的。可惜有一次外出吃饭时，爸爸把餐厅侍应生的称呼"小姐"喊成了"外婆"，场面比较尴尬。当然，苏联绿牌伏特加简直无与伦比，喝多少都感觉不到醉意，只有在准备起身时，才发现自己脚软得站不起来。而酒劲儿一过，次日早晨根本没有宿醉的烦恼。社会主义制度在方方面面都真优越！

关于爸爸的苏联之行，流传版本众多，我实在难辨真伪。阿列克谢曾绘声绘色地描述过，爸爸在参观冬宫时无聊到快要崩溃，最后一屁股坐在御座大厅里彼得大帝的宝座上——这当然是明令禁止的。这还不算，他还按照恩斯特－雨果·杰拉格德[1]的表演套路，模仿起了俄国沙皇，说到独白的高潮处时，他歪着脑袋，伸出舌头，向目瞪口呆的围观游客宣布自己的死讯。看见好几个警卫冲进来要驱赶爸爸出去，阿列克谢赶紧用自己磕磕巴巴的俄语解释说，爸爸脑子有点问题，平时就喜欢不分场合地模仿沙皇。

在阿列克谢的叙述过程中，爸爸始终一言不发。但一回家，只剩下我们两个人的时候，他就忍不住爆发了。

"他懂个屁！我们开去意大利的时候，他车里塞满了各种各样的罐头，结果到了塔兰托，我们还在吃从瑞典买的意大利面罐头和肉丸酱罐头，就没见过这么抠门儿的人！"

在我看来，爸爸对苏联的支持，多少透出一种同为边缘人的惺惺相惜之感。苏联是一个被西方世界排挤和唾弃的国家，瑞典的体育评论员就常常讥讽苏联运动员土气过时的运动服，阴阳怪气地称赞他们刻苦耐劳的体育精神。只有极少数的艺术家能够成为大众的偶像。爸爸内心也有同样的渴望：在不被看好、备受冷眼的不利局面下，能够以自己的出众技艺令人折服，最终让大家摒弃成见。

被尊重，被认可，被爱戴，这是爸爸的终极目标。

话说回来，倘若真的生活在苏联，爸爸的想法肯定会不一样。他连倡导公平和自由的瑞典社会都无法适应，更不可能忍受一板一眼的苏联体制。绝大多数时候，爸爸还是支持蓝底黄十字旗的。他为自己身为瑞典人而庆幸，这

---

[1] 恩斯特－雨果·杰拉格德（Ernst-Hugo Järegård，1928—1998）：出生于瑞典于斯塔德，瑞典电影演员、主持人。

里有优美迷人的自然风光以及全世界最优越的福利政策。在很多外国游客心目中,享有北方威尼斯美誉的斯德哥尔摩,绝对可以算得上是全宇宙最美的首都。而锻造出领先世界水平的钢铁,则是爸爸为这个国家所做出的贡献。

相比于瑞典,苏联简直是个未开化的荒蛮之地。

尽管如此,爸爸还是对相当一部分瑞典运动员颇有微词,巴望着他们在比赛中惨遭失败。瑞典的射击名将拉格纳·斯卡诺尔克素来被贴有虚伪、反动、种族歧视的标签,爸爸曾经愤愤地诅咒说,他最好手枪走火把自己一枪崩死,或者打断一条腿也行啊。爸爸倒是比较看好瑞典的网球选手,只是不希望蠢笨无趣的比约恩·博格成为冠军。在得知瑞典的高山滑雪选手英格马·史坦马克携带数百万存款移民摩纳哥后,爸爸深深叹了一口气,将史坦马克牌的帽子塞进衣橱,埋在一盒船线下面。

我们经常去阿罗斯瓦伦和洛克隆达观看韦斯特罗斯体育俱乐部的足球和冰上曲棍球比赛。

"蠢货！臭球！"爸爸时不时就要喊上两句。我虽然看不明白到底蠢在哪里、臭在哪里，但也会跟着爸爸大呼小叫两声。

爸爸很享受坐在木质看台上的感觉，他似乎充满了前所未有的自信，完全融入场上气氛，还能和旁边的观众有说有笑地交流几句。

韦斯特罗斯体育俱乐部的冰上曲棍球队表现十分出色，一路高歌猛进，相比之下，足球队的水平就逊色许多。当它们于1978年被迫降级，失去参加瑞典甲级联赛资格后，阿罗斯瓦伦体育场的看台便更加稀疏。爸爸在鄙视球迷见风使舵的同时，也急切地盼望着球队能用一场胜利来振奋人心。

漫长的冬季结束后，我和爸爸会在傍晚骑着车到处转悠，看看临近街区的男孩女孩们组织的业余足球比赛。爸爸似乎从没期待过我能成为绿茵场上的一员，我也因此松了口气。我对于一切体育运动都缺乏天赋，学校的体育课更是能逃就逃。

我甚至连溜溜球都玩不好。爸爸买过一只锃亮的黑色溜溜球，手把手地对我进行指导：一只手指勾住绳扣，将卷绳一道道缠在轴承上，然后运用腕力向下掷出，继而轻轻向上拉动，溜溜球便自动收回。爸爸粗糙变形的大手如此灵活自如，我却连基本的技巧都掌握不了。

爸爸年轻时在足球队里踢左边锋的位置。他所效力的谢利耶布体育俱乐部是韦斯特罗斯的第二大俱乐部。我们曾在星光购物中心外帮助谢利耶布体育俱乐部售卖体育彩票。还有一次，俱乐部组织了一次户外定向越野活动，我们负责去城外的森林里巡防守护。我们坐着一辆深蓝色的沃尔沃抵达森林，然后被连人带车地丢在那里。长达数小时内，既没有比赛选手出现，也没有活动的组织者过来询问或监督我们。爸爸百无聊赖地翻看着手册，将车窗不停地摇上摇下。

"其实吧，开车根本没有任何技术含量，连傻瓜都能做。"

爸爸说完，挪到驾驶座上，旋转钥匙发动了汽车，然后踩下不知道哪个踏板。汽车轰轰作响，径直向后退去，然后一发不可收拾地滚进一条小水沟。我坐在后座上，歇斯底里地尖叫起来。

"安静！"爸爸嘶哑着嗓子吼道。"快给我闭嘴，免得把人招来！"

爸爸赶在沃尔沃的主人回来前将汽车推出了水沟，一点一点挪回原来停车的位置。我跟在后面，将轮胎上的泥泞擦拭干净。爸爸说，这个小插曲绝对不能和任何人提起。

我很少和别人八卦或闲聊。在实用路的房子里，我听说了太多"二战"期间的故事，因此对线人这个名词有着格外深刻的理解。尤其对爸爸的事情，我总是守口如瓶，但这一回，眼见着他凭一己之力推动了一辆沃尔沃，我的内心不由涌起一股向别人炫耀的冲动。不过爸爸说，这只能是属于我和他的小秘密。

爸爸内心深处最向往的，当属位于斯德哥尔摩的哈马比足球俱乐部。那里承载了他对南岛的浪漫幻想，而对于现实中的南岛，他却鲜少有近距离接触和体验的机会。妈妈还住在哥特兰路的时候，爸爸曾经去过几次，但仅此而已。他总是梦想着能徜徉于南岛的大街小巷，坐在酒吧里喝上一杯啤酒，和酒保开开玩笑，甚至能偶遇某位哈马比球员在邻座玩色子。这才是南岛的生活，爸爸感慨道，历史悠久的街区，礼貌热情的人们，充满朝气和活力。任何人都会想要生活在那里。

我们选择了一个星期六搭乘客轮前往斯德哥尔摩。我一路都在忐忑不安，生怕出现不可控的意外——毕竟我和爸爸从没有过出门远足的经历。到达市政厅码头后，我们叫了一辆出租车驶往斯鲁森，从那里又搭乘区间渡轮辗转到动物园岛，找到了爸爸在报纸上读到的哈瑟尔巴肯餐厅。我们吃了那里的招牌菜：猪肉肠配炖土豆。爸爸无论如何都不能理解，同样的一顿饭，爷爷奶奶家都是免费供应，怎么到了这里就要花那么多钱。

下午两三点钟左右，我们来到斯德哥尔摩历史最悠久的游乐园，买票进入了久负盛名的怪趣屋。爸爸对游乐园从来都没什么兴趣，他并不是个干巴巴的人，可就是对游乐项目提不起兴趣。不同于别的父母，他从没陪我堆过沙堡，从没和我游过泳，也从没教过我打迷你高尔夫。我们的交流方式以聊天为主，此外就是偶尔去逛逛人民公园，运气好的话还能赶上免费的名人演出。我们曾在一个夏天巧遇拉瑟·贝里哈根在表演童谣《泰迪熊弗雷德里克松》；还有一年夏天，莉儿-巴布斯向大家证明自己是全瑞典最性感的四十岁熟女，把爸爸逗得哈哈大笑；维克桑当地的滑稽剧明星阿斯塔·霍尔姆也是戏剧节的常客。

爸爸站在怪趣屋所谓"倾斜的房间"内，在重力作用下东摇西摆。他双手紧紧抓住墙上的蓝色栏杆，双腿颤巍巍地支撑住整个身体的重量。他半张着嘴巴，额头上冒出豆大的汗珠，一个劲儿念叨着自己头重脚轻，就快要晕过去了。

无数的孩子嬉闹着跑进跑出，家长们经过爸爸身边，纷纷用狐疑的眼神打量着一脸惨白的他。

最后，爸爸总算用尽最后一点力气逃离了那里。在结束了最后一项"飞毯之旅"后，爸爸跌跌撞撞地走出怪趣屋，找到一个纸袋呕吐起来。

我们叫了出租车直奔市政厅码头，等了好久才坐上返程的客轮。爸爸始终紧闭着双眼，一言不发。勒夫·埃弗拉伊姆·长袜子船长带我游历了梦想之城，结果变成了这副模样。爸爸勉强打起精神，询问我一天下来的感受，以及他是否算得上一个称职的爸爸。

"神清气爽，感觉好极了！"我努力想要使他高兴起来。

"他妈的，我感觉一点也不好。"

爸爸在二十一岁时放弃了足球训练。他的工作劳动强度太大，工厂对产品的要求也高，一天下来，他已经筋疲力尽，累得半死不活。这也从另一个侧面说明，工作在爸爸的生活中明显占据更重要的地位。想到他因为生计所迫而不得不放弃个人爱好，我不免替他感到惋惜和难过。

一天晚上，我们在白桦路的房子里意外翻出了爸爸从前的冰鞋。爷爷说，在整个谢利耶布，溜冰方面还没人能比得过爸爸。没错，奶奶点头表示同意。

爸爸提议说，我们可以去维克桑学校的户外冰场试试身手。我和安娜-卡琳去过那里，我们两个都不太会滑，很快就冻得双脚僵冷。那天晚上，爸爸一连喝了六罐啤酒，看着他蹒跚摇晃的步伐，双腿像灌了铅似的沉重，我不由担心起来：万一他忍不住，像在港口那样，面朝护栏就是一泡尿怎么办？我在脑海中预演了各种最坏的打算。但爸爸始终神情自若。

刚刚走上通往冰场的坡道，爸爸就狠狠滑了一跤。我当即表示想要回家，可爸爸坚持说自己一个人能行，我也只好留了下来。我把最后一丝希望寄托在那双旧旧的棕色冰鞋上，巴望它能出点岔子，不料爸爸敏捷而娴熟地将脚伸了进去，绑好长长的鞋带，还打了个漂亮的结。

刚一上冰，爸爸就摔了个结结实实的屁股蹲儿，他顾不上戴手套，撑着旁边的雪堆霍地站了起来。接着，他开始了流畅而优美的滑行，步伐沉稳有力，动作协调自信，薄薄的华达呢裤子和乱乱的头发迎风猎猎作响，将他的身体衬出了前所未有的轻盈和飘逸。

"快过来啊！难道你不滑吗？"

他一个急转弯，刹停在我面前，冰鞋在冰面上留下一道完美的弧线。这是我穷尽一生也学不来的技巧。

滑着滑着，爸爸突然加快速度，向邻近区域的冰上曲棍球场地冲去。他的后背绷得笔直，双手插在裤兜里，伴随着那群大男孩挥舞球棍的节奏，不断加速或减速，在冰场内来回跑动,仿佛自己也参与其中一样。那一刻我突然明白了,爸爸曾经也是一名意气风发的少年,是球队的核心,是体育场上的焦点。

回家路上,爸爸回忆起自己十二岁那年,在一次冰上曲棍球比赛中,有惊无险地完成了一个关键性的扑救,从而博得满场喝彩和掌声。那晚回到家后,他看着手掌上尚未消退的球印,这才感到一阵火辣辣的疼痛,不禁流下了骄傲的眼泪。他说,他很庆幸当时自己并未意识到,那将是他这一生中最幸福的时刻。如果他早有预感,幸福就不再是幸福。直到很多年后,我才真正体会到爸爸这句话的深意。

从此以后,那双冰鞋就被挂在衣橱最显眼的位置,它见证了爸爸不为人知的一面,有些甚至连我都无从得知。

每年春天的五旬节①期间,公寓楼下的草坪上都会搭起一顶巨大的临时帐篷。到了傍晚,帐篷里总是挤满了人,大多都是孩子。我很少有机会见到这么多笃信宗教的人聚在一起,他们唱歌、跳舞,以巨大的热情进行布道和宣讲。听着听着,我也会不由自主地跟着音乐哼唱起来。

记得有一年,负责发放传单的是一位金发女郎。本来一切都挺正常,结果突然有人朝她吹了声响亮的口哨,大家纷纷转过身去,好奇究竟是谁表现得这么出格。

是爸爸。

他站在一大群人后面,高高地挽起袖子,在众人的注视下一脸尴尬。

回到家后,我问他为什么要这么做。他笑了笑,喝了一大口啤酒。

"为什么?就是找点乐子呗!她也不容易,和这么一群死板的基督教徒打交道,估计都快烦死了。别看她表面不乐意,心里肯定偷着乐呢。"

---

① 五旬节(Pingst):又称圣灵降临节,定于复活节后的第50天,是教会用来庆祝圣灵被赐给使徒们,使得教会在早期迅速成长的一个节日。

我认为这根本不是爸爸的真实想法。他只想成为人群中的焦点，至于采取何种手段，会有怎样的后果，他完全不在乎。当看见那位漂亮的金发女郎时，他几乎是不假思索地就吹了声口哨，一如他年轻时重复了无数遍的把戏。那时的他，只要在人民公园稍稍露个脸，嘴角扬起一抹坏坏的笑，就足以吸引任何一个女孩的目光。

在帐篷里的行为不过是爸爸的自欺欺人。此后许多年里，我不断回忆起他备受瞩目的这一幕。或许他的本意并不在于吸引目光，而是向大家，也向自己证明，他并不是循规蹈矩的类型，特立独行才是他的魅力。

对爸爸来说，认识和结交新的女伴并不是件容易的事。城里两家知名舞厅"华盖"和"峭壁"里倒是不乏单身女性，可爸爸不会跳舞，所以也从不光顾。他说，自己的舞伴随时会面临被踩断脚的风险。再说，他每两周才能享受到一个单身的周末，出门社交的概率就更低了。冶金厂里的女工数量有限，所以和同事约会的希望也不大。

为了避免尴尬，爸爸总是把成人杂志藏得很隐蔽，可大多还是被我翻了出来。随着年龄的增长，我对它们研究得也越发仔细。美国汽车的广告和瑞典驻刚果维和部队的报道都可以忽略不看，只有拥有性感胸部和魅惑眼神的模特才是我关注的对象。而对警察和牙医进行性幻想的小黄文也一度令我着迷。这些让我过早地闯入成人的世界，惊恐而好奇地触碰着他们的欲望和需求。

一天晚上，爸爸在餐厅认识的一个年轻女孩来家里做客。女孩的妈妈就住在附近，她顺便上来打个招呼。她长得很漂亮，一头褐色的长发，身穿一条牛仔裤和一件薄羽绒服。坐在沙发上抽烟时，她手腕上的银质手链会发出叮叮当当的清脆响声。她问了我一些幼儿园的情况，比如最要好的朋友是谁。这时，爸爸突然从扶手椅中站了起来，一边看着她，一边迅速而有力地拨弄了一下裤裆。女孩将目光转向一旁，尴尬地笑了笑，直到爸爸坐了回去，才又继续刚才的对话。我自始至终没搞清楚，爸爸为什么要这么做。这样的举止未免唐突而怪异，但的确需要勇气和自信。

那女孩之后再也没出现过，爸爸说，自己也没指望她会回来。不过知道爸爸能找到漂亮女伴，还是让我高兴了好一阵子。那个女孩的模样一直印在我的脑海里，好多年后才渐渐淡去。

爸爸和瑞格莫也有过短暂的交往。瑞格莫住在布霍夫达的一片老工房，其中一半都设有拱廊。爸爸说，那里是帮派聚集的地区。

我记得瑞格莫的身材属于丰满型，但却怎么都想不起她的长相。有一次她过来的时候，爸爸刚好忘了买卫生纸。结果一整个晚上她都紧张兮兮的，生怕自己要去厕所。她还带了自己做的肉桂卷，里面塞了好多碎苹果块，简直难以下咽。

我去她家的次数并不多，印象最深的是1975年的瑞典旋律节。一大群年轻人挤在她家的客厅里观看现场直播。当时瑞格莫的闺蜜也在。爸爸说，像她俩这样的年轻女性常常待在一起，是一种懦弱而颓废的表现，也是她们缺乏自主独立生活能力的证明。不像爸爸，一个人就能过得很好。

拉瑟·贝里哈根刚唱完《珍妮，珍妮》，我就昏昏沉沉睡了过去。这是爸爸第一次正正经经地看完整场瑞典旋律节，没有骂骂咧咧，没有开低级玩笑。我猜他一定憋坏了，因为整个晚上，他只能一杯接一杯地喝咖啡，一块接一块地吃小甜饼。瑞格莫家连一罐啤酒都没有。

瑞格莫有三个孩子，大概是考虑到我的缘故，爸爸很努力地想和他们搞好关系，但对方似乎都不太买账。他们总是以朋友聚会为忙碌的借口，在爸爸看来纯属脑子不好使。爸爸曾经通过各种方式测试过他们的天赋，包括最简单的纸牌游戏，但终究还是无可奈何地摇摇头。爸爸一度对瑞格莫十几岁的大儿子抱有幻想，甚至还买了本昂贵的国际象棋棋谱送给他。但对方只是面无表情地接了过来，敷衍地说了声谢谢。爸爸因此和我打包票，这孩子绝对会沦为一个瘾君子，不用等到古斯塔·波曼下台，他就会被送进少管所。

瑞格莫和爸爸最后一次见面是在她家的厨房。当时她的三个孩子都不在家，我躲在客厅的角落里，努力屏住呼吸，不敢发出一点动静。

"可你说过你喜欢我。难道你只是说说而已吗？"我听见爸爸的质问。

天色渐渐暗下来，到回家的时候了。

爸爸说了声"再见"。

瑞格莫也说了声"再见"。

我九岁时，爸爸生活中出现了一个新的女性——索妮娅，当然也可能叫阿妮塔，我们都不确定哪一个才是她的真名。她一开始介绍说自己叫阿妮塔，后来又改口说索妮娅。我坚持叫她阿妮塔，爸爸则称呼她为索妮娅。爷爷说，自己连勒夫的新女伴到底叫什么名字都没搞清，实在让人大为光火。奶奶倒没觉得有什么不妥——重要的是勒夫总算有了个固定交往对象。

索妮娅就住在我们楼下的公寓内，他们应该是趁着我去妈妈家过周末的时候，在某一间酒吧认识的。和我一起玩的一个小伙伴斯文说，那天晚上，他看见他们一起下了出租车，索妮娅好像还吻了爸爸。后来爸爸扶着索妮娅一起走进了公寓大门。

索妮娅的年纪比爸爸大了好几岁，长相十分出众。按照爸爸的说法，简直就是天生的尤物。她60年代时曾当选过西曼兰小姐，还曾两次担任韦斯特罗斯的露西亚女神。她给我们看过选美照片，她的一头金发做成大波浪造型，身材窈窕，笑容甜美地站在一棵白桦树旁。如今，她在多姆斯购物中心的一间发廊当理发师，白大褂下面依然习惯搭配一双高跟鞋。平时她喜欢穿紧身牛仔裤，上身是一件衬衫或一件海军蓝T恤，脸上涂抹的化妆品和身上佩戴的各种首饰，则源自这些年来，她所交往过的男伴的馈赠。生气或难过的时候，她会拉起衣服的下摆，露出平坦的左胸——曾经傲然挺立的左乳，如今已被乳腺癌手术留下的疤痕所替代，仿佛一道刚开垦过的田埂。她说，手术还切除了她手臂的部分组织，所以胳膊上的疤痕更深更长。

索妮娅不喝酒，但时不时需要服用抗焦虑的药片。在药物作用下，她整个人变得动作迟缓，言语啰唆，神志不清，还嚷嚷着要蹦迪。

"勒夫，放音乐！我要蹦迪！"

"说什么蠢话呢？索妮娅，你清醒点！"

"奥萨，去，帮我放点蹦迪的音乐！"

"不行啊，阿妮塔。我没有蹦迪的音乐。"

我把ABBA和巴卡拉的专辑唱片都藏在床下。

索妮娅一般六点下班，最早也要六点半才能到家。到了那个时间，爸爸就会站在窗口不停往外看，有时还让我跑下楼，去看看她家的灯亮了没有。索妮娅只要一回家，爸爸就开始焦虑地等待她的出现。他在房间里走来走去，扫上两眼报纸，喝一口啤酒，然后去厕所撒泡尿，又去厨房开了瓶红酒，哗啦哗啦翻上两页报纸，再去厕所撒泡尿，最后靠在门上聆听楼道里的动静。

每天晚上，索妮娅上来只有一个目的，告诉爸爸她很快就要回去。

"不行，勒夫。我晚上不能久留。一会儿我就回自己家。"

"先坐吧，看会儿电视再走。"

"不行，勒夫。我这就回去算了。我不能待在这儿，你知道，那样的话，我们的关系就变了。"

有的时候，索妮娅会留下来和我们一起吃晚饭。说是晚饭，其实就是从奶奶那里打包回来的剩菜，要么用白色塑料保温桶装着，要么盛在有花朵图案的饭盒里，外面还绑着一根红色橡皮筋。爸爸总忘了把保温桶还回去，爷爷为此一直耿耿于怀。这些菜在奶奶家的厨房里闻着香喷喷的，拿回家之后却整个变了样，不仅闻起来怪怪的，看着也倒胃口。不过索妮娅吃得倒是很香。吃完饭后，她总要和她妈妈讲上好久的电话。爸爸对此没什么意见，只是郁闷一个晚上的时间又这么过去了。打完电话后，索妮娅就在沙发上一直坐到快睡觉的时候，然后说自己要回去了，她害怕自己和爸爸的关系有所变化，而且她可能会搬去城市的另一头。

"你知道的，勒夫。"

爸爸一声不吭地坐着，一口接一口地喝啤酒。

索妮娅留下过夜的次数越来越多，我也开始睡回自己的床上。

爸爸买了一块门帘挂在卧室门口，门帘由麻绳编成的一股股麻花辫组成，呈现太妃糖般黏稠的绿色，在暧昧情欲的催动下簌簌作响，令我尴尬不已。随着进出次数的增多，门帘中间的空隙越来越大，好几股麻花辫都开始松垮下来。渐渐地，爸爸也厌倦了重新编织麻绳，眼见门帘变得越来越稀疏，他干脆一劳永逸地撤了下来。门帘和那张内置电台时钟的新床一样，彻底破灭了爸爸的幻想。

索妮娅并不想离开爸爸。她需要爸爸的陪伴，再说她也对性充满热情。除了《花花公子》《阁楼》等成人杂志外，她的公寓里还摆满了酒红色或粉红色的丝绒枕头和毛毯，让人联想起充满野性的西部片里那些酒吧女郎的房间。我能理解爸爸对成人杂志的需要，却很疑惑索妮娅也有同样爱好：她是个女的，看这些男性杂志有什么用？

我在角柜的抽屉里发现了一盒黑杰克牌避孕套，就藏在奥洛夫·帕尔梅出访古巴的新闻简报下面。一枚枚代表性爱的橡胶制品被黑色纸盒包裹着，高调而扎眼。到了晚上，爸爸会悄悄打开抽屉，摸一摸黑杰克的包装盒，盼望着它哪天能派上用场。

一个星期天的早晨，我起来尿尿时经过客厅，看见他俩还在沙发上睡着。索妮娅赤裸着身体，只用一件T恤遮盖住她并不存在的左乳。爸爸枕着索妮娅的大腿，醉得不省人事。

有的时候，索妮娅在吃了药后会和爸爸大吵大闹，把家里的气氛搞得很僵。可我还是很喜欢她。她不仅对我很好，还培养了爸爸吃汉堡包的习惯。加油站附近有一家规模不大的快餐店（现在大概已经改了名字），素来以物美价廉著称，一个汉堡包只卖几克朗。索妮娅多次要求爸爸去买几个回来，可爸爸总说汉堡包属于帮派食品，一再拒绝。在长达几个月的争执后，爸爸终于灰溜溜地走出门，拎了一只鼓鼓囊囊的纸袋回来。他不情愿地咬了一口，郁闷地承认汉堡包不至于难以下咽——确切说，是非常美味。"看来，帮派里那帮小混混除了舞枪弄棒之外，还是有点别的本事的嘛。"爸爸嘟囔道。

只要有索妮娅在场，我们都会避免谈论和政治有关的话题，爸爸的解释是，他不想公开自己支持的政党。索妮娅表示，自己对奥洛夫·帕尔梅深恶痛绝，这种人就活该被炸死。身为多姆斯购物中心的理发师，她的薪水还不到爸爸的一半，平时她对左翼政府也毫不留情地大加批判，可到了选举时，她还是将选票投给了象征右翼政党的蓝色阵营。爸爸很快意识到，索妮娅属于热衷政治洗脑群体的一员，他们会以不可理喻的狂热迫使对方承认三党联合政府的杰出和优秀。而这样一个人，如今就坐在他的沙发上，长吁短叹地说自己真替费尔丁感到惋惜，至于她的薪水如此微薄，完全要归咎于社民党那帮猪头。爸爸怎么都想不通，索妮娅为何要这么说。他私下和我感慨过很多次，她怎么会是这样一个人？！

爸爸只好假装对政治毫无兴趣，并要求我也这么做。索妮娅不在家的时候，我们才又继续天南地北地聊天。我和爸爸挨坐在一起，刻意将声音压得很低，生怕这些"政治不正确"的言论传到索妮娅的耳朵里。

我和爸爸之间的交流因此渐渐变得稀疏。

索妮娅每年都要去地中海度假。她一走，爸爸的日子就难过起来。由于担心索妮娅会邂逅其他男人，爸爸会陷入长达一周的无尽焦虑之中。而跟着去度假又不现实，一来索妮娅并不希望爸爸同去，二来爸爸也攒不出钱负担旅差费。爸爸只能靠幻想一些不切实际的画面来安慰自己，比如海滩上躺满了肤色苍白、身材肥胖的德国中年男人，大呼小叫着"希特勒万岁！"

"那种场面，要多可怕有多可怕！还是不去的好。"

除了爸爸，平时和索妮娅有来往的还包括卡特琳。卡特琳住我们楼上几层，是个吸食大麻的瘾君子，最喜欢戴一枚珍珠鼻环，她的同居男友是一个出入监狱的惯犯。爸爸无论如何都想不通，索妮娅为什么要和两个犯罪胚子混在一起。

"我也有其他朋友的。勒夫，你又不了解我的圈子。"索妮娅委屈地辩解道。

索妮娅和卡特琳动不动就闹别扭。有一次，她俩在地下室的洗衣房吵了起来，索妮娅气鼓鼓地冲上楼，找爸爸过去给自己撑腰。我们从没去过洗衣房，有些不知所措地站在巨大的洗衣机和烘干机中间，好奇地打量周围的一切。吵到最后，卡特琳突然转向爸爸，问他是否知道，索妮娅之所以肯吃奶奶打包的剩菜，完全是为了给她的西班牙之行攒钱。"怎么，她没和你提过吗？"卡特琳摆出胜利者的姿态。"她可是向我们大大吹嘘了一通！"

"勒夫，你不会相信她的话吧？"我们上楼的时候，索妮娅拼命打探爸爸的口风。"她可是个吸大麻的啊，这种人，什么瞎话都编得出来！"

爸爸沉默地看着她。

"你千万别信她的，勒夫。你千万不要信她啊！"

从那以后，索妮娅不再来家里吃晚饭。她会消失好一阵子，然后若无其事地出现在我家门口。

"不行，勒夫，我晚上不能留下来过夜。我很快就要回去。"

"坐吧，电视很快就要开始了！"

"不行，勒夫，我不应该待在这里。你知道的，那样的话，我们的关系就变了。"

一年夏天，索妮娅从马略卡岛度假回来，宣布自己有了新的交往对象。爸爸的恋情再一次遭到了无情的打击。

"你听说索妮娅订婚了吗?"爸爸问我。

"什么?她跟谁订婚了?"

"跟我啊。"

"真的啊!恭喜!"

我努力让自己的语气不那么幼稚。

"咳!我开玩笑的!哪儿能跟我呢?是跟一个西班牙的百万富翁,据说人不错,还要移民过来呢。"

爸爸总是表现得很大度。

我们在楼下车道上看到过他们一次。索妮娅蹬一双高跟鞋,百万富翁穿一件皮夹克,手上还拎着从快餐店买的一袋汉堡包。我觉得他像老年版的汤姆·琼斯,爸爸不同意。

"他像是个不怎么成功的皮条客。"

他们在一起同居了两三年,然后无疾而终。

爸爸讨厌冬天。韦斯特罗斯的冬天有着漫长的黑暗和沉重的阴冷，让爸爸像只丧家犬一样无所适从。早晨出门变得困难重重，我们好几次都连人带车摔倒在路上。到了傍晚接我回家时，爸爸的自行车座垫上总会结一层硬硬的冰，他用手胡乱地掸了两下，然后跨坐上去，一边骂骂咧咧，一边用体温融化剩余的冰碴儿。

"真他妈见鬼，冻死人了！"

我抬起头，看着家家户户摆放在窗口的降临节花环。随着圣诞节的临近，花环内代表四个主日的四根蜡烛依次亮起，映照出五颜六色的彩纸和各式各样的金属挂件，为维克桑平添了浓厚的节日气氛。

爸爸总是第一个挂起圣诞星、摆出降临节花环的，他希望别人一眼就能注意到我们的窗口，称赞这家的女主人一定是个懂得享受生活的人。爸爸每年都要在花环里填塞很多苔藓，使之看起来生机蓬勃；至于蜡烛，我们是从来不点的。这么多年下来，蜡烛和烛台都已经泛黄，周围的越橘和鹅膏菌也失去了原有的红色。但爸爸始终坚持认为，这是最完美的降临节花环。

只要是我亲手做的圣诞装饰，爸爸从来不会展示出来，他说那不过是用毛毡布的边角料、卫生纸卷和塑料吸管拼凑而成的粗糙玩意儿。我从幼儿园或学校带回家的手工课作品，要么被他直接扔进垃圾桶，要么收进抽屉，从此再也不见踪影。妈妈的态度则截然不同。我用塑料珠子做的项链，她都会珍惜地戴在脖子上——前提是避免单调的黄色和蓝色，因为妈妈不喜欢过分强调爱国之情的物件。她在职业介绍所的办公室里，不仅有我做的彩绘黏土小碗，还有几张我胡乱涂鸦的画画。

爷爷通常会给我们买圣诞树和圣诞报纸。有一年，爸爸出人意料地带回一只姜饼屋。在我们期待的目光下，爸爸用煎锅融化了糖浆，准备装饰在姜饼屋的窗户上。结果糖浆还没融化，爸爸突然大声嚷嚷着让我躲远点。我万万没想到，习惯了在上千度高温环境下作业的爸爸，居然会被糖浆融化的热度吓到。还有一次，他在试用炸锅时怎么都下不去手。而我一直以为，爸爸是刀山火海都敢去的英雄。

有一年，爸爸特意请了假参加幼儿园的露西亚庆典[①]。庆典前一晚，他找出了一块熨衣板——上面还留有妈妈因为错误操作而导致的烙印——然后用熨斗将我在露西亚烛光游行时穿的白色长袍仔仔细细熨烫平整。这件长袍是他好不容易在维克桑中心的伊卡超市里找到的打折货。第二天一早，他穿好西装，还特意用小钢梳蘸了水，将头发梳理

[①] 露西亚庆典（Lucia）：纪念圣露西亚的传统庆典，定于每年的12月13日。露西亚庆典这天会举行露西亚游行，扮演露西亚的女孩头戴象征光明的蜡烛王冠，带领身穿白色长袍的侍女和手持星星、头戴锥形帽的星光男孩，伴随露西亚颂歌缓缓走出房间。此外，露西亚庆典还包括品尝姜饼和甜味藏红花小面包，品尝添加香料的热葡萄酒或咖啡。

整齐。

烛光游行结束后,他走过来和我说,这绝对是国际水准的游行队伍。

爸爸对露西亚庆典的时长完全没有概念,直到其他家长都陆陆续续离开后,他还留在教室里。我小声提醒他该走了,他却小声回答说,自己请了一整天的假,今天就是来放松放松的。爸爸绕着幼儿园走了一大圈,从活动室、阅读角到木工房,把从没去过的地方看了个遍。他主动找老师攀谈,却不知道该问些什么。最令大家迷惑的是,他自始至终管我叫娜塔莎。

"你爸爸管你叫什么?泰山吗?"

因为爸爸,我始终无法参与别的小朋友的游戏,只能眼睁睁看着大家戴着圣诞帽,围着圣诞树嬉戏打闹。最后,我和爸爸孤零零地站在角落里,一句话都没有说。

晚上回到家后,爸爸又一次盛赞了露西亚庆典的热闹和丰盛,同时表示,他为那些提前离场的父母感到惋惜,他们错过了最精彩的部分。

爸爸还特别提到了打扮成姜饼小人的一个同学。

"那个小家伙一看就是个笨蛋,对吧?你可不能变成那样。"

在爸爸眼里,幼儿园里的其他孩子要么丑,要么蠢,要么胖,要么傻。他和小孩子讲话时,总是语气温柔,充满鼓励,可一转眼,他就骂骂咧咧说,那孩子真是笨到家了,自己从没被迫讲过那么多废话。

"可怜的父母呀,生出这样的孩子,可真够倒霉的!"

话虽这么说,对于拥有我这么一个漂亮、聪明、努力又懂事的女儿,他也没表示过特别的幸运。

平安夜那天，我们都会聚在白桦路的房子里庆祝。爸爸的哥哥姐姐们平时很少出现，只有在爷爷奶奶过生日的时候露个面。不过一到圣诞节，房子里就乌泱泱挤满了人，仿佛在证明，奶奶的子宫是维系所有人血缘关系的纽带。爸爸和他的大哥之间相差了整整二十四岁，大哥的孩子都已经有了孙辈，所以每年圣诞节可谓四世同堂。

屋内一片欢声笑语，每个人脸上都洋溢着许久未见的惊喜和感动，与此同时，流言和诽谤也在窄仄的厨房间和通往地下室的楼梯间悄然滋长蔓延。麦肯、罗尔夫和爸爸聚在一起；雅尔、罗兰德和乌勒比较有共同话题。对于乌勒投靠另一个阵营这件事，爸爸多少有些介意。格瑞尔则是个彻彻底底的局外人。

贝恩哈德照例守在爷爷房间的电视机前。他和格瑞尔姑妈结了婚，应该算我的姑父。贝恩哈德姑父穿一件带拉链的米色背心，四肢修长，仿佛瓷雕里走出来的人物。他用温柔的口吻称赞了我脚上的白皮鞋，言语中透出一种礼貌的疏离。他其实不愿意留在那里。许多年后我们才知道，他其实哪里都不愿意去。但当时，和他的接触和交流都让我倍感亲切。

圣诞餐桌上应有尽有，爷爷对于爸爸眼前的烈酒装作视而不见。在我对圣诞大餐表现出兴味索然后,奶奶赶紧端上一盘涂抹了奶油的松饼。

我和堂哥堂姐的孩子被安排到专门的一桌,同桌的是三个和我年龄相仿的男孩。我拼命向爸爸使眼色,暗示他帮忙换个位置,因为我已经不再是小孩子了。我提醒爸爸说,我从来都喜欢和比我大的人在一起,你忘了吗?比如在幼儿园,我更愿意和老师在一起玩。爸爸小声说,他当然明白我不愿意和那群小崽子坐在一起。

"坐到我身边来吧,丫头!"

可我也不愿意。我想和罗西塔坐在一起。她有一种超越年龄的成熟,总是绘声绘色地说起发生在肺科诊所里那些或悲伤、或夸张的故事。我是她的忠实听众,许多不能告诉麦肯和阿列克谢的秘密,她只愿意和我分享。

偷听大人们的谈话是件有趣的事。他们什么都说,包括冶金厂的现况、德国左翼恐怖组织红军派的暴行,以及旅居比利时的瑞典罪犯克拉克·欧洛弗森著名的劫持人质案——斯德哥尔摩综合征一词由此产生。当然,兄弟姐妹们的插科打诨也是不错的调剂。在这种环境中,我总能自得其乐。

晚餐过后,年龄最小的几个孩子在房间里追逐打闹起来。他们不像我这样熟悉爷爷奶奶的家,不时停下脚步,好奇地东看西看,伸出香肠般胖乎乎的手指摸来摸去。他们抓起奶奶床上穿丝裙的公主娃娃,相互拉扯之间,不小心揪下了她的头发,露出了光秃秃的塑料脑袋和凝固的棕色胶水。我站在奶奶的卧室门口,命令他们将娃娃放回原处。

装压岁钱的信封上照例写着:圣诞快乐,亲爱的奥萨!我得到的压岁钱比别的孩子都要多,这是爸爸的哥哥姐姐们出于怜悯而变相补贴的一种方式。爷爷的妹妹伊利诺早已移民佛罗里达,但每年依然会寄水彩颜料给我,而且只给我一个人。

爸爸没有给我准备任何礼物。圣诞节的预算首先要留给亲戚的孩子们。爸爸说,大家拆礼物的时候,如果发现唯独缺了他送的包裹,那场面就太尴尬了。这一点我也同意。爸爸安慰我,新年之后就会收到礼物了,可这不过是一句空头支票。我也接受了没有圣诞礼物和生日礼物的现实。爸爸是一个习惯穷大方的人,包括在星光购物中心购物,周末去城里闲逛,他只要手头稍微宽裕些,花起钱来就大手大脚。我送他的圣诞礼物是一本年历和一盒荷兰出产的烈马雪茄。钱当然是妈妈付的。收到礼物的爸爸高兴极了。

大人们之间没有互赠礼物的习惯,但爷爷奶奶都会收到来自小辈的心意。礼物的分量代表了心意的多少,而其中明争暗斗的攀比更是一场没有硝烟的战争。爸爸是注定的输家,因为他什么都拿不出来。

"哎,我把礼物忘在家里了!妈妈,我过两天再带过来。"这是爸爸一贯的借口。

"不用啦,你把钱留着自己用就好。"奶奶说完,在围裙上擦了擦手。

只有一年,爸爸不知怎的,非要在送礼物上和哥哥姐姐们较劲儿。他琢磨了整整一周,如何以最低的价钱买一个超大块头的东西,至少在视觉效果上取得压倒性胜利。最后他挑了时下流行的一款木质落地衣架。爸爸看着一人多高的盒子,憧憬着我们闪亮登场的时刻:大家会说,哎呀,勒夫,你怎么买了这么大一件礼物!然后爸爸会摆摆手说,咳,没什么,送给爸爸妈妈的一点小意思而已。

根据爸爸的想法，这份礼物足以抵过这些年来，我们吃过的饭，我们拿过的零花钱，以及我们受到的所有关照。

那年的平安夜，爸爸的礼物的确引起了一些关注，但并没有如他所愿，成为当晚唯一的热门话题。爷爷因为爸爸的破费而过意不去，执意送了我一只布谷鸟闹钟。

每年的平安夜都是以大打出手收场的。爸爸的大哥雅尔娶了建筑行业一个暴发户的女儿为妻，他自己也被提拔为冶金厂锻造车间的主管。兄弟姐妹间的差距越发拉大，关系也渐渐分崩离析。其中一些觉得大哥颐指气使，另一些则很愿意和大哥拉拢关系。在爷爷奶奶眼里，雅尔已经成为一个彻彻底底的陌生人。他们两家只隔了几个街区，却鲜少走动和碰面。奶奶认为雅尔越来越虚荣，雅尔的妻子人前人后地炫耀自己昂贵的皮毛大衣和珠宝首饰，说起自己养的狮子狗，更是没完没了地罗列一大堆趣事，丝毫不考虑奶奶对犬类的惧怕和厌恶。我私下倒是很喜欢她，爸爸也是。我们都觉得，她至少比绝大多数人要活得真实。

爷爷和雅尔之间横亘着一道过不去的坎儿，那就是雅尔在冶金厂的事业有成。爷爷虽然对雅尔的晋升感到骄傲，同时也不免忧心忡忡。雅尔所取得的成就远远超越了爷爷一辈子的心血，他已经无须再听取爷爷关于职业生涯的建议，也不用在乎身为同行的弟弟们的看法。爷爷说，大儿子究竟在想些什么，自己已经越来越不明白了。

矛盾的导火索往往从罗尔夫开始，他受够了雅尔的趾高气扬，以及对侄子们的指桑骂槐。随着瓷器砸在地上的碎裂声，一场扭打不可避免地展开。其间夹杂着家具摩擦过地板的吱呀声，拳头落在前胸和后背上的闷响声，女人们惶恐害怕的尖叫声。男人们互相推搡着,嘴里骂骂咧咧叫着"去死吧!""活该!""滚远点!"孩子们吓得愣在原地,大气都不敢出。

爸爸是兄弟姐妹中年纪最小、体格最结实的一个,也总是承担起居中调节的任务。谁都没想到,平时被讽刺好吃懒做的爸爸,会成为这场混战中的绝对权威。

闹剧结束后,哥哥姐姐走上前来,亲昵地捶了捶爸爸的后背。

"勒夫,你小子还不错嘛!"

"勒夫,看不出来你还挺耐打的!"

穿着白衬衫的爷爷朝着爸爸的方向扬起手臂,打出一个赞许和感谢的手势。

爸爸转身走进厨房,拿出一罐比尔森啤酒,仰起脖子咕嘟咕嘟往下灌,像是在庆祝着难得的成就感。奶奶站在冰箱旁边掩面而泣,为孩子们不再团结友爱而伤心不已。

"别难过了,妈妈。"爸爸劝道。"但凡家庭聚会,都免不了打打骂骂,吵吵闹闹。你不记得去年了吗?"

爸爸迅速地握了握奶奶的胳膊。这是我所见过的他们唯一一次肢体接触。

爷爷奶奶将房子卖给罗西塔之后,我们就改去麦肯和阿列克谢家庆祝圣诞节。那时的圣诞节已经没有一大家子热热闹闹的团聚场面了,只有平时处得来的几家凑在一起。罗尔夫带了一大盒巧克力,我和爸爸带了一大袋脏衣服。

阿列克谢按照惯例唱了祝酒歌,再举起酒杯一饮而尽。爸爸管不了这么多,他一杯接一杯地喝掉桌上的大部分烈酒。阿列克谢忍不住讥讽了几句,爸爸佯装听不懂,站起身扶着墙壁，踉踉跄跄地往厕所走，还差点儿撞在楼梯扶手上。他兴致勃勃地问我拿到多少压岁钱，连声抱怨某些人实在是太抠门儿了，然后许诺说新年后就会送我圣诞礼物。

从麦肯和阿列克谢家出来，我们径直去了实用路。妈妈、拉瑟、凯萨、外公、外婆、妮娜姨妈、圭多姨父、安德烈表哥和意大利俱乐部的部分成员都会聚在一起欢度平安夜。而我将会在妈妈家一直住到新年。

屋内充斥着令人垂涎的各种香味：意大利传统美食、咖啡、白兰地、托尼甜面包，还有不带过滤嘴的波迈香烟。每个人都很高兴，有一边行酒令一边干杯的，有放声大笑侃侃而谈的，还有相互点烟吞云吐雾的。铺着白色桌布的长条桌上堆满了杯盘碗碟。气氛特别高涨的时候，大家还站起身唱唱歌，跳跳舞，玩玩游戏。妈妈一身染布长裙，显得格外漂亮。妮娜姨妈热情地将我们迎了进去。

"好久不见，勒夫！你好啊，我的小珍珠，欢迎欢迎！勒夫，进来喝一杯再走！你要朗姆酒还是白兰地？"

"朗姆酒好了，多谢。"

爸爸一个人坐在客厅外的小书房里，外套也不脱，一手拿着朗姆酒，一手拿着烟，无比眷恋地打量着这个给他以归属感的地方。年轻的时候，他曾无数次地来过这里，接妈妈出去约会。而现在，他孤零零坐着，所有人都巴望着他早点离开。

妮娜主动过来和爸爸说话，慢声细语地询问他的近况。圭多姨父紧紧勾住我的小指头，唱起一首欢快的意大利童谣：新年啦，新年啦，我要吃饼干，我要吃糖果，新年啦，新年啦。

妈妈和拉瑟假装若无其事地坐在客厅里，不远处的凯萨瞪着一双棕色的大眼睛，好奇地向书房张望。奥萨的爸爸！他就长这样吗？他说话是这个声音吗？妈妈有意识地在两个家庭之间隔开距离，所以凯萨很少见到我的爸爸。

我在客厅和书房间跑来跑去，不知道该待在哪边才好。我不知道爸爸为何迟迟不离开，也不知道他的神情为何如此忧郁。

爸爸终于站起身，决定回到花楸山路的家。在他关上大门的那一刻，我忍不住失声痛哭起来，既为了自己的解脱而释然，也为了他的孤单而难过。爸爸要在扶手椅里面一直坐到主显节。透过阳台的窗户，我望着他的背影消失在风雪之中。有那么短暂的一瞬，我很有冲出门追上去的冲动。

爸爸！等等我，我穿件外套就来！

但我没有那么做。

外公帮我擦干了眼泪，安慰我说，真正的圣诞节才刚刚开始，还问我最近有没有读到哪个有趣的故事。接着，外公将一双修长的手放在长条桌上，啪啪嗒嗒地敲奏出节拍，起先很慢，然后越来越快，嘴里还唱着苏联的《伏尔加船夫曲》。其他人也跟着边拍边唱起来。咖啡杯被震得咣当作响，为这首气势磅礴的歌曲平添了某种奇妙的色彩。接着是意大利的《红旗歌》、波兰的《华沙工人进行曲》和南斯拉夫的《啊朋友再见》。瑞典诗人尼尔斯·菲林的《华尔兹之律》是外公引以为傲的保留曲目，就算忘词了，旁人也绝不能提醒一句。

外婆哼唱起名为《白桦林》的苏联民谣，民谣里唱到白桦树的叶片忧伤地落下，远赴战场的士兵再也没能回到故乡。她以如泣如诉的口吻娓娓道来，我相信，全世界再也找不出这样的外婆了。

爸爸曾经那么享受参与其中的感觉，如今这一切已经与他无缘了。

我最后一次和爸爸过平安夜，他喝得酩酊大醉，出发去麦肯和阿列克谢家前，他甚至连鞋子都穿不进去。好不容易出了门，他又连着跌了几个跟头，最后还是我扶着他颤巍巍地站了起来。可没过多久，他又赌气地把鞋子踢掉了，光着脚在雪地里，摇摇晃晃地往前挪。"站住！"我又急又气地冲他吼道。听见我嘶哑的声音，爸爸回过头，醉眼迷离地问我，大过节的，究竟生什么气。

"你不该生气的，娜塔莎！平安夜是一年最快活的日子，你应该高兴才对。"

政府发布周六禁止售酒的通知后，爸爸只能利用午休时间去酒类专营店买酒。接我放学时，他的绿色挎包里总是装着两瓶白葡萄酒。不出几个小时，挎包里又换成了雷纳多红酒。随着酒瓶从250毫升装渐渐变成了750毫升装，爸爸身上的酒气也越来越浓。

爸爸一直没有摆脱对酒精的依赖，以前喝啤酒的时候，酗酒的症状还不明显。到后来，他变得成天浑浑噩噩的，甚至陷入神志不清的境地。一到家，他就把挎包塞进衣橱，一头栽在床上。我不得不偷偷翻找挎包里的发票，看看他究竟花了多少钱，买了多少瓶酒。厨房的橱柜里，到处塞满了他喝剩的空酒瓶。

晚上的时光不再温馨有趣。爸爸完全没有心思开玩笑，说出来的话也都是醉言醉语。他开始沉迷于充满暴力和情色的肥皂剧，其中露骨的画面和连篇的脏话迫使我愤然离开房间。爸爸觉得受到了羞辱，追出来责骂我不该表现得如此无礼。他的脾气越来越暴躁，细枝末节的小事也会令他勃然大怒，破口大骂。

爸爸陷入自怨自艾的低谷，唯一能供他发泄的，就是冶金厂那份劳心劳力的工作。虽然还不到四十岁，他的身体已经走向崩塌。疲劳和孤独仿佛两个慢性杀手，正在一点一点将他击垮。

我们不再以朋友或知己称呼对方,但爸爸会突然问起列娜的近况——童年时代和我形影不离的绒布娃娃,如今已经被我塞进抽屉。

"她还活着吗?"

"应该吧。"

我耸耸肩。爸爸的问题简直没法回答。

只要一喝酒,爸爸便会觉得整个世界暗淡无光,周围的人也不再友好善良。在他眼里,生活开始露出狰狞和丑陋的本来面目,蠢货和坏蛋成倍地增加。而让自己挣脱这悲惨困境的唯一方法,就是灌下更多的酒。

酗酒导致爸爸的听力进一步恶化。1968年的时候,爸爸在骑电瓶车下班回家的路上遭遇了车祸,从而导致左耳的听力严重受损。他也因此暂时离开冶金厂,尝试其他更合适的工作。爸爸曾做过一段时间的建筑工人,但对于建筑工地的施工安全而言,工人的单侧耳聋是一个致命隐患。爸爸只好回到冶金厂,继续做他的炼钢工人。这场看似轻微的车祸给他带来的是深远的影响和沉重的打击。爸爸不得不放弃转行的梦想,被迫守着冶金厂奉献所有的青春。在他心目中,建筑工地的工作当然也很辛苦,但至少富有创造性和成就感。他能看见自己抽象的努力最终变成具体的成果:供人们居住生活的住宅。而他在冶金厂锻造出的钢铁则会和其他零部件一起,迅速送往瑞典各地,或者封入集装箱,运往世界上某个未知的角落。他根本无从见证最终的效果。

酒精仿佛在他耳朵外笼罩上厚厚的一层屏障。我说话的时候，他会下意识侧过右耳，口齿不清地说，开车的那个笨蛋差点儿没把自己撞死，还留下了这倒霉的后遗症。他让我提高嗓门再重复一遍，然后沮丧地摇摇头，说自己依然什么都没听见。

有一天，爸爸突然对跳舞来了兴趣。

许多年以来，爸爸始终认为，布瑟·拉尔松主持的《旧乐换新歌》是最有趣的娱乐节目。看到那些小提琴手剃着锅盖头走出来，他就会笑得前仰后合。受到节目的影响，爸爸说他也想要学交谊舞。我一再推脱，他却非常坚持。爸爸昂起头，伸出僵硬的胳膊，笨拙地摆出交谊舞的造型，可脚下的步子却乱了套。无论林奎斯特兄弟的音乐多么铿锵有力，他始终都跟不上节拍。

"就这样吧，两个人跳起来就好了！"

他用手臂挽住我的肩膀，把地板踩得咚咚作响。我极力配合爸爸的步调，可身体怎么都不听使唤。在失去平衡的那一刹那，爸爸下意识地撑住桃花心木的音响柜，结果连人带柜子倒在了地上。爸爸忙不迭地爬起来，不服输地想要继续。听到响动的索妮娅赶上来，问我们刚才发生了什么。

"我想要跳舞，这丫头不乐意。"

"跳舞多有劲啊！来，勒夫，放点蹦迪的音乐！"

爸爸生气了：这女人跑到他家里来，就是为了说一通蠢话吗？

因为酗酒问题和神经衰弱，爸爸被强制休了病假，因此很长一段时间没有去冶金厂上班。但炼钢的熔炉依然在熊熊燃烧，我也懒得追究，既然全瑞典最好的炼钢工人都不在了，那谁能接他的班呢？

爸爸已经被撤去了炼钢部门小组长的职位。那本印有他头衔和照片的内部刊物也被他丢进了垃圾桶。爸爸成天无所事事地在家里转悠，变得越来越易怒和暴躁，他会一头扎进衣橱，将里面的东西翻得乱七八糟，两只眼睛布满血丝，浑身大汗淋漓，恶狠狠地命令我说，从此再也不许打电话去厂里找炼钢高手勒夫·安德松。

爸爸变得不可理喻，我也失去了和他交流的兴趣。我们不再像从前那样无话不谈。他难得开口说点什么时，总是微微颤抖着嘴唇，艰难地一开一合，感觉上面扣了只酒瓶一样。

我们的关系正在走向黑暗的深渊。时光流逝得飞快，不知不觉又是一年。

以前，我做什么事都要黏着爸爸，而现在，我总是将自己关在房间里，将韦斯特罗斯当地报纸上刊登的讣告一张张剪下来，收集在一只俄国木盒里。爸爸一声不吭地将它们统统清空，我又不声不响地攒满一盒。这是我们之间一场沉默的角力，表面风平浪静，实则波涛暗涌。随着时日的推移，我也逐渐放弃了爸爸可能突然猝死的可怕念头。

我不再盼望他来学校接我，宁愿自己骑车回家。我故意选择更远一些的路线，在别墅区绕上好大一圈。我怀疑自己也像爸爸那样，开始出现神经衰弱的倾向。以前每到春天，他都会骑车带着我漫无目的地晃悠，然后把车停在灌木丛后面，自己靠着一棵白桦树，闭起眼睛，呻吟着说自己神经痛。我很小的时候曾经问过他，什么是神经。他解释说，神经是我们身体里一根根长长的线。在我当时的想象中，它们应该就像口香糖那样，被我拉成胳膊那么长，然后一圈一圈缠在食指上，再塞进嘴里，随着咀嚼的增多，口香糖的弹性也越来越差。我不敢再将口香糖吞咽进肚子，生怕它们缠住身体里的神经。我天真地猜测，人类大概和橱窗里展示的玩偶娃娃一样吧，都是用软橡胶和细钢丝做成的。

爷爷奶奶卖掉白桦路的房子后，搬去了距离我们家不远的一间公寓。我还会在放学后过去,只不过对零花钱和莳萝焖肉的需求已经不似以前那般强烈。

奶奶在很短的时间内经历了两次生死考验:脑出血和心肌梗死。未来还有不可预知的更多风险。她瘸了一条腿,左手臂已经完全派不上用场。助听器足有一包香烟那么大,沉甸甸地挂在她脖子上,沦为徒有其表的摆设。爷爷捕捞梭鲈和河鲈的次数越来越少,有时他会去市场上买来几尾新鲜的鱼,宣称这是自己在湖边辛苦一天的成果。我坐在厨房里,一颗接一颗地吃光了他的甘草糖,靠着赌场游戏[①]打发掉一晚又一晚的时间。

索伦是爸爸在厂里唯一有交往的朋友,他性格随和,讨人喜欢。那天,他突然带着新买的相机来到家里,解释说自己就要搬去女朋友所在的诺尔兰省了,临走之前想给我们拍张照片。我换上一条红色的华达呢长裤、一件白色的立领衫和一件外婆做的棕色针织背心。我将头发绑成马尾,露出遗传自爷爷的轮廓清晰的耳朵。我将心爱的集邮册夹在胳膊下面,对着镜头努力挤出最甜美的笑容,可嘴角怎么都无法上扬成一道弧线。活脱脱一个悲伤的小丑。我看到照片最直观的感受就是,不会有人喜欢这样一个女孩的。还有,为什么没人告诉过我,我长得那么丑?

我找出爸爸送我的那本带有白鸽图案的笔记本,开始一篇接一篇地写日记,拼凑出这些年关于妈妈的零碎片段。它们仿佛焰火般,映亮了隐匿于阴影中的不堪过往,可这焰火实在太过微弱,无法成为照亮我前行的明灯。在日记

[①] 赌场游戏(kasinospel):流行于瑞典的一种桌游,玩法类似于大富翁。

里，我写到自己和爸爸孤身上路的那些寒冷清晨，维克桑家家户户的窗口都亮着圣诞星和降临节花环的蜡烛；我写到自己坐在自行车后座上，爸爸的后背是那么厚实和温暖；我写到幼儿园放学后，去往军营旧址的那一次。开始我还以为我们要去图书馆借书，没料到爸爸带着我沿着破损的大理石台阶，来到一扇硕大的木门外。大门紧锁着，爸爸一边敲门，一边解释说自己是来找一个朋友的。我当时还太小，看不懂门上的字，只记得金属板上挂着的锁链。见无人开门，爸爸并没有坚持，带着我转身离开了。我们之后再也没去过那里。

  曾经有好几次，我在爸爸床边捡到喝了一半的酒瓶，鼓足勇气倒空了它们。爸爸喝得浑身瘫软，甚至没有力气从床上坐起来。长时间的昏睡导致他脑后的头发扁平而稀疏。当发现我的所作所为后，爸爸勃然大怒，叫嚣着我这是嫉妒他拥有婴孩般的睡眠。他仿佛一个节节败退、急红了眼的拳击手，冲上来对着我就是一顿痛骂。他已经难以控制自己的情绪了。

  我说，对不起。

  事后，他又感到无比内疚，只能靠买礼物作为补偿。他曾经送过我一枚镶红色珍珠的银戒指、一块名贵的怀表，还有一本附有冰上曲棍球明星托比约恩·伊克和索伦·布斯特罗姆亲笔签名的纪念册。他的挎包里时不时会出现多姆斯购物中心装书的纸袋。他还扔掉了我房间里的旧书柜，换上一架带书桌的崭新书柜。

  "我的宝贝女儿现在可以读书写字啦。"

  他每每痛下决心表示要戒酒时，就意味着他已经囊中羞涩，实在拿不出钱了。不喝酒的那几天，爸爸坐在扶手椅里，努力想要舒展四肢，结果却蜷缩成一团。尽管整个人精神困顿萎靡，他的脾气倒是变好了很多。只不过这样的好日子实在太过短暂。

一个星期六的下午，爷爷将爸爸抵在墙上，挥舞着退休冶金工人特有的粗糙拳头，怒不可遏地威胁他：
"把酒给我戒了，混蛋！你总要替丫头想想！"
爷爷和爸爸都不高，爸爸的肌肉明显更结实，但此时此刻，他却显得格外渺小，仿佛变成了一个在父亲训斥下瑟瑟发抖的孩子。爷爷没有真的动手，但他斥责的话语宛如鞭子般抽打在爸爸赤裸的脊背上。
"好，好。"爸爸边说边避开爷爷的目光，向窗外看去。
那天正好是安娜—卡琳的生日会，她和她妈妈住在我们对面的房子里。我早早就离开了，一来因为没准备礼物，二来因为担心爸爸——我们回家前，爸爸拐去酒类专营店买了一瓶750毫升的烈酒。他没听见门铃的响声，而我又没带钥匙。我的第一反应是爸爸已经不省人事，或者出现了更坏的情况，于是一路哭着跑去了爷爷奶奶家。爸爸过来接我的时候，爷爷对这个小儿子失望至极，扬言再也不要见到他。
"你现在这个样子，没有人会喜欢你的，你懂吗？"
奶奶站在厨房门口掩面而泣。
我不记得当时是春天还是秋天了，只记得爸爸步履蹒跚地顺着上坡一路走回家。他走了整整一百三十步，我走了一百七十步。到了家门口，他身子一歪，差点儿跌倒在地。
"你的脚疼吗？"

"我哪里都疼。"

他连鞋子都没顾上脱,跌跌撞撞地直奔厨房。瓶盖崩裂的金属声仿佛触电一般,击穿了我们过往所有的美好。

爸爸的形象在我眼前瓦解得粉碎。

我已经不再是那个守在幼儿园门口、等待爸爸出现的小女孩了；我不再跟在他屁股后面，笑着闹着满屋子乱转；我也不再需要枕着他宽厚的肩膀，握住他的大拇指才能安然入睡。我不再喜欢蜷缩成一团，躲在沙发里寻求安全感。当我站在镜子前时，里面映出的是一个正向青春期蜕变的少女，她将约阿基姆·塔斯特罗姆[①]视作偶像，渴望打扮成尼娜·哈根[②]的模样，却不敢付诸行动。

我不知道爸爸对我的成长过程了解多少，也不知道他是否能意识到，这意味着我已经不再像从前那样需要他。他肯定能闻到香水的气味，能看见T恤下鼓起的胸部，以及鞋柜上出现的高跟鞋。我不知道他是否对我叛逆的青春期感到恐惧，或是伤心于那个软软糯糯的小丫头一去不复返。爸爸已经不再问起我的近况，只顾语无伦次地絮叨关于自己的一切。

[①] 约阿基姆·塔斯特罗姆（Joakim Thåström, 1957— ）：出生于瑞典斯德哥尔摩。瑞典歌手、作曲家，同时担任流行乐队主唱，是20世纪七八十年代的瑞典流行偶像。他的曲风偏朋克摇滚。

[②] 尼娜·哈根（Nina Hagen, 1955— ）：出生于德国柏林。国际知名的德国歌手和演员，被誉为"朋克之母"。

关于他有多么聪明和勤奋；关于他是全瑞典最厉害的炼钢工人；关于他看起来比实际年龄要年轻得多；关于他的家布置得多么温馨典雅；关于他年轻时叱咤绿茵场的光辉岁月；关于他拥有韦斯特罗斯最漂亮的签名。

他让我感到厌恶。一幕幕令人作呕的场景仿佛电影片段般在我眼前闪回：他将头发梳得油光水滑，等待索妮娅的到来；他将陈列橱上的灰尘掸得干干净净，又将内置电台时钟的床摆放得整整齐齐；他急不可耐地打开橱柜，陶醉地灌下几口烈酒，然后露出狰狞的笑容。有多少次，我都恨不得将柜门狠狠砸向他的后脑勺，我幻想着轰然巨响之下，木质门板碎裂成残片，伴随着表面斑驳的油漆，七零八落地散在地板上。他对贫穷的掩饰和对别人的讥讽；他僵硬的后背和变形的双手；他的自欺欺人，这些都令我难堪和鄙视。我回忆起领到薪水的日子，他一身西装革履，以胜利者的姿态招摇过市；还有他在爷爷奶奶家堂而皇之地蹭吃蹭喝，连句感谢都不曾说过。我替他感到羞耻。他在厕所呕吐的声音是那么刺耳。他穿着洗得发黄的内裤在家里走来走去，丑陋的阴囊从失去弹性的内裤边缘垂落出来，仿佛在嘲笑他的失败。

我的爸爸既不是《森林王子》里的大熊巴鲁，也不是《长袜子皮皮》里的埃弗拉伊姆·长袜子船长。

他身上不再贴有特立独行的标签，他只是一个懦夫。

有多少个早晨，我都希望能突如其来地接到爸爸的死讯。我幻想着校长亲自敲响教室大门，用郑重而惋惜的口吻将噩耗传达给我和老师。我只需要礼貌地感谢和答复，然后收获所有人的关注和同情。

我告诉自己,爸爸的死是最好的结局,他的一切悲剧都将画上句点。

　　我仿佛看见自己和爷爷奶奶一起站在灵柩前,伤心却释然。不知道那时,妈妈会不会出现。

我开始跟随妈妈参加党派聚会。位于主街的阅读咖啡馆二楼,已经成为共产主义青年团的据点。党务工作实则是一项群策群力的创造性任务,我很快意识到,自己比妈妈要更为激进和积极。

我当时只有十几岁,并不需要深究生命的意义或烦恼自身的认同感。社会主义的信仰为我的起步奠定了坚实的基础。

爸爸说,我在民主政治上投入了太多时间和精力。当我提到自己奋斗的目标——将像他这样的体力劳动者从打卡考勤和病痛折磨中解放出来时,爸爸嗤之以鼻。

"你说的那种无阶级社会就算真能实现,也必然需要组织和斗争。你难道不明白吗?"

不,不明白的人是他。温和的示威抗议究竟有什么用?标语和横幅既不能当饭吃,又不能当房租付。人们应该相信什么?爸爸说我不该继续做白日梦了。可我不愿意把手插在口袋里,靠着嘴上喊两句口号来表示自己的立场。我渴望实实在在做点事情。

放学后,我开始更频繁地去妈妈家小坐。妈妈和拉瑟已经搬去克罗克托普——一个居于谢利耶布和维克桑之间的公寓住宅区。在妈妈那里,我接触到了瑞典左翼反商业化音乐运动的代表乐队 Hoola Bandoola，关于女权运动的戏剧《耶稣的女孩》，以及聚焦瑞典工人阶级的巡回音乐剧《露营项目》。我的身体内充满了对一个全新世界的向往，洋溢着共同奋斗的激情。我不是一个人在战斗，我的战友遍布世界各地。一如 Hoola Bandoola 乐队的主唱米凯尔·韦恩所唱的那样：否认自己对世界承担的责任，就是自我否定。

为了证明自己的决心，我决定变更自己的姓氏。

"安德松。"爸爸接电话时总会这么自报家门。公寓门上写的也是安德松。爸爸说，这姓氏虽然算不上别具一格，但神圣、庄严，充满瑞典特色。

我对安德松这个姓氏本身没有意见，但我更愿意继承和延续实用路的传统，所以决意更名为林德堡。爸爸对此一无所知，直到有一天，我拿了变更姓氏的申请表回家，态度坚决地让他在监护人一栏签名。当晚，爸爸沉默地坐着，用肿胀的手指反复抚摸左上角的新姓名，他念得很慢很慢，无数次地希望自己只是念错了而已。但他断断续续的声音终究淹没在电视节目的嘈杂之中。

"快签！"我不耐烦地催促道。

最后，爸爸还是拿起了笔，他的签名一如既往地漂亮、优雅。

爸爸的宝贝丫头已经成了塔妮娅的女儿，林德堡家族的一员。这是我们始终回避的话题。

我最后一次见到奶奶，是在那天放学后的下午。爷爷去湖边钓鱼了，麦肯刚帮奶奶洗好了澡。奶奶出了浴室，径直朝我走过来。她浑身赤裸，只在肩膀上披了一条浴巾。那是一具承担过七次生育的年迈妇人的身体。我猝不及防地感到羞耻，却忍不住打量。她私处的毛发灰白稀疏，表现出几乎露骨的坦诚。

"哎呀，是奥萨来了吗？"奶奶见到我，一如既往地高兴。

我转身走进厨房，突然意识到我对她一无所知：关于她的父母，关于她在遇见爷爷、结婚生子之前的过往。大家成天关注的都是爷爷的历史。奶奶的故事始终无人提及，而如今再去打探，似乎为时已晚。我恳求她讲一讲自己的成长经历时，奶奶的反应是，没什么值得说的。除了有一次，她和她的妈妈一起清扫一个过世男人的房屋，发现屋主自制的两柄炉钩交叉成十字，摆在了壁炉前的地板中央。她们将炉钩挂回壁炉边的墙上，但当次日返回继续打扫时，发现炉钩又以十字造型出现在原来的地方。

"我能感应到，上帝有话要告诉我们。"

"怎么，您相信上帝吗？"

我应该没有听错——爷爷曾说过，他们会在圣诞树顶挂上金色手杖，作为伯利恒之星的标志。

"大家不都信上帝吗？"奶奶用惊讶的口吻反问道。

葬礼后一连好几天，爸爸都坐在扶手椅里，陷入自我怜悯的愁云惨雾之中。他的哥哥姐姐多有怨言，因为所继承到的遗产比想象中要少得多。大哥雅尔更是直言，这一切都是爸爸的错。

"我从没伸手要过什么。我几乎都不在爸妈家过夜，怎么可能还向他们借钱呢？"爸爸一边反驳，一边用目光寻求我的支持。

我继承到一对金耳坠和一只英国产的瓷盘，那是爷爷奶奶的金婚礼物。瓷盘在回家路上被摔碎了，我们只好拣了几块大的残片作为纪念。那些在白桦路度过的摔摔打打的平安夜，留下的痕迹也只有实木地板上的划痕和瓷器摆设的碎片。

奶奶去世后，爸爸将奥萨号卖给了一直觊觎它多年的罗尔夫。

"勒夫，我说你还要船做什么？干脆卖给我算了，什么时候你想用了，直接管我借就行！"

"那你要买它做什么？你根本不知道船该怎么保养！"

他们每次见面都免不了类似的争执。只要多喝几口酒，罗尔夫就要怂恿爸爸卖掉奥萨号。而对话的终结往往需要第三者的介入。

"给我闭嘴！勒夫和丫头需要这条船，你是真不明白还是装不明白？"

然后爷爷朝爸爸咆哮道：

"你休想打卖船的主意！听到没有？"

"拜托，爸爸，你别这么不信任我！船，我是肯定不会卖的!"

我不知道那个夏天究竟发生了什么,爸爸又是怎样被罗尔夫说服的。或许原因并不复杂——就像他卖掉我那辆蓝色自行车一样,只是单纯地需要钱而已。后来爸爸一直后悔,自己没把奥萨号卖个应有的好价钱。那个夏天,我在妈妈那里一连住了好几个星期,几经辗转才听说爸爸用卖船的钱大买特买,最终因醉酒导致癫痫发作,咬破了舌头,现在还躺在医院里。

爸爸托麦肯带话,让我去医院探望他。其实医院距离妈妈家并不远,步行十几分钟就能到。我本来已经进了接待大厅,却又临时改了主意。我不想看见爸爸穿着病号服,将自己的软弱暴露于众的模样;也不想看见他无助地躺在升降床上,被友善却严厉的医护人员列举酗酒、抽烟等致命罪状;也不想看见陪护椅上他的哥哥姐姐将他数落到狗血淋头的惨状。

"你怎么没来?"回家后,我在厨房见到爸爸,他劈头就问了一句。

爸爸没经医生同意,一声招呼都没打就擅自出了院。他不告而别的开溜纯粹是为了逃避抗酒精依赖的治疗。

"我去了,可我不知道你住哪个病区。我前前后后找了一个多小时,问护士,护士都说不知道。"

爸爸能看出我在撒谎。

爸爸并不擅长说谎,难得几次编的瞎话也被我当面拆穿。我倒是常常撒谎,既为了他好,也为我自己着想——我们之间有太多需要保守的秘密。不过,我对爸爸一向是很坦诚的。

我让他张开嘴,给我看看咬破的舌头。他做了个扭曲的怪脸，伸出一团边缘皱褶残损的红肉。

"看！"他盯住我的眼睛，想要试探我的反应。

站在水槽边的是一个面目可憎的怪物，毫无羞耻地暴露着自己的丑陋和不堪。这就是我的爸爸。变卖掉奥萨号，代表他彻底自暴自弃。

我走进自己的房间，重重地关上门，但很快又不甘心地折返回厨房，问他是否后悔，是否怀念奥萨号。

"不，一点也不。打理这玩意儿实在太耗精力了。"

他将目光望向厨房窗外。大拇指和食指反复揉搓着，就像他例行晨吐时那样。

"不，一点也不。"

我问他，家里的音响怎么不见了。

"我卖给一个工友了。"

"为什么？你把卖船的那些钱都花到哪里去了？"

"你没看我买了一大堆东西嘛！"

"比如呢？"

"这些啊！"

他气急败坏地指着一对水晶壁灯。为了凑够钱赎回奥萨号，爸爸开始孤注一掷地变卖越来越多的家当。

第二年的夏天，罗尔夫将奥萨号转手卖了出去。此后很多年里，爸爸一直骑着车，在韦斯特罗斯大大小小的港口间转悠，期望能发现奥萨号的身影。他想知道奥萨号如今的主人是谁，想要确保它得到了精心的打理和保养。我不知道他最后找到了没有。

就这样,一晚又一晚,一周又一周,我彻底从爸爸身边逃离开来。妈妈在争吵和怨怼中离开了爸爸,而我则走得悄无声息。

最后一次在花楸山路的公寓过夜那年,我十四岁。那一晚,我和爸爸像从前一样坐在电视机前说说笑笑,仿佛抛开了所有不愉快的过往。爸爸对索妮娅只字未提,甚至没有走到窗边留意她是否回家。我想,自己的印象也许是错的:和爸爸在一起的日子并没有那么难过,我还是应该多回家看看,虽说不用那么频繁,至少不至于形同陌路。

第二天早晨我醒来的时候,爸爸已经出门上班去了。我给自己倒了杯水,做了份简单的三明治。因为所有的衣服都搬去了克罗克托普的房子,我只好重复前一天的打扮:丁字裤、李维斯501、淡蓝色条纹套衫、外婆的老式圆头高跟鞋。我按照索妮娅教我的方法,细细地画了眼线,然后涂上暗红色的唇膏。整个学校里,化这种妆的只有我一个。我顺着公寓外的小山坡往维克桑中学走,开始了作为八年级学生的一天。

几个小时后,爸爸公寓的房东带着警察和社工一起造访了位于花楸山路的住所。爸爸已经拖欠了八个月房租,按规定应该被驱逐出门。

其实爸爸早就知道他们会来。但一整个晚上，他都坐在扶手椅里，若无其事地喝酒抽烟，一个字都没向我透露。我怎么也想不通，都到了火烧眉毛的紧要关头，他是如何做到心安理得地酣然大睡的？或许他把所有脆弱的神经统统丢进了冶金厂的熔炉。

房东一行人检视公寓时，发现我的房间有刚刚睡过的痕迹——我来了月经，床单上留有新鲜的血渍。爷爷赶来付清了房租，对方于是宽容爸爸继续留住。后来其中一名社工告诉妈妈，他们实在不忍心将有孩子的住户赶出家门。那名社工本身也是党员，她决定代表社会福利部门提出申请，要求剥夺爸爸的抚养权。但妈妈说，剥夺爸爸仅有的财富无异于雪上加霜，况且我现在的处境不错，生活也能得到保障。

于是从此以后，我就在克拉克托普的家里正式安顿下来——反正妈妈也从不去花楸山路的公寓。每天晚上，我和妈妈依偎着靠在床上，凯萨坐在一旁。我向妈妈展示下午和海伦一起去买的樱桃色钱包。钱包里有好多夹层，只卖二十五克朗。我在黑色、薄荷绿和樱桃红之间犹豫了好久。妈妈叹口气说，我必须节制一点，不能再大手大脚地花钱了。

"有时候，你还真像你爸爸。"

"我知道。"

每天放学后，回妈妈家的路上都会经过花楸山路的公寓。我总要抬头看看爸爸所在的窗口，好奇他是否还住在里面，甚至，他这个人是否还存活于世界上。阴冷昏暗的冬天里，两盏水晶壁灯亮了一天又一天，我知道爸爸肯定请了病假，没有去上班。

可他一个人在家做什么呢？

公寓楼下的路灯映照出我翘首张望的身影。爸爸肯定知道我路过时的短暂停留。我仿佛听见他内心的呐喊：回家吧。回来看看也好！你不记得爸爸了吗？

有好几次，我需要上楼拿东西——书、唱片、冰鞋。我用钥匙开了门，发现爸爸靠在扶手椅里倒头大睡，暗暗松了口气，然后轻手轻脚地溜进去，拿了我需要的东西再关门离开。整个过程中，我一直提心吊胆，生怕他突然醒过来叫住我。有时候，爸爸在里面反锁了门，我自己怎么都进不去。那几天一般是刚发薪水或病休保险金的日子，他害怕被打劫，因为厚厚的一沓钞票就胡乱塞在钱包里，然后鼓鼓囊囊地放在书柜上，要多显眼有多显眼。

一天下午，我刚用钥匙开门进去，他正好从厨房里走出来。

"嘿。"

"好久不见。"

"最近学校功课很忙。"

"哦，哦。"

他当时在试着戒酒，所以请了病假在家。我在屋内转了一圈，一屁股坐在仍旧崭新的天鹅绒沙发上。爸爸也在扶手椅里坐下来，点燃一根香烟。

"都还好吗？"

"挺好的。今天物理测验，我只错了两题。你请病假了吗？"

"神经衰弱，老毛病了。"

我走到电视前，摁下揿钮，正赶上播出《史密斯与琼斯》。我们顺势聊了起来，爸爸不时哧哧地笑上两声，我则爽朗地哈哈大笑。我一边考虑自己是否该多来几次，一边摸到泡泡糖曾经粘住的地方。我想要将泡泡糖的残渣抠干净，谁料越抠越深，最后将天鹅绒的绒面抠秃了一大块。我慌慌张张地用抱枕遮住秃掉的区域，说了声再见就逃回了妈妈家。毁掉的天鹅绒沙发从此成为最好的借口，让我彻底断绝了回去找爸爸的念头。

晚上，我时常做的一个噩梦是，我和爸爸忙着打扫花楸山路的公寓，为了迎接妈妈的到来。门铃响起的时候，我们都很紧张，可门外站着的不是妈妈，而是一个陌生的女人。我们在失望之余，也暗自松了口气。等回到厨房继续打扫时，我们看见窗户外突然出现一只松鼠。松鼠拼命敲着窗玻璃，嚷嚷着要进来。爸爸很是兴奋，而我只觉得恐惧。

那段时间里，过去的种种片段仿佛串联成一部默片，在我脑海里反复播放。多少个夜晚，我在临睡前总会陷入这样的循环：天才蒙蒙亮的花楸山路——自行车后座——通往幼儿园和冶金厂的坡路——衣帽间的鞋子——你好啊，宝贝丫头，今天过得怎么样——爷爷奶奶家的晚饭——星光购物中心——普斯蓝牌的啤酒——《晚报》——各种糖果——上床睡觉——列娜——爸爸的大拇指。

我开始管拉瑟叫爸爸。我将另一个爸爸留在了恶魔身边，从此不闻不问。

一天晚上，爸爸突然按响妈妈家的门铃。当开门看见爸爸的时候，我先是一阵意外，然后又有些陌生和羞赧，仿佛见到一个失联许久、已经失去共同话题的老朋友。爸爸穿着一件款式古怪的黑色外套，全身上下都被雨水淋得透湿，显然没有半点开玩笑的心情。他忘了带家门钥匙，将自己锁在了外面，所以需要借我的钥匙才能进门。我再也没问他要过那把钥匙。

　　在此之前，我们也曾偶遇过几次。当看见爸爸的身影出现在通用电气的下班潮之中时，学生模样的我无处可藏，只好和海伦迅速闪避到马路对面，一如妈妈多年以来的习惯。

　　"这样下去也不是办法，"爸爸开了口，"你总要住回家的。"

　　"我知道。我这周四就回去。"

　　我不会应允他所期许的承诺，这一点爸爸心知肚明。没有了我在身边，爸爸的日子越发孤单和难过。

　　有时爸爸加班到很晚，他会在等待钢材在熔炉内升温的间隙打电话给我。我们天南地北地聊各种琐事，从苏联潜艇到美国总统罗纳德·里根，再到瑞典政客乌维·莱纳，只是刻意地避开了和自己有关的话题。

上下学的路上,我都会经过花楸山路的公寓。但我再没有上去过——包括我答应过他的那个星期四。

夏天的时候,爸爸弄丢了钱包,需要办理新的身份证件。他最先想到的就是寻求我的帮助。

这是爸爸第一次跨进妈妈和拉瑟家的大门。当时我一个人在家,出于礼貌请他先四处看看。爸爸刻意绕开了卧室,但信心满满地表示,里面的双人床很可能来自奥布斯大型仓储超市,绝对是刨木板压成的便宜货,既没有结实的床头柜,也缺少像样的被罩。然后他久久地站在原木质地的立式书橱前,注视着德国小说家君特·格拉斯的《比目鱼》和瑞典经济学家贡纳尔·默达尔的《亚洲戏剧:关于各国的贫困的研究》并同《列宁选集》放在一起。

"东西这么放,他们真能看得下去吗?"爸爸朝厚厚一摞摇摇欲坠的杂志努努嘴,用略带讽刺的口吻评价道。

他忍不住用指尖轻轻触碰杂志边缘,但很快意识到不妥,赶紧缩了回去,将手重新插进口袋,然后转过身,开始对其他陈设指指点点。

"沙发居然是格子布的!肯定是从宜家买的吧?"

在爸爸眼里,宜家是面向不自信的客户开设的卖场,里面的设计毫无品位可言。

"窗户居然连窗帘都没有!这就是你妈妈支持的所谓民主政治吗?"

他对厨房里橙红色的橱柜不屑一顾,转眼看到窗户上方充作窗帘杆的木质圆棒,上面挂着外婆针织的锅垫用以遮光,爸爸笑得眼泪都流出来了。

"这玩意儿真是丑到家了!"

住在这里的女主人是曾与他结婚生子的妻子，而她真正的自我却在此时暴露无遗：宜家家具，粗呢地毯，没有床罩的双人床。

我很想问爸爸：其实你根本不了解她，对吗？

我给他做了份三明治。

"多谢。不吃白不吃！"

厨房里只有干面包片，爸爸的磨牙都蛀烂了，费了好大的劲儿才吞咽下去。厚厚的格雷夫奶酪倒是很适合他。我特意多切了几片火腿，爸爸狼吞虎咽地塞进嘴里，陶醉地咀嚼了一番，用舌头将边边角角的残渣舔舐干净，末了喝了一大口啤酒灌了下去。我们聊了聊爷爷的近况。我没有问爸爸工作上的事，生怕戳中他的痛处。

回到我房间后，爸爸整个人明显放松下来，还花了好长时间仔细打量我的书柜。他会想要借福尔克·福瑞戴尔的那本《逝者之手》吗？我不情愿地将书递给了他，至于他能否按期归还，我心里可是一点数都没有。爸爸问我能不能换本更有意思的，我于是从书柜上抽出口袋本的《格鲁乔·马克思回忆录》。爸爸欢天喜地地收下了。

我房间的墙上挂着朋克摇滚组合艾芭·格林乐队和性手枪乐队的海报。爸爸问我怎么会喜欢这种帮派混混的。我没正面回答，而是播放了一首艾芭·格林乐队反资本主义的代表作《国家和资本》。爸爸说他什么都听不清，里面的人实在吼得太撕心裂肺了。我让他耐心听另一首代表作《武装自己》，并且预先描述了歌词大意，然后才将黑胶唱片放上唱盘。爸爸饶有兴致地聆听主唱兼吉他手约阿基姆·塔斯特罗姆嘶吼着，痛诉自己对一系列名人的憎恨：纳粹时期的瑞典女星札瑞·朗德尔、贝蒂尔亲王、卡尔·古斯塔夫、整个皇室家族，还有资产阶级，然后呼吁大家武装自己，奋起反击。爸爸不住点头称是：这首歌不错，挺有意思。我受到鼓励，继续播放了另一首《你想成为什么？》。

起床，去上班，干活，干活。吃中饭。每天早上重复一样的步骤。干活，干活。坐电车回家，吃饭，睡觉。这不是生活，这是奴役。

我以为这些歌词能唱进爸爸心里，没想到他嗤笑说，这几个毛头小子根本就没上过班，什么都不懂，只会扯着嗓门干号。

"我估计整个乐队都是瘾君子。"他说。

爸爸刚做过穿刺，不能长时间走路。我找到拉瑟自行车的备用钥匙递给他。外面风很大，空气中透着一丝寒意。我又拿了件妈妈织的毛衫给他穿上。

"塔妮娅还会织毛衣？"爸爸惊讶地问。

我想起自己房间旧书柜的抽屉里，曾经放着两本十字绣的教材。我常常着迷地盯着那些苹果花和三色堇的图案出神，琢磨各种花体字的含义。我那时猜想，这些书不可能是妈妈买的，她不是绣十字绣的人。她总是系着围裙，参考《家政周刊》上罗列的菜谱准备周末的大餐。在我的印象中，妈妈是典型的贤妻良母，十字绣这么精致艺术的爱好，应该属于外婆才是。

这么久以来我才第一次明白，和爸爸生活在一起，妈妈被迫成为另一个人。

那么爸爸呢？他也曾拥有不为我们所知的另一面吗，还是他本身的人格就表现出相互矛盾的复杂性？虽然妈妈很早就离开了我们，但她始终以这样或那样的方式影响着我和爸爸的生活。

我还记得，爸爸曾经有一件帅气的深蓝色羊毛大衣和一顶别致的俄式皮帽。我在外公拍摄的照片中见他穿过。妈妈的离去仿佛也带走了这些衣服的灵魂。他们离婚后，我一连好些天待在家里。重返幼儿园的那天早晨，爸爸就穿着那身行头，可是整个人明显颓废了不少。幼儿园老师热情地迎上来，蹲下身给了我一个大大的拥抱，然后站起来对爸爸说，她听说了我们家发生的变故，真让人感到可惜。爸爸忍不住哭出声来。我很想问问爸爸，那件大衣和那顶皮帽如今放在哪里。可我终究没问出口，因为爸爸肯定装糊涂，搪塞说听不懂我在说什么。什么大衣？什么皮帽？从来都没有的事。

我们骑车去了艾格布恩摄影工作室，在那里拍了新证件的照片，由我付了钱。然后在大广场的鲜花市集里转了转，又从木桶里挑了几根本地产的黄瓜。我和爸爸已经有好多年没有一起逛过街了，按说应该有很多知心话可以说，可我们只是聊些不痛不痒的八卦新闻。虽然有些奇怪，倒也不怎么别扭。因为联想到那两本十字绣的教材，我不由来了兴趣，央求爸爸陪我去多姆斯购物中心买些刺绣用的材料。爸爸认真地帮我挑选好图案和绣线，然后吞吞吐吐地问我，手帕绣完了能不能送给他。

回到克罗克托普的家中，我们沉默地将拉瑟的毛衫和自行车钥匙放回原处。这次意料之外的出游将会成为我和爸爸之间又一个共同保守的秘密，这早已是心照不宣的默契。

"下次见。"我说。

"好。"

但所谓的下次变得遥遥无期。每一次冒出去花楸山路的念头后,我都会很快后悔,然后忙些别的事当作安慰自己的借口。我害怕看见满脸睡痕、双眼通红的爸爸;害怕听见电视节目响彻着震耳欲聋的噪音;害怕爸爸跌跌撞撞地冲进厨房一阵干呕,然后骂骂咧咧地抱怨我的造访"不是时候"。

我承担不起再一次的失望。

和爸爸的见面一拖再拖。他过生日那天,我轻手轻脚地爬上楼梯,朝门上的信箱口里迅速塞了本书,然后头也不回地跑掉了,生怕他听见动静在背后叫住我。

直到几年后,我才再一次见到爸爸。

爸爸说，枪杀帕尔梅①的凶手肯定具有反社会人格。不过仔细想想，帕尔梅能活到现在也算是个奇迹。外面不知道有多少疯子想要干掉他。

"他们可能是合伙作案的。"我说。

"是啊，是啊。当然。"

爸爸习惯性地倚着水槽，点起一根烟，稍稍耸了耸肩，抱怨自己哪儿都疼。

家里的一切都没什么变化，只有电视上方多了一张我学校的照片。那是我从家搬出去那一年照的。我不知道爸爸是否留意到，我们母女俩的长相简直如出一辙，也许他根本没有再想起过妈妈。

奥洛夫·帕尔梅的谋杀案成为一个契机，促使我再次造访花楸山路的公寓。爸爸对帕尔梅的崇拜可谓登峰造极，他之所以投社民党的票，多少也和个人崇拜有关。我小的时候，爸爸就说过，帕尔梅能够熟练掌握十门语言，他在十九岁时，仅仅花了几个月时间就修完了法律专业四年的

---

① 枪杀帕尔梅：1986年2月28日晚，瑞典首相奥洛夫·帕尔梅（Olof Palme）和夫人在看完电影回家途中，于斯德哥尔摩市中心遭到枪手暗杀，不幸身亡，帕尔梅夫人也遭受枪伤。凶手逃逸，至今下落不明。

课程——简直是个不可逾越的天才！要是世界上的政客都像帕尔梅一样，那战争和贫穷早就被消灭了。爸爸说，帕尔梅在本质上其实是个共产主义者。

外公的说法则完全相反。帕尔梅是瑞典秘密情报组织"咨询局"的幕后首脑，而"咨询局"的任务就是和安全警察联手，大规模搜捕共产党员、左翼社民党人、反帝国主义分子和社会活动家。外公说，帕尔梅其实就是美国中情局特工，尼克松的走狗。

我对帕尔梅遇刺这件事并不感到特别难过。我只是想确定他的真实身份，以便决定我到底应该安慰谁。可我越琢磨越疑惑，最后渐渐晃了神，任由思绪飘到不知道什么地方去了。

那天我是和约阿基姆一起去的。这还是我第一次将男朋友带回家，在此之后，爸爸还陆续见过好几个。爸爸对他们的态度很礼貌，但从没表现出特别的兴趣。他不记得他们的名字，也不关心他们的家庭出身。爸爸唯一会问的就是对方的工作，对他而言，这些信息就足够了。

我向爸爸打听爷爷的近况。自从爷爷搬去维克桑的南苑养老院后，我就很少见到他。最近一次还是他替爸爸偿还了花楸山路公寓拖欠的房租。为此，爸爸还特意叫上几个朋友去小酒馆庆祝了一番。雪中送炭的义举让爷爷付出了四千克朗的代价。爷爷失望之极，对这个小儿子也彻底丧失了信心。要是见到爷爷的面，我就免不了听他絮叨和埋怨。

"你爷爷一开始的确很难接受，不过现在已经好多了。他成天疯疯癫癫地东聊西扯，我们都不知道该怎么接话。比如前一阶段，他非说自己和奥斯卡二世一起猎过熊。我当时就问他,这不胡扯吗?你怎么可能和瑞典国王一起猎熊?结果他反倒骂我说,我说是就是,你他妈知道什么!"

爸爸拿出一只黄铜打火机,足有卫生纸卷那么大,还有一只同样材质的烛台和三千克朗的现金,据说爸爸在某种专利的发明上贡献良多,这些都是冶金厂给予他的奖励。爸爸已经不是第一次获得嘉奖,每每谈及于此,他的心情都很复杂:一方面他为自己的聪明才智倍感自豪,另一方面,他又有些愤愤不平,靠着这些专利,冶金厂赚了个盆满钵满,可自己拿到手的却只是九牛一毛。

我们互相拥抱了一下,就此告别。

"下次见!"

"一言为定!"

正当我们准备关门时,爸爸突然提到索妮娅。

"你看见索妮娅回家了吗?"

"哪个索妮娅?"

"就是住我们楼下的那个。她在家吗?"

"哦……你说阿妮塔啊!不知道,我来的时候没注意。她还住楼下吗?要不我下去看看?"

我跑下楼,看了看她家的窗口是否有灯光透出来。等我再上去的时候,实在忍不住要问一句,她到底叫什么名字。这么多年以来,她在我家进进出出,还在沙发上睡觉过夜,可我连她真正的名字都没弄清楚。索妮娅还是阿妮塔?听我这么问,爸爸一脸不解地看着我。

"她叫什么名字?我怎么会知道?"

我们告别了爸爸,慢慢往家走。从某种程度上说,约阿基姆有点像我的爷爷。他身材瘦削骨感,走路时步伐轻快。开口说话时,他会先清清嗓子,稍微顿一顿,当说到关键处时,他会不自觉地加快语速,打出手势进行强调。他曾经上过军校,但后来被安全警察怀疑政治倾向而被迫退学了。

他管我叫娜娜。我们彼此相爱。

我问他对于爸爸的印象。约阿基姆很为自己工人阶级的出身而自豪,在他看来,工人阶级就是诚实、道德和忠诚的代名词。他很希望自己的背景能增添些独特的色彩。那时,他只去过我在克罗克托普的家,自然认为我的成长经历属于典型的中产阶级:《每日新闻》、双职工、葡萄酒架、剧院年票、贝多芬、《瑞典文学院大辞典》、戈贡佐拉奶酪。现在,约阿基姆终于见到了爸爸,我很好奇他的观感。

约阿基姆的神情有些困惑。

爸爸看起来完全不像他所认识的那些工人。酒气熏天,满身刺青,脖子上挂着廉价的粗金链,这些都不该属于瑞典工会成员。约阿基姆不想让我失望,于是小心翼翼地用最委婉的措辞将爸爸定位为马克思笔下典型的无产阶级代表,在革命爆发之际,终将沦为效力于资产阶级的乌合之众。虽然没有明说,但他显然不认为爸爸能以钢铁般的意志投入战斗。

约阿基姆后来进入铁矿厂担任喷涂工。由于污染严重,记忆力受损成为常见的工伤。一些资深工人在汇入通用电气的下班潮后,甚至不知道往左还是往右才能回家。在他们看来,约阿基姆关于民主自由和工作环境的言论固然重要,但多少有些尴尬。争论这些问题毫无意义,况且在种种压力下,约阿基姆也很难坚持自己的立场。

晚上回到家后,约阿基姆都会不厌其烦地向我解释,工人本身没有美丑之分。工人阶级是一个由数百万个体组成的集体，每个人都有自己的想法和主张。他说，勒夫在其中是独一无二的存在，如果他能成为更多工人的榜样，那么这个世界必将变得更美好。

在鲁德贝克高中熬过不愉快的三年后，我终于拿到了毕业证书。这所高中根据出生在韦斯特罗斯的瑞典博物学家奥洛夫·鲁德贝克命名，声望显赫，就坐落于主教座堂和教堂区之间，距离大广场和地窖酒吧只有几百米的距离。对于爸爸来说，这座历史悠久的学院派建筑完全属于另一个世界。

很小的时候，我就一直嚷嚷着要爸爸带我去教堂区看看。幼儿园组织去过一次，那些错落有致的精巧木屋和钢筋混凝土的笨重建筑形成鲜明对比，令我流连忘返。爸爸对此兴味索然，他甚至不记得自己是否参观过皇宫。至于地标性的主教座堂，他也只在上学期间去过一次。爸爸说，从这些上层建筑中，自己完全找不到对这个城市的归属感。

我在鲁德贝克高中接触到的同龄人里，有些完全不知道冶金厂是什么地方，更别说认识在那里上班的工人了。

毕业典礼那天，我们班等了好久才走上主席台。爸爸急得到处找我，生怕我看不到人群中的自己。让他和许久未见的其他亲戚站在一起，实在是有些勉强。

外公拿了一台老式摄像机，想记录下这值得庆祝的一刻。而我因为意外地得知爸爸的出席，所以一直在忙着到处搜寻爸爸的身影。

"爸爸，爸爸！"我冲着镜头的方向拼命呼喊，记录在默片里的只有我一张一合的嘴巴和焦急的表情。

爸爸过了好一会儿才找到我们。他穿着略显破旧的西装，手上既没有鲜花也没有相机。

"挺别致啊。"他指了指我头上的白色贝雷帽。"不过看起来和别人的不大一样，好像多了点什么。"

我摘掉了黄黑相间的校徽，别上了印有锤子和镰刀的金属徽章，然后照着艾娜·埃兰德的模样斜斜地扣在头上。爸爸用指甲轻轻叩了叩徽章。

"这是什么？"

"没什么，就是民主政治的标志而已。"

"哦，这样啊。"

我对学习的热情在进入社会学专业的第一天起就已经消失殆尽。其他人在认真钻研数学题的时候，我则热衷于共青团研究，撰写关于阶级斗争和美国镇压势力的文章。这导致我的结业成绩过低，完全不够资格申请传媒类的高等院校。最后的合影中，海伦举着一张童年时的照片，而我则戴着锤子和镰刀的徽章。

妈妈费了不少周折才组织起这次难得的家庭聚会。爸爸同麦肯和阿列克谢一起，惬意地坐在宜家的格子布沙发里。他的出席让气氛变得有些微妙，但也增添了团圆的亲切。拉瑟还主动递上了苏打汽水。

拉瑟和爸爸对彼此都很陌生，但相互之间并不存在任何敌意。他们都不是小心眼儿的人。拉瑟来自斯莫兰一个农民家庭，在隆德攻读了政治学专业。他总是穿一条灯芯绒裤子，擅长开车和玩乐器，对鸟类、兰花、苔藓和昆虫都有浓厚兴趣。我在高中上法语课期间，他还特意报了夜校的法语班进行温习。他是一个性格平和、诚实可靠、少言寡语的人。

爸爸从不向我打听拉瑟的情况，比如他脾气好不好，平时在家都做些什么之类。对于我去格莱纳探望拉瑟父母的决定，他也从不干涉。拉瑟的父母贡纳尔和安娜—丽莎原本是佃农，现已退休在家。无论从哪个方面来说，他们都不符合爸爸对农民的定义。

按照爸爸的理念，农民可以大致分为四类：第一类贫穷而悲惨，一如莫娅·马丁松[1]、伊瓦尔·洛和威廉·莫贝里[2]笔下的典型人物；第二类富有而保守——农民中的暴发户；第三类没什么见识，脑子蠢笨，大多来自韦斯特罗斯城郊；图尔比约恩·费尔丁则自成一类。逆城市化运动在左翼学者中备受追捧，整个70年代，这些人都在借助各种理论解释和分析矿工罢工的原因，而答案显而易见：只有实在忍受不了该死的劳动强度和劳动环境，工人们才会甩手不干。这么简单的道理，难道还要先攻读几个博士学位才能理解吗？

我如果说起关于拉瑟的事，或是和拉瑟一起做了什么，爸爸也不会反对。拉瑟并不是什么禁忌话题，只不过有其他人在场时，听来未免有些格格不入。为了让爸爸高兴，我

---

[1] 莫娅·马丁松（Moa Martinson，1890—1964）：出生于瑞典林雪平。瑞典著名女作家，以描写工人阶级的生活著名。代表作有《母亲结婚》《女人和苹果树》等。

[2] 威廉·莫贝里（Vilhelm Moberg，1898—1973）：出生于瑞典卡尔马。瑞典作家、记者、剧作家、历史学家。代表作有《移民三部曲》。

将在格莱纳的所见所闻极尽添油加醋地描述出来。包括那里对宗教的狂热和虔诚，充斥着牲畜粪便臭味的农场，以及当地人奇怪的方言口音。他们不玩扑克，不骂人，家家户户的墙上都挂着耶稣像。

但总有些事情是难以启齿的。比如我们在深夜摸黑去钓小龙虾，安娜-丽莎只吃龙虾尾巴，而把龙虾头统统扔掉。

事实上，拉瑟的父母和爷爷奶奶在很多方面都有相似之处。他们的客厅里也有陈列橱和水晶吊灯，厨房里也贴着碎花墙纸，他们也需要依赖假牙咀嚼食物。贡纳尔和爷爷一样健谈，爱开玩笑，他的手也因为长期劳作显得厚实而粗糙。他们都是善良体贴的人，接触几年下来，我也慢慢改口叫他们爷爷奶奶——当然，他们永远也不可能取代卡尔和博扬在我心目中的地位，不过这一点爸爸永远无从知晓。

为了迎接爸爸的到来，妈妈特意烤了拿手的鸡肉派。爸爸和妈妈当时都不知道，这将是他们此生最后一次见面。不过就算未卜先知，结局也不会有任何改变。或许不告而别才是命运最好的安排。

整个下午，我们这个曾经的三口之家都待在同一个屋檐下。我对家庭聚餐的最后回忆，还停留在妈妈将白色座椅斜斜地往后靠，然后伸出手去找餐刀或餐叉，而我总担心她会失去平衡跌倒在地。那时，妈妈会调制爸爸最喜欢的浓稠酱汁，可我一口都吃不下去。说说笑笑累了，我就去吃一块上面印有小鸟图案的巧克力。

告别的时候到了。爸爸又该回到自己花楸山路的公寓了。

他站在衣帽间,低头找鞋拔。
"谢谢,今天真的很开心。"爸爸边说边向妈妈伸出手。
妈妈给了他一个礼貌的拥抱。
"我们的女儿太棒了,真为她骄傲!"

我告诉爸爸，自己在康苏姆面包房找了份包装员的工作，他不可置信地看了看我，然后认命地耸耸肩。

"当然了。这工作总有人要做嘛。"

面包房和冶金厂就位于皮尔路和熊岛街交会的十字路口两侧。面包房的打卡钟和我印象中爸爸使用的那个一模一样。作弊或蒙混过关是不可能的。下班的时候，等待打卡的队伍每三十秒就要停一次。而当分针指向整点时，队伍又会快速地向前移动，然后再次停下——谁都不愿意少算三十秒的工时。我也想像爸爸那样，挥起拳头朝那个可恶的机器狠狠砸下去，可我没那个勇气。而且我们心里都很清楚，这样泄愤毫无意义。

在面包房里，男性负责和面、烘烤和运输；女性负责将面包摆放整齐，裹上包装纸，一个个码进纸箱。偶尔抬起头时，我只能看见前方一个个僵直的脊背和弯曲的颈椎，对于大多数的工友，除了名字之外，我一无所知。

肩膀的疼痛、大腿的酸麻和双脚的肿胀越发明显。我拼命攥紧酸痛发红的双手，想到它们也许会遭遇和爸爸同样的命运：僵硬、变形、粗糙，内心油然而生一种无法言说的恐惧。

我必须见一见爸爸。我必须向他展示这双挂肉的铁钩，和他聊一聊社会主义——一刻也不能等。

爸爸坐出租车来到我和约阿基姆位于福鲁路的家,因为戒酒浑身冒着虚汗。切土豆时,他的手抖得厉害,只能暂时放下刀叉,稍事休息才又拿了起来。在他看来,我的一双手实在太平常不过。

盛夏的一天,我们在路上偶遇了从麦肯家出来的爸爸。他身穿一件脏兮兮的夹克,多日未剪的头发长长地盖过领子。他已经彻底沦为一个曾令自己不齿的、邋遢落魄的中年男子。我们匆匆聊了几句,说好再约时间见面。

他被勒令服用安塔布司,同时接受心理医生的辅导。这些毫无疗效的手段只会增加他的疑心,让他对于外界的劝说和帮助越发不信任。我从麦肯那里听说,爸爸现在越发沉默寡言,拒绝透露任何心事。

我们的见面倒是频繁起来。自从有了自己的家之后,我和爸爸的关系渐渐变得融洽平和。我已经十八岁,不再依赖爸爸的照顾。每次爸爸过来做客时,我都会精心准备几道拿手菜,而他总是自带啤酒。爸爸很注意,从不在我家喝到酩酊大醉。兴致好的时候,他还会邀请约阿基姆一起喝一杯,但从没问过我的意见。我和爸爸可以分享任何秘密,但对着一罐普斯蓝边喝边聊似乎永远也不可能实现。

我在青春期时所感到的厌恶和困惑,如今渐渐变成对爸爸的愧疚和心疼。我收拾了餐桌,摆出纸牌游戏,希望他的生活能够重新开始。

爸爸从不在我家逗留很久。也许我和男友的同居关系令他感到不适,又或者,他已经不再适应家庭的温馨感,所以必须早早离开。

我受聘成为共青团的监察专员,并且在布达佩斯召开的一次大会上邂逅了埃尔文。他在匈牙利共青团内担任国际秘书一职,由于之前从未接触过来自瑞典的共产党员,所以对我格外有兴趣。

我向约阿基姆提出了分手,然后立刻动身前往布达佩斯。当时我以为,自己将会在那里度过余生。我和所有人告了别,唯独不敢告诉爸爸,这种命运的抉择对他而言实在太过残酷。

仅仅三个星期后,我又一次回到韦斯特罗斯的家。

我申请了文学专业,并且顺利修满了第一门的学分,然后又认识了珀尔,顺理成章地搬去了他在乌普萨拉的学生宿舍,之后才联系了爸爸。这么多年以来,他一直都没装电话,倒省了我事前通知的麻烦。

爸爸的公寓刚刚装修过,窗框刷得雪白,墙纸崭新明亮。我和珀尔还有爸爸一起坐在餐桌边,我送给他一块刺绣手帕作为圣诞礼物,那是匈牙利的民俗特产。

"我前阶段去布达佩斯转了一圈。"

"我听说了。"

"后来我又回来了。"

"我也听说了。"

"我目前住在乌普萨拉。"

"好像有人说过。"

他点起一根烟,问我乌普萨拉大学的文学教授是不是都像斯坦·布洛曼[①]那样,留着山羊胡,不修边幅地走来

[①] 斯坦·布洛曼(Sten Broman, 1902—1983):出生于瑞典乌普萨拉。瑞典指挥家、演说家、音乐教育家、节目制作人和作曲家。

走去。

"你在那里真能过得惯吗？"

爸爸没有问起任何关于匈牙利的事，但他坚持认为东欧的局势动荡不安。就在前两天，罗马尼亚总统齐奥塞斯库刚被执行枪决，爸爸对此感触良多。

爸爸很好奇，东欧那边的人对于推翻柏林墙有什么看法。

"那你觉得呢，这是好事还是坏事？"

我不知道。

"尤利乌斯肯定知道这件事吧。他怎么看？"

我无奈地耸耸肩膀。我不知道，也不想知道。

爸爸五十岁生日这天，整个人的状态相当不错。当然，他的面孔已经不可避免地出现衰老的迹象，好在精气神仍然很足。我不免庆幸，肚子里的孩子即将拥有一个爸爸这样的外公——当然还有拉瑟。

爸爸拆开了生日礼物：一本书、一副手套和一个自行车加热座椅。我在卡片上写道，最好的礼物要等到今年八月才能揭晓。爸爸看完后，一言不发地走开了。

我在卧室里找到了爸爸。他正站在窗口，机械地拨弄着窗帘。我问他，要升级做外公了是不是很激动。

"你不该就此中断在乌普萨拉的学业。"爸爸边说边揉了揉眼睛。

"我当然不会中断！别担心。"

我顺着爸爸的目光看过去，窗台中间一块缀着白色花边的尼龙布垫上，摆着一盆即将开败的白鹤芋。

爸爸从未干涉过我的生活方式。有的时候我甚至怀疑，他的过度自我导致他完全忽略了我的感受。他不愿别人插手自己的生活，因此也从不对别人指手画脚。而现在，他一个人躲进卧室，为我可能中断的学业忧心忡忡。从我身上，他仿佛看见了历史上无数的女性，因为意外怀孕而陷入悲惨的境地，最终年华老去，生活拮据。

"我自会有办法解决的，爸爸。"

窗外的大片草地如今被二月厚厚的积雪所覆盖。街灯映亮了整个公园。爸爸曾在那里追着一只小松鼠到处跑。我扑进爸爸怀里，看着爸爸狼狈的模样咯咯直笑。爸爸故意做出张牙舞爪的模样，小松鼠被吓得吱吱叫，忙不迭地跑回了树上。我后来总在想，要是爸爸真的抓住了小松鼠，会不会把它养在家里。

我们静静地站着。客厅里传来其他人的说笑声。

白鹤芋绸缎般的花瓣渐变成灰蓝色，旁边立着一盏四四方方的台灯。灯罩是银色塑料质地，光线由细细密密的小孔间渗透出来。里面是一只气缸状的灯泡，在旋转间不断变幻着颜色：红色、蓝色、黄色、粉红色。一个周末，我从妈妈家回来，一眼就在窗台上发现了这盏灯。爸爸死活不肯承认灯是他头脑发热买的，而是一个劲儿抱怨款式和颜色要多丑有多丑。我问过他好多次，干吗不干脆扔了它。爸爸每次都有点生气地答道，要是不把它摆出来，别人永远都不知道这盏灯有多丑。这简直是答非所问。

我拧亮了台灯，整间卧室跟着闪烁起来。

"这灯还是那么丑。"

"那你干吗还把它摆出来？"

"咳，就这样吧。"

爸爸依然没有给出我想要的答案。或许只有依靠这么俗艳而刺眼的光亮，爸爸才能向别人证明自己的存在。

我将婴儿提篮放在餐桌上,那里是我曾经整理邮票和讣告剪报的地方。爸爸走过来,刚想要摸摸孩子的脸蛋,突然想起自己刚抽过烟,于是赶紧走到水槽前认认真真地洗了手。对于他意外的体贴,我丝毫不感到惊讶。爸爸用指尖碰了碰小家伙圆圆的鼻头,夸赞说这是他见过的最漂亮的小姑娘。我脱掉了女儿的袜子,看着她小小的脚趾在睡梦中放松地舒张开来,内心无比甜蜜。

"你们打算叫她什么?"

"应该会叫她阿曼达。"

"干吗叫阿曼达?娜塔莎这个名字有什么不好?"

我解释说,娜塔莎这个名字总给人一种怪怪的感觉。我上学的时候,学校里叫娜塔莎的就只有我一个,而这几年,娜塔莎更是成为电话性爱广告里的热门艺名。

"你都在胡说八道些什么?"

"本来就是啊。娜塔莎这个名字怎么听怎么……怎么说呢……情色,而且低俗。"

"胡扯。"

爸爸沉思了片刻,然后回忆说,我以前特别喜欢那些字母 B 打头的名字。

"波比、芭芭拉、比尔吉塔、贝塔、巴布鲁、贝依班、布丽塔……过于情色的名字就算了。还有比尔吉特和巴尔多特,这可都是你说的!"

他将双手插在口袋里,仔仔细细地打量着提篮里的外孙女。这个孩子将我和爸爸再一次紧密地联系在一起。爸爸的神情越发专注,一侧的嘴角微微上扬,嘴唇微微抽动了两下,最后发出一声满足的叹息。他打开橱柜,拿出一罐普斯蓝,默默地喝了起来。秋日的阳光透过洁净的窗玻璃照进来,金灿灿地洒了一地。外面的窗框上放着几小堆的面包碎屑,那是留给松鼠和小鸟的食物。

出门前,爸爸从衣橱里找出一条民族风的蓝色连衣裙,那是我在幼儿园第一次拍集体照的时候穿的。

"现在应该还有点大。下次再说吧。"

爸爸坚持说,丫头很快就能穿了。丫头一转眼就长大了,真的就是一眨眼的工夫。

我们绕道去了趟南苑养老院。爷爷已经年过九十,鳏居也有十年之久。他后来又在养老院里找了个女伴,那位老太太的体态和神情总让我联想到一位退休的女高音歌唱家。从她身上,找不到一丝一毫奶奶的影子。爷爷说,有个人做伴感觉挺好,不过有时自己也不免后悔——女人实在是太麻烦了。

见到阿曼达之后,他在高兴之余又有些懊恼,因为自己实在拿不出一件像样的东西送给她。

"哎呀呀,给小丫头什么好呢?我这儿既没有土豆又没有面条。她吃三明治吗?还是蓝莓汤?"

"她现在只喝母乳。你要抱抱她吗?"

爷爷没听见我说的话,只是指了指橱柜上冶金工会授予他的那只水晶花瓶。我取下花瓶抱在手里，它几乎和阿曼达一样重。爷爷不厌其烦地重复起老掉牙的话题：冶金厂所有人都在等待斧子劈下的那一刻，可真正有勇气挥动斧柄的，只有他一个。爷爷老了，已经无法补充更多细节，说着说着，他自己也觉得有些无聊。

"我看看啊，有什么能送给这小丫头的。甘草糖也没了，我牙口不好，早就不吃了。"

爷爷的声音突然亢奋起来，他朝珀尔的方向努了努嘴。

"你有没有告诉过那小子，有一次我徒手捕捞上来二十条梭鲈。"

然后他脑袋一歪，沉沉睡了过去。

过了一会儿，爷爷醒过来，开始吹嘘声乐三重奏约林女孩来城里演出的时候，自己和她们短暂交往过。可惜当时年纪大了，要跟上她们的快节奏还真有些力不从心。

这件事我从没听说过。

我一个人带着阿曼达去了爸爸家。这些年以来，我从来都拿男友当挡箭牌，避免爸爸提及尴尬或敏感的话题。

爸爸刚刚下班回家，一个劲儿地说自己是全城最幸福的人。

"我都盼了你们整整一天了。"

在我的印象里，历史上爸爸只有过一次情绪如此高昂的时候。那是他在冶金厂的抽奖活动中抽到了一等奖——一台晶体管收音机。他反复念叨了无数次说，当奖券上的数字和开奖公布的号码完全一致时，他简直不敢相信自己的眼睛和耳朵。

爸爸急急忙忙将公寓里的灯都点亮，为了阿曼达，也为了楼下经过的行人。

阿曼达发出哼哼唧唧的声音。她自从出生后就一直睡不踏实，我自然也没睡过一个安稳觉。

我将哭闹不停的女儿抱在怀里，在童年时的家里重温着过去的一点一滴。我记得那些夜晚，疲累至极的爸爸在沙发上沉沉睡去，间歇醒来只是为了告诉我，如果他昏倒了，要赶紧打电话通知埃尔迪斯。那时，在这间公寓内保持清醒无疑是件残酷的事，我总想象着有人躲在衣帽间，窥视我们的一举一动。为了对抗恐惧，我只好抱着笔记本坐在爸爸腿上，然后用文字记录下所有的细节：书橱上的摆设、墙壁上的挂画，以及廉价的塑料墙纸在阳光下反射出绿色、金色和粉色，而唯独避开了关于我和爸爸的一切。我时不时凑近爸爸身边，确定他是否仍在呼吸，生怕他就此一睡不醒，成为过劳死的牺牲者。

阿曼达趴在我的肩上，陪我打量着屋里的一切：吹塑玻璃的海豚时而泛着幽蓝，时而泛着酒红——还有它的吻部，怎么那么宽？丹麦瓷器的公爵夫妇雕像——公爵夫人的裙子呈现鲜艳的明黄，而我记忆里为何是一片薄荷绿？被香烟盒画框包裹的驼鹿油画，如今看来还是那么丑。

我的房间里放着这些年的日记本，还有拉瑟送我的格莱纳精灵石雕。一只身穿粉红色连衣裙的马略卡娃娃是海伦度假回来送我的礼物，让我足足开心了好久。旁边躺着曾被我用来收集讣告剪报的俄国木盒。

我想要和阿曼达一起躺在我原来的床上，可怎么都觉得别扭。自从爸爸接到驱逐令的那天起，我就再也没有触碰过这张床了。

书桌上摆着一双意大利白色凉鞋，那是爸爸在格里马尔迪先生的鞋店里为我精心挑选的，正符合五岁女孩的尺码。爸爸大概认为，这双鞋很快就能给阿曼达穿了。

爸爸一边端出煮好的小龙虾，一边跟着电台吹着口哨。我毫无防备地开始大哭。爸爸完全蒙了。我说阿曼达只有在婴儿推车里才肯睡觉，我一直以来都无法好好安眠，所以也没有力气吃小龙虾。爸爸似乎没有听见，只是抱起阿曼达在屋子里转来转去。在他的怀里，阿曼达显得比法棍面包更为娇小。爸爸发出温柔的嘘声，试着让她安静下来。

"到外公这儿来！我俩是最要好的朋友、最贴心的知己。"

无济于事。

我说，要不我还是去妈妈家吧。她已经搬去市中心的教堂区居住，坐公交车就能到。

爸爸看了看我，无奈地耸耸肩，然后将煮好的小龙虾放进冰箱，默默穿上鞋子。他执意要送我们去车站。

当时正值初冬时节，外面又阴又冷。

爸爸将阿曼达放进婴儿推车。我能看出他的失落和难过。我们朝着维克桑中心的方向走去，沿途经过公园和爷爷奶奶曾住的公寓，还有一片小树林，幼儿园的一个女孩安—索菲曾恐吓我们说，那里是胡椒盐女巫的地盘。她会抓住误闯树林的人们，割开他们的手腕，往伤口里撒上胡椒和盐，直到对方痛苦地死去。从此之后，我就再也没敢踏进树林一步。

一切都没有改变，只是比我记忆中缩小了数倍而已。平房式结构的小学校舍如今看来仿佛三块白色的乐高积木。我清楚地记得学校操场上每一根树桩的形状和位置，它们曾组成了我跳跃嬉闹的天堂，可令我惊讶的是，它们原来如此的枯瘦干瘪。在我印象中，它们应该像爸爸的手臂一样结实。

我和爸爸沿着这条路，上班，下班；上学，放学，少说也走了六千多次。而今天的同行，是我们的最后一次。

我想知道，对于和我共度那些年的时光，爸爸还记得多少。他从不回忆过去，仿佛所有过往都消失在啤酒的气味、熔炉的蒸汽以及日复一日的忧虑之中。或许他自认是一个不称职的父亲，有意识地遗忘掉那些不忍回首的片段，以此否认它们的存在。又或者，他的记忆和我一样深刻，只是换了一个版本而已。

他的脑海里，究竟会不会偶尔闪过哪怕一丝一毫关于我的画面，让他由衷地会心一笑？有没有那样一个瞬间，让他体会到父女间的亲密和温馨，从此在心中反复回味？

对于爸爸的内心世界，我一无所知。

"你还记得吗，你用红色雪橇拉着我在坡道上走？"我试探地问。

爸爸不说话。

"你还记得吗，我们早上出门的时候，一个人都碰不到？那么早出门的，大概只有我们两个。感觉每天都像冬天一样。"

爸爸还是不说话。

"爸爸，我真的搞不懂，你到底在想些什么！"

爸爸加快了脚步，几乎把我甩在了后面。然后他才开了口，语速很快，口吻中透着焦虑和愠怒。

"我他妈当然记得。每天早上，外面都是又黑又冷的鬼天气。塔妮娅的事，像是在我脸上狠狠甩了一巴掌。我一点准备都没有，可我说什么都要撑下去。你那么乖，那么懂事。除了晚上睡觉时老踢我，害得我没一天能睡好。"

他的目光仍然直视前方，明显在故意躲闪和回避。

我们从未有过如此深刻而亲密的交流。我从没听他说过妈妈一句坏话，这是他坚持至今的底线。哪怕被迫咬牙承担起独自照顾我的重任，他也从未质问或怨怼。

爸爸似乎在用这种方式表达自己累积多年的歉意，既为亏欠我的一切，也为给予我的一切。

诚然，我的童年和同龄人不同，但这差异并不能完全归因于爸爸。就算再来一次，我也不愿和任何人交换。我应该如何解释，才能避免自我安慰的嫌疑呢？

爸爸给了我袒露心声的机会。

而我却哑然了。

我们再次陷入沉默。

公交车晚点了。爸爸向婴儿推车里看了看，确定阿曼达仍在呼吸。他替阿曼达掖了掖毯子，又看了看。然后替她正了正帽子，又掖了掖毯子。

关于政治的话题明显轻松不少。新民主党刚刚进入议会，旗帜鲜明地表达了对首相卡尔·比尔特的支持。真是天大的笑话！爸爸冷笑了一声。新首相和费尔丁、蒙德布等人根本不能相提并论！这样下去，瑞典只会越来越糟。

"资产阶级派的四党联合政府！光听这名字就知道是怎么回事了！这些人都该下地狱！"

他掏出钱包，塞给我四张一百克朗的钞票。这是爸爸第一次给我钱，也是我最需要钱的一次。

"我手头没有多余的现金了。我昨天刚装了电话，真贵呀！"

爸爸家里已经九年没有电话了。原先的电话号码在1982年足球世界杯期间被注销了。

"我想着这样一来，可以和丫头说说话，当然还有你。"

从现在开始，阿曼达成了丫头，而我是奥萨。

爸爸帮我将婴儿推车抬上公交车。

"我爱你。"话一说出口，我就为这陌生的字眼儿感到无措。

"我也是。"爸爸尴尬地回应道，同时用手指了指自己的胸口，又指了指我的。

伴随沉闷的嘎吱声,车门在我们之间缓缓闭合。

"再见!"

"再见。"

就在我刚踏进妈妈家门的那一刻,电话铃响了。拉瑟接起电话,然后将听筒递给了我。是爸爸。他在电话那头报出自己的新号码,我用笔记下了六位数字。

"我就是想说,虽然这丫头把你吵得睡不着觉,可没等你缓过神来,她就长大了。"

他让我向妈妈问好。向大家问好。

爸爸说，眼下的光景很不好。他们又要裁撤掉冶金厂的一整个部门。

"还好我做的是炼钢这一行，总能找到活干。那些年轻人就惨了，还没做几天就要走人。"

爸爸学会了一个新词——合并。瑞典通用电气公司和瑞士布朗勃法瑞公司合并，更名为ABB集团。瑞典通用电气裁掉了数千名员工，股价却一路攀升。各大媒体将ABB集团总裁派西·巴那维克鼓吹为一名谦虚低调的普通人，和其他人唯一的区别就在于，他的工作时间更长，劳动强度更高。爸爸根本不买账。他知道派西就住在通用电气的私家别墅内，每天享用上好的牛排和瑞典小龙虾。吃饱喝足后就在标志性的塔楼顶端召开圆桌会议。再说了，谁不工作呀？

爸爸打电话来宣布冶金厂要转手给新的老板了。收购价只有象征性的一克朗。

"真见鬼！一克朗！不过对方承诺负担起所有债务，所以很快就谈妥了。听说是来自法格什塔的两兄弟，人挺好，脑子也活络。"

爸爸工作的地方不再是冶金厂，而是奥托昆普矿业集团。

爸爸在电话那头神经质地嘟囔说自己很可能面临失业。我安慰他说，他完全不需要担心，毕竟他在厂里干了一辈子，就算岗位遭到裁撤，他也会得到妥善安置的。

"反正你肯定不会失业的！"

爸爸说，上面的人才不会在乎他的死活。时代变了，现在和从前不一样了。

他的嗓音因为恐惧而变得嘶哑。但他始终没有说过，如果他愿意彻底戒酒，留任工厂的可能性会有多大。

我不知道这场谈话中，自己到底帮上了多少忙。我的心里和爸爸一样不好受。我无法想象，每天早上不再骑车去冶金厂上班的爸爸会是什么模样。他整个人的身份认同以及所有的成就感都来自炼钢的熔炉。如果他不再是一名炼钢工人，甚至不再是冶金厂的一员，那他又会是什么？失去了工作，爸爸注定迅速枯萎和老去。

我的眼前仿佛浮现出爸爸的身影：他坐在位于锻造路的办事处柜台前，等待着领取失业救济金。他的后背微微前屈，双肘紧张地撑在膝盖上，其中一只手里还抓着一只酒瓶。他穿着慈善组织提供的干净却寒酸的衣服，态度谦恭，唯唯诺诺。像爸爸这样的人，如果出现在露天音乐节上，显然不会受到任何啤酒和小食摊位的待见；如果碰上极其恶劣的寒冬，能不能顺利熬过来都很难说；如果在路上偶遇了曾经的工友或熟人，他一定躲闪开目光，加快脚步迅速离开。

1955年，十四岁的爸爸进入冶金厂下属的工业技校。1992年6月15日，他最后一次打卡下班，时年五十一岁。

　　我不知道那是一种怎样的感受：骑车经过熟悉的路线，第无数次，也是最后一次奔向即将永别的冶金厂。爸爸的心中是否有过感激或酸楚？在我的想象中，最后一次谈话应该由某个中层领导主持，他也许会客套而冷漠地对爸爸说，勒夫，你第一次进厂上班的时候，我恐怕还没出生呢。自从我们认识以来，你娴熟的工作技能和踏实的工作态度一直给我留下很深的印象……

　　或许他们只是简单地互相道别。再见，勒夫！多保重！别忘了走的时候，把工作服丢进洗衣篮。还有，把更衣柜的钥匙交上来。

　　爸爸要怎么面对他曾经的工友呢？包括那些继续留任的和同样遭到遣散的。他们还会保持联系吗？爸爸最后一天的工作，也和从前一样辛苦而吃力吗？还有保管更衣柜钥匙的那个漂亮女孩，爸爸总感觉她对自己有点意思，他要怎么向对方开口，说这是自己最后一次交还钥匙呢？

　　这些问题折磨得我不得安宁。爸爸打电话来的那个晚上，如果我有勇气，也愿意倾听他的心声，或许早已有了答案。爸爸在电话里和我说了好久，可我只是一味回避，他的话一个字都没听进去。我满脑子想的都是，替出版社整理作家名录能赚多少钱，如何给收音机增加一个 FM 调频的节目，以及在通讯录里把奥尔森的电话号码加在字母 O 的一栏里。

爸爸断断续续地表述着，时不时发出沉重的叹息。话也说得颠三倒四。

"我把最好的年华都给了他们。"他最后感慨道。

我用墨水笔在纸上胡乱地涂鸦，心里一阵烦躁，又有些怨气：爸爸不该和我说这么丧气的话。

"他妈的，我可是把最好的年华都给了他们啊！"爸爸又强调了一遍，口吻中还多了些惊讶。

然后他挂上了电话。

家里没有外人，我任由阿曼达将电话黄页撕成一条一条的碎纸，转身去厨房给自己倒了杯苏联绿牌伏特加。我咽下一口烈酒，随着胃里汹涌泛起的辛辣滋味，我对爸爸的不耐烦也渐渐转变成深深的愧疚：我不该对他的失业感到愤怒，不该责备他不够尽力，也不该埋怨他的表述不清，语焉不详。爸爸奉献出自己最好的年华。三十七年的汗流浃背，腰酸背痛，最后换来的只是一声沉重的喟叹。

拿到六万五千克朗的遣散费后，爸爸慷慨地犒赏了自己一顿农家奶酪。

我问他白天都做些什么。

"做些什么？你觉得我还能做什么？当然是找工作了。可哪里都不要人。"

找工作的同时，爸爸也会打扫房间，骑着自行车四处转转，读点东西。大广场上有家旧书摊，周六的时候例行清仓大甩卖。他每周会约上一个以前的工友打一次桥牌。爸爸并不渴望重回冶金厂，可白天的时光实在太过漫长。再说他花起钱来从来没个数，失业救济金的账户很快见了底。上班的时候，爸爸总是巴望着打卡下班，而现在，他却担心自己再也没机会打卡上岗。他感慨道，生活啊，真是一个最复杂、最折磨人的东西。

失业的浪潮席卷过全城。市中心曾经辉煌的工厂和企业，如今已是人去楼空，日趋破败。

小的时候，我曾经无数次好奇，铁矿厂的巨大铁门里究竟是怎样一个世界。那些工人究竟是在怎样的环境中不分昼夜地劳动。从围墙外经过时，可以清楚地听见铁锤的敲击声和机器的轰鸣声，可是除了面孔冷峻的门卫，再不见其他人的身影。灰蒙蒙的窗户始终紧闭。圭多姨父就在里面上班，我也央求他透露些内情。他说了一大堆关于螺丝螺帽的内容，我一个字也没听懂。圭多姨父从1947年进入铁矿厂，整整干了四十年，因为突发脑出血而被迫退休。

也许过不了多久，人们就会渐渐淡忘，砖墙结构的建筑内曾经坐落着万千居民赖以生存的工厂。通用电气的下班潮早已消失不见，不再是一条伴随暮霭降临的风景线。

爸爸说，感觉这座城市正在经历一场伤筋动骨的疾病。韦斯特罗斯一向被视为最具发展潜力的工业重镇，如今却沦为一个公务纷杂的平庸社会，令他越发感到疏离和陌生。

康苏姆面包房如今像鬼屋一样萧条凄凉，市立图书馆旁边的乳制品厂也已经倒闭。人民公园正式更名为阿罗斯公园，其中大部分被规划为住宅用地。北欧最大的内陆港经过改建，已经成为新兴中产阶级的公寓区。那种大清早就会为顾客提供啤酒的小咖啡馆渐渐销声匿迹。一幢杏黄色的税务大楼从港口正中拔地而起，傲然俯瞰过整个梅拉伦湖。

在爸爸看来，最糟糕的一点，莫过于实用路的房子遭到拆除，让位给一座西班牙的公寓式酒店。爸爸怀念石棉水泥的材质，怀念房子里的人，怀念外公外婆烹饪的美味，怀念那些关于政治的针锋相对的辩论。

紧挨着铁矿厂旧址的，是韦斯特罗斯的新地标摩天大厦。摩天大厦是一座集商场和酒店为一体的高层建筑，和教堂尖顶以及通用电气的塔楼一起，共同勾勒出城市的天际线。爸爸对这幢丑陋而俗气的大楼嗤之以鼻，无比怀念原有的宏大电影院和传奇电影院。其实，自从和妈妈结婚后，爸爸就再也没进过电影院——他说电影拍得太烂，不值得观众花冤枉钱。不过，他仍然怀念红色帷幕拉起的瞬间，以及老派的丹麦情色片和瑞典喜剧片。

工业润滑油的刺鼻气味如今已被美式薄饼比萨的香味所取代。铁锤的敲击声早已消失，回响在耳畔的是蒸汽咖啡机压缩空气时的吱呀声。这些意大利风格的小酒馆和咖啡馆也算是意大利移民为这座城市奉上的明信片。爸爸问里面的店员，拿铁咖啡是个什么玩意儿。

"就是加了热牛奶的咖啡。"

"加了奶的咖啡？就这样？"

"拿铁咖啡一般分量比较大，而且牛奶也是热的。"

"就是大杯装的热牛奶咖啡嘛。"

爸爸说，整座城市都充斥着名为土耳其烤肉的垃圾。他能理解传统的胡萝卜泥和猪肉卷实在不适合作为快餐，但是一整条街连家像样的传统餐厅都找不到，这也太说不过去了。

韦斯特罗斯逐渐沦为一个彻头彻尾的商业化城市，根据统计，在牛仔裤、球鞋和麦当劳巨无霸汉堡的人均消费量方面，韦斯特罗斯居于全瑞典榜首。爸爸想不通，这些钱究竟是从哪里来的呢？

"到底发生了什么？你能给我解释一下吗，这座城市到底怎么了？"

爸爸说，他做什么工作都行，唯独不能接受在瓦萨公园扫落叶。抛开工作本身的乏味枯燥不谈，他也不愿意将自己的窘境暴露在大众面前。待在家里无所事事的确让人抓狂，但是拿着耙子出现在艺术博物馆外更伤自尊。他难免会碰到以前的熟人，还得硬着头皮寒暄两句。

真没想到，你在这儿上班啊？

是啊，是啊。

失业在家整整一年后，爸爸终于决定认认真真地再找一份工作。而每每翻看职业介绍所提供的信息，爸爸对婚姻失败的心结就会又一次困扰着他。要不是出于对妈妈的尊重，他大概早就使出爷爷那套夸夸其谈的本事。妈妈当时已经被提拔为职业介绍所主管，而从电脑资料的评估中，她就已经判断出爸爸不再具有职业竞争力。爸爸能够理解，岗位短缺并不是妈妈的错，可他怎么都想不明白，对方为何向他提供了一份意大利语课程。按照爸爸的说法，那位职业中介压根儿没和他聊工作的事，只是声情并茂地朗读了一首诗。

后来通过妈妈我才得知，那位职业中介很欣赏爸爸所表现出的谦虚和卑微。至于求职者的陈述是否掺杂了水分，他们并不在意，职业介绍所的任务就是用各种方式打压对方的自信，掌握绝对的权力。

在撰写历史学博士论文时，我最初拟定的研究方向是，瑞典社会对于工人阶级自相矛盾的观点：一方面，瑞典自称拥有世界上最强有力的工人运动，另一方面，又有调查显示，瑞典不存在真正的工人阶级。这两者是如何并行不悖的？

爸爸不可置信地看着我。

"你说什么？瑞典没有工人？"

"是这样的，不是有这样一种理论嘛，瑞典的工人阶级已经彻底消失了。现在人人都开沃尔沃，夏天去别墅度个假什么的。"

"我完全不知道这个理论。你听谁说的？"

"那我这么说好了，很多人认为，既然我们已经脱离了工业社会，那么工人阶级的概念也就不复存在……这你总听说过吧？"

"没有，绝对没有！这给人灌输的都是什么垃圾观点啊！"

爸爸霍地站起身，将椅子撞翻在地。他愤愤地说，还好自己已经不看《每日新闻》了，不然早就被活活气死了。再说，他对头版头条上刊登的世界各国首脑的讣告早已没了兴趣。

爸爸用手理了理头发，然后点上一根烟，将桌上一盒巧克力挪到面前，哗啦哗啦地拨开上面的一层塑料纸。

"果真像他们说的，工人阶级已经不存在了，怎么解释这一块块巧克力都能放在正确的格子里呢？"

爸爸说，他昨天刚看过一个电视节目，上面介绍斯科讷省一家工厂的女工加班加点地缝制裤袜，导致严重的腰肌劳损和肩周炎，很多人回家后连土豆皮都削不动。他还认识一个在麦当劳打工的大叔，任务就是将煎好的肉饼放在面包上，加上蔬菜和奶酪，再挤上芥末酱和番茄酱，这样的工作流程每小时都要重复上百遍，毫无技术含量，机械而乏味。类似的情况还包括爱立信手机生产线上的组装工人。而葡萄牙很多上了年纪的女工，一辈子都在做纯手工的活计：将红辣椒塞进橄榄，然后装箱出口。从一公斤成品中，她们只能赚得区区几克朗的报酬。这些难道都是天方夜谭吗？还是共产主义的宣传策略？

后来我放弃了原来的研究方向，改为思考社会民主政治的意识形态以及权威传统。爸爸震惊之极，嚷嚷说我一定会被国安部门记录在案，从此找不到工作。

"你就不明白吗，这可不是闹着玩的！"

再说了，我就不能写点不痛不痒的内容吗，比如美国移民问题，或者古斯塔夫·瓦萨那个混蛋也行啊。

"你就算不为自己着想，也要为丫头考虑考虑吧？"

爷爷奶奶的孙辈中，我是第一个考上大学的。听说我选择了历史作为专业，爷爷整个人都来了精神。他絮絮叨叨地回忆起自己九岁时在历史课上犯下的错误：当时他公开表示，卡尔十二世战死沙场是件好事，因为残忍的血洗屠杀总算能告一段落。老师对爷爷的叛逆言论大为光火，狠狠扇了他两巴掌，罚他面壁思过。因此还导致爷爷的右耳暂时失聪了十天。爷爷因其吹牛水平曾被誉为"谢利耶布的闵希豪森男爵"，讲起自己的童年逸事更是绘声绘色，我总是听得津津有味，而且越发觉得，这个关于历史课的故事应该是真的。

大家挤挤挨挨地围在桌边，替爷爷庆祝九十五岁的生日。爷爷面容疲倦，头晕眼花，费了好大一番功夫才弄清楚，到秋天即将满三岁的阿曼达是我的女儿，也就是勒夫的外孙女。

"不错嘛，小子。"爷爷赞许地夸奖爸爸。"你确实过得很不错，相当不错。"

就像爸爸其他的哥哥姐姐，格瑞尔对我向来不错，可她总想要通过贬损爸爸来标榜自己的独立。听爷爷这么说，她赶忙凑到我身边，逗弄起坐在我膝盖上的阿曼达。

"你外公脑子不大灵光哟。"她冲着阿曼达笑眯眯地说道。

阿曼达看看她，再看看我，显然一个字都没听懂。

"你外公脑子不大灵光，是吧？"

在格瑞尔的设想中，阿曼达应该会像我小时候一样咯咯直笑。可阿曼达只是害羞地扭过头，拼命往我怀里钻。这时爷爷发话了，他颤巍巍地抬起一只胳膊，指向爸爸的方向。

"你外公在那儿呢。他干活可是把好手。"

阿曼达仍然一脸茫然。格瑞尔忍不住插嘴说道：

"勒夫被工厂辞退了，爸爸你是知道的！"

"你没听见我说的话吗？勒夫干活绝对是把好手！"

"咳，勒夫早就失业了。对吧，勒夫？"

爸爸的嘴角抽搐了一下，一句话也没说。我也在一旁默不作声。屋里的气氛顿时变得凝重起来。爷爷突然俯下身子，一把揪住阿曼达的衬衫。

"别听她胡扯。勒夫是个硬汉，铁铮铮的硬汉！"

这么多年以来，爸爸终于得到了来自爷爷的认可和褒奖，我以为他会喜极而泣，可他却显得有些手足无措，不知道自己为何总会成为众人议论的话题。

爷爷将两只粗厚的大手合在一起，用力搓了搓，然后咧开嘴，露出一口假牙。

"铁铮铮的硬汉自然有个铁铮铮的爹！想当年，我还能在冰天雪地里骑自行车呢！你信吧，丫头？"

爷爷说累了，喘着粗气停了下来，继而将话题转移到其他地方。

门开了，向里张望的是我以前的一个小学同学，她就在南苑养老院做护工。我们曾经一起玩过一阵子，八月的一个晚上，她在我家第一次吃到爸爸钓的小龙虾。后来我们因为某件小事闹翻了，就再没说过话。现在，卡米拉要扶着爷爷去厕所，帮他脱裤子、擦屁股。

我从没看过爷爷的裸体，而她却早已习以为常，毕竟这是她的工作。

每次我到南苑养老院探望爷爷，顶多就是轻轻摸一摸他蜡黄皮肤的干枯手臂，然后迅速地亲吻一下他的脸颊。曾经为我捕捞梭鲈、陪我玩牌、天花乱坠地一通胡侃逗我开心的爷爷，如今只能躺在自己的房间里，眼巴巴地盼着爸爸能够重整旗鼓。醒醒，勒夫！醒醒，丫头！醒醒！我们在一旁享用美味的时候，爷爷往往已经沉沉睡去，而且，似乎谁都不想将他叫醒。

　　卡米拉娴熟而轻柔地搀扶起爷爷，走进洗手间，反锁了门。羞愧和钦佩交织成一股难以言喻的复杂情绪，从我内心油然而生。

爷爷的噩耗来得有些猝不及防。我总以为爷爷是不会死的，而他自己似乎也对此深信不疑——爷爷常说，自从1918年战胜西班牙流感以来，他就从没卧床休息过一天。

爸爸抵达霍夫德斯塔隆德墓园时，身穿一件橡胶材质的浅棕色大衣，腰间还系着一条同样材质的腰带，乍一看还以为是皮制的。他的衣服和鞋子都是从跳蚤市场买的。爸爸神情有些凝重，但没有特别悲伤。毕竟爷爷已经老迈许久，再说还给爸爸留下了几千克朗的遗产。对于爸爸来说，钱总是好的。

主持葬礼的那位退休教堂牧师说，生命就像电台里高低起伏的音波。而关于爷爷，他只字未提。爸爸听得有些不耐烦，干脆走到殡仪馆外面掏出一包刚买的烟。他拢起手掌，护住打火机的火苗，这已经成了他点烟的习惯性动作，无论在屋内还是屋外，他都照做不误。

"什么蠢货牧师，讲的都是什么话！"

爸爸一边骂骂咧咧，一边小心地遮掩住残缺的牙床。才刚过五十岁没几天，爸爸上颌的两颗门牙就脱落了，紧接着，临近的两颗也跟着掉了下来，倒显得没那么突兀了。下颌的牙齿都还在。

第一次见到缺了门牙的爸爸时，我还是挺难以接受的。

他的嘴巴里多出了一个四四方方的黑洞，活像箱子上的插槽。我不禁回想起小的时候，自己曾和爸爸围绕牙齿问题展开过一番讨论。

爸爸坚称，每个人一辈子都会长三次牙：第一次是乳牙，乳牙掉了之后长出恒牙，恒牙如果掉了一次，还会有第二次机会。

"你是说假牙吗？"

"不是，是真牙。全新的、真正的牙齿。"

"你是说牙医给装上的新牙齿吗？"

"不是，是嘴巴里长出来的。就像乳牙掉了，你长出新的牙齿一样。"

"所以，你说的不是新配的假牙，就像爷爷奶奶戴的那种？"

"当然不是。等到第三次牙长出来的牙齿掉光了，才需要戴假牙呢。"

"所有的牙齿都一样吗？"

"是啊，每个人一辈子都有三次机会，所有的牙齿都是。你们在学校没讲过吗？"

"算上假牙的话，应该有三次。但是真正的牙齿只会长两次。老师说，婴儿出生第一年左右长出乳牙，然后六七岁的时候换成恒牙。然后就没有了。"

"不对，恒牙还会再长一次的。"

"所以你觉得，如果你现在的牙齿掉光了，还会再长出新的来吗？"

"怎么，你想打掉一颗试试看吗？"

爸爸从不去看牙医。一提到牙医，他就会回忆起童年时的斯库姆巴夫人，据说她用电钻修补蛀洞，结果把爸爸

221

一个同学的脸颊都打穿了。

"你能想象那有多恐怖吗？"

爸爸在门牙脱落后才终于认命，自己不会再长出新的牙齿了。我表面装出若无其事的样子，心里却在假设各种悲惨的情形：爸爸是怎么摘下那两颗早已失去知觉的门牙的？然后呢？他留恋地看了它们最后一眼吗？他有没有想过，失去了门牙，自己会变成什么模样？还有，门牙掉落时，他在上班吗？他的第一反应又是什么？旁若无人地迅速将牙齿塞进口袋，还是顺手丢进滚烫的熔炉，同时用舌头舔了舔暴露的牙根？

门牙脱落后，爸爸开始有意识地用上嘴唇包住缺口，久而久之，他的上嘴唇也越拉越长。以前他陷入沉思时，总会扬起一侧嘴角，微微抽动两下，而现在，他的面部表情变得更为节制和僵硬。只有在和阿曼达玩闹时，爸爸才会完完全全放松下来，拘谨的微笑也升级为开怀大笑，露出一排白花花的牙龈。

葬礼晚宴设在水塔餐厅，从窗口看出去，韦斯特罗斯的城市景观一览无遗。这里是爷爷奶奶生前最中意的餐厅，也是他们六十周年结婚庆典的举办地。在那场晚宴上，我们这些宾客忙着大快朵颐，不亦乐乎，作为主角的爷爷只吃了点蘸了肉酱的土豆泥。

坐在我和爸爸旁边的，是从前住在白桦路的一个邻居。他比爸爸小好几岁，兴致勃勃地向我描述起爸爸年轻时的风采：那时候，整个街区的孩子都会涌向足球场，只为目睹爸爸带球过人的精湛球技。大家都知道，那是卡尔·安德松的小儿子。

"咳,"爸爸有些不好意思,"我也算不上什么优秀的球员。到最后也没踢出个所以然嘛。"

和我们同桌的还有外公和外婆。爸爸已经很多年没有见过他们,但我能感觉到,只要一谈到严肃的政治问题,爸爸在言语中就又恢复了往日的活力和自信。

"南斯拉夫的那帮人简直在自相残杀。你们说,这到底对谁有好处?"爸爸问。

外公为难地表示,自己也没有答案。

说完,三个人低下头,不约而同地用勺子搅起了咖啡。爸爸的右手满是老茧,大拇指的指甲盖隐隐发黑。外公保养得当的左手上套着一枚博士戒指:因为在人文艺术学科领域所做出的巨大贡献,外公曾被一所大学授予荣誉博士的学位。爸爸松开拳头,手掌向下,张开五指压向雪白的桌布,这是他每晚看电视时的例行动作,目的在于放松指关节和肌肉。外公——这个宛如《红房间》里出来的人物——也在做同样的事,他修长洁净的手指仿佛一道道阳光,朝着天空尽情延展开来。他们似乎完全没有觉察到,两个人的小指几乎触碰到了一起。在我看来,这一无心巧合像是某种隐喻,代表了他们最后一次见面冰释前嫌的和解。

我站起身刚准备离开,却被爸爸的哥哥乌勒拦了下来。他让我替他向妈妈问好,妈妈如今已经进入议会,是左翼政党中的一员。乌勒说,除了移民问题,他坚决支持并拥护妈妈的一切政治观点。爸爸有些不安,他知道我的立场,也明白我已经不再是那个任由大人摆布的小丫头了——特别是牵涉到这类敏感的政治问题。从前很长一段时间里,大人们说什么,我就信什么,现在已经不一样了。

我小的时候,爸爸曾义愤填膺地表示,我们应该把所有芬兰人都驱逐出境。

"吉科宁①这个老狐狸,小算盘打得可精明了。他把臭鸡蛋都扔给我们,自己国家只留下精英分子。"

这番言论是他从一个芬兰籍工友那里听说的,那是个很不错的小伙子,所以绝对错不了。爸爸还很奇怪,芬兰人为什么不能是黑人?

根据爸爸的理论,黑色人种无论在智力上还是道德上都拥有绝对的优势。唯一的例外就是美国拳击手穆罕默德·阿里。他的确具有过人的运动天赋,也取得了杰出的成就,可证明自己非要通过如此暴力的方式吗?如果世界上都是黑人的话,一定会更加美好。想象一下,瑞典首相奥拉·乌尔斯滕长了一张美国歌手哈利·贝拉方提的脸;瑞典歌手约斯滕·沃纳布灵拥有了美国爵士音乐家路易斯·阿姆斯特朗的沙哑嗓音;还有,比约恩·博格突然具备了美国网球手亚瑟·阿什的爆发力和表现力?

为什么巴勒斯坦领导人阿拉法特不能学学马丁·路德·金?光靠摩西·达扬、梅纳赫姆·贝京和柏·阿马克这帮人,以色列还有什么前途?

70年代初,谢利耶布达格威玛路和奥比隆德路的交会处曾有一家名为哈里·莱文斯的杂货店,店铺名也就是店铺主人的名字。那里可以买到精美的电影海报,包括迪士尼的《白雪公主》、《灰姑娘》和《睡美人》。爸爸一直抱怨哈里·莱文斯要价太高,他对此的解释是,店铺主人一定是个犹太人。其他店铺中也不乏价格昂贵的商品,但那些都是政府、资产阶级和富农的错。爷爷听了这话大为光火,

---

① 吉科宁(Kekkonen, 1900—1986):出生于芬兰比拉韦锡,芬兰政治家。1956—1981年期间担任芬兰总统。

他觉得爸爸简直一派胡言。

"要是希特勒打赢了战争,街上根本连一家店都不会有!"

"这关希特勒什么事?同样的东西,我知道那家卖多少钱,别家卖多少钱!"

奶奶插嘴说,哈里·莱文斯卖的猪腩肉货真价实,堪称全城最佳。不久后,哈里·莱文斯因为种种原因被迫歇业,爸爸仍然喋喋不休地抱怨,城里就找不出一家价廉物美的杂货店。这对于作风老派的本地居民而言无异于巨大打击。

有一阶段,爸爸曾以为英格玛·伯格曼是犹太裔——如若不然,他的电影凭什么在世界各地备受追捧?后来听说伯格曼年轻时曾经崇拜过希特勒,爸爸觉得一切又解释得通了:原来如此,这疯子是个纳粹!

爸爸对德国人之所以深恶痛绝,仅仅因为他们是德国人。他说自己绝不可能崇拜一个德国足球运动员。盖德·穆勒、弗朗茨·贝肯鲍尔、乌利·赫内斯……这些人能做的,别人也能做到。但是加林查这种天才球员,全世界只有一个!

爸爸曾教育我说,德国人残杀了一百万犹太人。后来我长大了,告诉他确切数字应该在六百万左右,他显然困惑了。

"你该不是变成纳粹了吧?怎么着,你现在是右翼人士了?"

但与此同时,他又对兼具德国人和犹太裔身份的卡尔·马克思崇拜得五体投地。总的来说,爸爸所憧憬的世界里,没有种族隔离,没有国籍之分,黑人、白人、犹太人、芬兰人、苏联人、北欧人、美国人……所有人都平等相处,互助合作,彼此尊重。

小的时候,我认同爸爸说的每一个字;后来长大了,我对他的执念和偏见越发难以苟同。

70年代时，爸爸谈论最多的就是芬兰人。到了90年代，爸爸开始念叨移民问题：现今的移民还不如那些芬兰人呢，芬兰人虽然赖着不走，可好歹不抗拒重体力劳动啊！

自从新民主党进入议会后，爸爸开始强烈抵制全民公投——与其把选票投给法西斯做派的小资产阶级，还不如直接废弃算了。新民主党的一些政策尚属温和。我告诉爸爸，大多数移民都是为了逃避压迫和贫困才背井离乡的，爸爸摇了摇头表示反对。

"蒙谁呢？以前可能还有这种情况，现在不一样了。他们都是拖家带口地涌进来，赶都赶不走。"

爸爸和妈妈双方的亲戚中，血统混乱而复杂，除了俄国裔和意大利裔外，还有一个塞尔维亚人、一个巴勒斯坦人、一个芬兰—瑞典人和一个英国人。和我们有直接接触的当然只有俄国裔和意大利裔，所以爸爸怎么都不理解，我为何要坚持说，家族里的人来自五湖四海，各种族裔的都有。就算是吧，他所谓的移民也不是指这些人，而是其他那些。

爸爸站在我和乌勒中间，焦躁地跺着脚。他的上嘴唇耷拉得老长，两只手不断在裤兜里掏进掏出。他很想要立马走人，又担心我们的对话陷入僵局。乌勒说自己从电视和报纸上看到不少关于移民的报道，他还听说，就在韦斯特罗斯的瓦尔比地区，一户新搬来的移民家庭从社会福利部门那里得到了免费海外度假、一台电视机和六辆自行车，这还不算，这家人虽然是打黑工的，但失业救济金、社会补助金和伤病补助金一样不少。我和乌勒敷衍了两句，可爸爸还是担心我会暴露真实的想法。毕竟对于我这种有工作的人来说，对移民保持接纳和宽容的态度是不难做到的。

"我知道你是对的，"坐电梯下楼的时候，爸爸突然开口对我说道，"可是怎么说呢，你知道的……是吧，你应该懂吧。很多时候，没必要把你的真实想法都表达出来。毕竟有些人是不理解的。你应该懂吧？"

我离开珀尔的时候，阿曼达恰好和我当年经历父母离婚时一样大。爸爸为此很是难过，想不通问题到底出在了哪里。

"丫头呢？丫头怎么办？"他一遍又一遍地问我。

我安慰爸爸说，自己一定不会成为从雅罗斯拉夫尔到乌普萨拉的第四代女性，因为婚姻失败而把孩子丢给单亲爸爸。我会对阿曼达负责的。

几年后，我遇见了安德斯，再后来，爸爸又一次当上了外公。

"我说奥萨，那些麻烦事你可又要重复一遍了！"

大家庭已经不再流行，很多人都会选择最多生育两个孩子。

圣诞节前几天，爸爸在麦肯和阿列克谢家第一次见到了马克西姆。那是我记忆中最为温馨的团聚时刻之一。麦肯端出一大堆点心和零食：杏仁饼、桃酥、奶油蛋糕、奶糖、蛋白饼，请大家美美饱餐了一顿。爸爸和外孙坐在一起，享受着难得的天伦之乐。爸爸一会儿摸摸他的皮肤，一会儿闻闻他的脑袋，一会儿挠挠他的脚丫，两个人不约而同地咧嘴大笑，露出光秃秃的牙床。马克西姆还不时用胖嘟嘟的小手抓住爸爸粗糙厚实的大拇指。

那一刻的时光变得格外温柔。

"马克西姆,你和我绝对是最要好的朋友、最贴心的知己。就像我和阿曼达那样。还有,我和你妈妈也是。"

遗憾的是,爸爸已经没有机会看着马克西姆长大了。

他知道阿曼达喜欢收集小玩意儿,于是特意给她带了一包钥匙链。他从来记不住阿曼达的生日,但经常会打电话问问足球队的近况。见面的时候,爸爸总会像对待我小时候那样,用宠溺而温柔的目光打量着阿曼达。

"今天过得怎么样,宝贝丫头?"

爸爸将我们送到车站,我们递上早已准备好的纸袋,里面有胡萝卜泥、鹰嘴豆泥、果酱、猪肉丸、香肠和杏仁面包——都是些不用咀嚼,能直接吞咽的食物。

爸爸买了个新冰箱。之前的那个已经坏了好多年,可爸爸始终不敢联系房东。自从那次接到驱逐令后,整整十七年里,爸爸始终心有余悸,哪怕在路上偶遇房产中介的工作人员,他都会绕道避开。奶奶去世后,爸爸就靠三明治填饱肚子。现在虽说有了个新冰箱,可他实在拿不出买东西的钱。离开冶金厂时领到的那笔遣散费早就花得一分不剩了。

在冶金厂工作了近四十年后,爸爸每月能领到8644克朗的失业救济金。房租用掉了其中的一半,另一半用来支付水电费、电话费和工会会费。爸爸没有购买房屋保险,没有订阅报纸,没有汽车,也没有办理有线电视,平时只是零零星星地抽几根烟。衣服都是他几年前从跳蚤市场淘来的。由于长期依靠豌豆汤和燕麦粥果腹,爸爸饱受营养不良、胃痛和便秘的困扰。

打从我记事起,爸爸就一直在贫困线边缘挣扎。而如今，无论他如何俭省，每个月总是捉襟见肘。爸爸从不埋怨。每当我问起他的近况时，他总会故作潇洒地说，都过得去，总有办法撑到月底的。

我劝过他，换一间小一点的公寓，但遭到了他的坚决反对。爸爸说，自己刚在墙上钉了一面装饰镜，要是拆下来，就把整张墙纸都毁了。被房东发现的话，他要么支付巨额赔款，要么直接卷铺盖走人。

爸爸接过沉甸甸的纸袋，感激得不知该说什么好。我有些尴尬，颇有种《绿林女儿》里的罗妮娅为贫困家庭送去圣诞礼物的感觉。

"房东今年涨了三百克朗房租。"爸爸抱歉地解释道。

"我知道，现在物价都涨了。"

"真见鬼。但愿明年的日子能好过点。"

离开冶金厂后，爸爸再也没找到过固定的工作，但在一家木工坊里找了份零工。那是一份对灵巧度和创造力的挑战，他必须运用自己的智慧将不规则的木块打磨出应有的样子，而不再是机械地重复加热锻造的步骤。爸爸说，这是自己做过最有意思的工作。

爸爸不再是那个坐在锻造路的办事处柜台前唯唯诺诺的身影了，他只在迫不得已的时候才偶尔去一次。他的确缺钱，而且在劳动力市场上毫无竞争力可言（尽管他不愿承认这一点），但他现在可以坦然和我讨论喝酒的问题了。他说，相比于在冶金厂上班的时候，自己已经不那么依赖酒精了。那时，工友们总会猜测他的挎包里又装了哪种酒，巴望着也能尝上一口，而现在，他所遇到的人并不了解他的过去，戒酒因此变得容易很多。他不再会遭到误解，偶尔反常的行为也不会引起注意。

对阿曼达和马克西姆的爱也是他内心获得平静的动力。爸爸说，这份爱让一切从此不同。妈妈也表达过同样的意思，她的原话是：自从你有了孩子，我能明显感到有所变化。或许是习惯性的逃避心理作祟，我从没问过他们，所谓的不同和变化具体体现在哪些方面。

我猜想，他们指的是曾经对我的背叛。

我听过各种的流言蜚语，尤其是针对妈妈的尖锐批评——一个母亲怎么能忍心抛下自己的孩子呢？

他们背叛我了吗？

妈妈，或许吧。但爸爸没有。他将自己所能付出的爱都给了我。

爸爸，或许吧。但妈妈没有。她一直都在我身边，从未离开。

我们不常见面,但定期会通电话。我时不时会送一袋书过去,中间夹着几百克朗钞票。爸爸会对送来的书表示感谢,但绝口不提钱的事。阿曼达还寄过一张自己的照片给他,那是她所在足球队参加比赛的合影留念。

除了关心我们的近况外,爸爸打电话来还有一个原因:社民党的明确肯定或坚决反对令他大为光火。

我还是个孩子的时候,爸爸就会对政治问题大动肝火:政府出台的每一项冠冕堂皇的举措和政策,最后都会沦为实验性产品,遭到新一轮谩骂和攻击。时隔多年,如今的政治环境已经发生翻天覆地的变化,而爸爸的情绪波动却丝毫未减。贸易大臣谢尔-奥洛夫·费尔特、财政大臣埃里克·奥斯布林克、社民党主席莫娜·萨林、首相约兰·佩尔松……这些人已经毫无羞耻心可言。瑞典社会的一切都在走下坡路:高居不下的失业率,一再降低的失业救济金,持续攀升的房租和物价。小小一块农家奶酪居然要卖到四十九克朗——谁能买得起?当然,那帮蠢货可想不到这些。

他怀念帕尔梅的时代,但也承认,关于帕尔梅的记忆已经渐渐淡去。就在走出电影院的那一刻,帕尔梅的生命历程也定格成了一部电影。现在想来,帕尔梅被刺的那一幕仍然有些不真实的意味，爸爸甚至怀疑，行凶的枪手是否真的存在。而我在博士论文里，并没有深究这件事的细节。

"该死，真该死！你应该写下来！为帕尔梅伸张正义！"

爸爸对左翼党同样感到失望，因为它和社民党的合作似乎收效甚微。但爸爸很欣赏左翼党领袖古德润·舒曼①。

"有记者披露，她有饮酒的习惯，而她在采访里也承认了这一点。不过我觉得这不是什么大问题。她看起来清醒得很，完全不是那种胡言乱语的酒鬼。"

从各方面而言，舒曼都是一位杰出的女性。不过她干吗总要像个老太婆一样唠叨个没完呢？她也太啰唆了。就没人提醒一下她，让她稍微冷静冷静，维持点风度吗？

按照爸爸的理论，女人可以分为三类——当然，奶奶、麦肯、妈妈、索妮娅和其他女性亲戚不包括在内。这三类是：普通女人、讨厌女人和可爱女人。在我童年的记忆里，有很多个晚上，我和爸爸坐在一起，历数在电视节目、报刊画册或现实生活中见到的女性，将她们归纳进这三种类别。比如，星光购物中心的收银员就属于普通女人——不过花店女孩则是"在花丛中闪闪发光的那一个，你知道的，她对我还有点意思呢"。幼儿园和延长班的老师属于可爱女人，与她们类似的还有主张联合国裁军的谈判代表、瑞典杰出

---

① 古德润·舒曼（Gudrun Shcuman, 1948— ）：出生于瑞典泰比，瑞典政治家。于1993年担任瑞典左翼党领袖，2005年创立激进女权主义政党——女权主义倡议党，并担任领袖。

的女政治家阿尔瓦·默达尔[1]和英阿·托尔松[2]。

至于阿斯特丽德·林格伦,则是一个不肯缴税的讨厌女人。要不是她在报纸的故事连载中虚构了一个门尼斯马拉尼王国,并且鼓吹那里的人们可以通过购买房地产来避税,瑞典现在还是规规矩矩的模范社会呢。这还不算,她还妖魔化了一个本本分分的农民。不过,这些污点并未阻止爸爸购买她的书,或是打消爸爸成为埃弗拉伊姆·长袜子船长的梦想。另一个蠢女人要属卡琳·雪德[3],就是她提出每周六关闭酒类专营店,以及在超市禁售高浓度啤酒的。玛格丽特·撒切尔夫人是有史以来最惹人嫌的讨厌女人。英国人要自负到什么程度,才会把祖国的未来交到这个蛇蝎心肠的女人手中。

还有玛格丽塔·克罗克[4]。她是全世界最美的可爱女人。

有一次,爸爸的工友索伦来家里做客时,电视上正好播放到玛格丽塔·克罗克的镜头。两个人本来还在谈论一个颇为严肃的话题,结果不知怎的就开始讨论起克罗克的

---

[1] 阿尔瓦·默达尔(Alva Myrdal, 1902—1986):出生于瑞典乌普萨拉,瑞典社会学家、政治家、瑞典社会民主党资深党员。1950—1955年期间在联合国教科文组织中担任分会主席,1962年进入瑞典议会,并于1962—1973年期间代表瑞典出席在日内瓦的联合国裁军谈判会议。1982年获得诺贝尔和平奖。

[2] 英阿·托尔松(Inga Thorsson, 1915—1994):出生于瑞典马尔默,瑞典外交官、政治家、瑞典社会民主党资深党员。

[3] 卡琳·雪德(Karin Söder, 1928—2015):出生于瑞典基尔,瑞典政治家。1985—1987年期间担任瑞典中央党领袖,后出任瑞典外交大臣。

[4] 玛格丽塔·克罗克(Margaretha Krook, 1925—2001):出生于瑞典斯德哥尔摩,瑞典舞台剧演员、电影演员。

屁股到底有多大。说着说着，局面就渐渐失去控制。爸爸和索伦一致认为，克罗克的屁股大到不可思议，张开胳膊都抱不过来。

"她成天带着这么大的屁股，走路可够费劲儿的！"

"可不是嘛！屁股能长那么大也真够本事的！"

一转眼，90年代已经接近尾声，爸爸突然开始好奇，女权主义究竟是个什么概念。我试着用最通俗的方式解释说，女权主义的理论认为，人生来没有男女意识之分，女性都是后天被打造出来的，从而逐渐失去自我，沦为男权的附属品。

"你是女权主义者吗？"爸爸问。

"嗯，我应该算是吧。但我通常不会给自己贴标签。你是吗？"

"我是不是女权主义者？当然不是！"

爸爸表示，自己对男女平等没有意见，只是实在受够了各种关于女人的言论。

"只要听说有女人在家，大家就会觉得屋子肯定收拾得整整齐齐，孩子也会被照顾得很好。可这些事只有女人能做吗？"

在爸爸看来，关于女性格外顾家的言论实在荒谬之极——他的前妻一声不吭，抛下孩子就走了。后来交往的女伴去了趟马略卡岛，回来就宣布和皮条客同居了。两性关系中，他才是甘拜下风的那一个。

大家就不能把焦点集中在工人阶级身上吗？落魄而悲惨的女性比比皆是：清洁女工、托儿所保姆、超市收银员、医院护工。我们这些普普通通、老老实实的男性劳动者，才不会歧视自己的同类。

"我们也是受压迫受剥削的群体！男女都一样！"

当然了，资产阶级女性的确有高人一等的意思，但爸爸还是那句话，资产阶级整个都应该被打倒。

他问我，知不知道阶级斗争进行到哪个程度了。团结一致、消除隔阂的目标究竟何时才能实现。

爸爸已经很久没有提过共产主义了。没有贫富之分，没有孤立和排挤，人人平等而友好的乌托邦，绝对不属于当今的时代。

爸爸六十岁生日这天，阿曼达在花楸山路的公寓里跑来跑去，着迷地打量着各种瓷器和玻璃的摆件。她小心翼翼地摸了摸丹麦瓷器的公爵夫妇雕像，又碰了碰奶奶留下的一只精致的小闹钟。她好奇地打听，陶瓷储钱罐的原型是谁？我告诉她，那是根据贡纳尔·斯坦恩的形象做的。这时我才留意到，在这名曾遭爷爷痛斥的财政大臣脚下，赫然印着瑞典艺术家丽莎·拉尔松的签名。阿曼达到秋天就满十岁了，花楸山路的公寓在她眼里堪称美轮美奂，一如我当年的感受。

看着阿曼达站在书橱前凝神的模样，我不禁想起爸爸三十岁生日那天的情形。那是1971年，我还不满三岁。爸爸就站在阿曼达现在的位置，向哥哥们炫耀自己新买的音响。厨房里不时传来女性的欢笑。短短几个月后，爸爸即将遭遇人生中最大的一场打击，而他当时还浑然不觉。在我的印象中，那一天所有人都过得很开心。

唱机上来来回回地播放着《长袜子皮皮》的有声读物，至少播了上百遍。妈妈终于在一天早晨彻底爆发，她冲出卧室，喝令我们关掉唱机，说她再也受不了了，不要再听见一个字。在尴尬的气氛中，爸爸默默撤下了唱片。

当时的我并不理解，妈妈正在经历怎样复杂的情绪波动,而咿咿呀呀的唱机只不过是触动敏感神经的导火索而已。我隐约察觉到爸爸的殷勤示好和妈妈的一再抗拒,但至少从表面来看,他们仍然共枕而眠。我不知道的是,在另一个城市里,拉瑟正在忐忑不安地猜测,妈妈究竟能否属于自己。爸爸不理解的是,自己的笑话为何失去了取悦妈妈的魅力,而每当他用钥匙打开家门的时候,都能看见妈妈失望而压抑的神情。他们的结合就是一场错误。

十年后,喝得微醺的爸爸斜靠在从弗杰斯塔家具店购买的天鹅绒沙发里,接待了前来为他庆生的哥哥姐姐。沙发茶几上放着一个巨大而精美的三明治蛋糕,那是爸爸一直梦寐以求的美味。在场的每一个人都能看出来,三明治蛋糕肯定是从星光购物中心买来的,可索妮娅非说这是她亲手做的。我的叔叔和姑妈们于是开始了一场猫捉老鼠的游戏,倒不是因为对索妮娅有看法,而是非要较个真儿。他们要求索妮娅透露制作秘方,如何能把蛋糕底烤得和店里的一样薄。索妮娅答不上来,爸爸于是站出来打圆场,试图用其他话题岔开,可无济于事。

"还有这第二层,你在里面加了鹅肝酱还是什么东西?"

索妮娅支支吾吾涨红了脸,直到离开前也没说出个所以然。

接下来的十年是爸爸人生中最灰暗的一段时光。他开始疯狂酗酒,好几次都徘徊在酒精中毒的边缘。五十岁生日时,他将天鹅绒沙发换成了一套皮沙发组合。不过因为我们大多在厨房见面,我几乎没怎么坐过。爸爸理想中的沙发必须产自英国,有着深棕色的真皮质地,随着时间的推移,皮面更显得深沉气派,气味也更为浓郁。而现实中的这套明显要劣质许多,看上去油光水滑,塑料感十足,活像一条被雨水打蔫的蚯蚓。不过爸爸仍然很骄傲,这是他积蓄许久的成果。整整一年半的时间里,爸爸每个月都要去麦肯家,嘱咐她帮自己将五百克朗存入银行,留待五十岁生日的时候用。他很快就要做外公了,而几个月后的被迫下岗,成为让他更加意想不到的人生转折点。

如今,爸爸已经跨过六十岁门槛。他拒绝了所有探视的请求,一来,他觉得自己长期失业,不值得大动干戈地庆祝生日,二来,微薄的积蓄也的确不足以支持他大肆操办。不过,我们的出现还是让他情绪高昂了不少。

"给我看看肌肉,外公!"阿曼达央求道。

爸爸绷紧了手臂上的肌肉。

"像这种肌肉,只有皮皮的爸爸和你的外公才有!"

他充满期待地拿出一盒巧克力,但在打开的那一瞬间却陷入了沮丧。每一格的巧克力上面都印了大写字母 M。

"这是什么玩意儿!我给丫头买的,明明是带小鸟图案的那种!"

最艰难的日子已经过去了,可我和爸爸之间总有道过不去的坎儿。我们的见面总是匆忙而短暂。和爸爸在一起的某些瞬间,会让我恍惚回到了童年时代。或许人就是这么矛盾,当所有不愉快渐渐淡去后,我又渴望做回那个无忧无虑的小丫头。我期待着他拿出一盒国际象棋,在印有多莱斯品牌标志的玻璃杯里倒上啤酒,然后催促我先开局。

我想要告诉他,我不叫奥萨,因为我在他心中,从来都不是奥萨。我叫娜塔莎,叫小丫头,叫宝贝丫头,叫宝贝女儿，叫心肝宝贝，叫小花生，或者叫他随便想出的昵称。爸爸，你给我起的那些昵称，应该都还没忘吧？

　　爸爸，我记得关于你的一切。那你呢，关于我和你，你又记得多少？

博士论文的撰写耗费了我好几年的心血,其间,我曾萌生过念头,要为爸爸添置一套像样的西装。这样他出席我的论文答辩时,站在乌普萨拉大学那帮衣冠楚楚、派头十足的教授中间不至于跌份儿。

购置西装的事后来不了了之。各种杂事一多,我渐渐提不起兴趣,再说也没多余的闲钱。

我在致谢一栏写道,将这篇论文献给"所有曾居住于工业城韦斯特罗斯谢利耶布地区的人,那里曾是奋斗的战场、爱的温床和足球梦想的发源地"。但我最终没有邀请爸爸参加博士毕业典礼。我努力说服自己,做出这一决定,原因完全在他。首先,有妈妈和拉瑟在场时,他完全像个局外人——我已经忘了高中毕业那天的气氛有多么融洽;其次,我也不必全程担心他暴露出缺牙的短板,弄得场面很不好看。总之,那么多学识渊博的教授和事业有成的社会名流都在,爸爸实在显得格格不入。

别人也许会问,您在哪里高就?

爸爸于是回答,现在我失业在家,以前是名炼钢工人。

对方只好说,哦,哦,这样啊。

论文答辩那天,我收到一张印有玫瑰的卡片:"我为你感到骄傲。愿你前程似锦。爸爸。"信封里还附上了一张皱巴巴的五百克朗支票。我知道，他省吃俭用攒下这笔钱很不容易，而想到如此盛大的晚宴，少了爸爸陪在身边，我更觉得愧疚不已。接到我致谢的电话时，爸爸明显听出了我的难过，关切地问我是否一切顺利。

"嗯，都挺顺利。"

"那就好，没出岔子就行！现在你可是博士了，应该高兴才对！"

爸爸衷心希望我全心全意地享受晚宴，特意嘱咐我在前菜上来之前，记得向每位教授行屈膝礼。

或许他根本没料到自己不在被邀请之列。爸爸心中也许会有躲过麻烦的庆幸，但更多的应该是反省和自责。在我进行陈词总结时，他一个人孤零零地留在维克桑的家中。我想起那本借自维克桑图书馆，却从未归还的绘本《森林里的姆瑞》，里面的主人公姆瑞是一只臭气熏天的流浪猫，一辈子遭到嫌弃和排挤，永远无法融入现代社会，像极了爸爸。

爸爸说，自己感到后背前所未有地疼，双脚也肿胀得厉害，甚至塞不进橡胶雨靴。我一直敦促他赶紧去看医生，他怎么都不肯。我寄去用于挂号的钱都被他买了食物。

我们因为交换圣诞礼物见了一面。那天的聊天气氛有些不自然。我和安德斯刚花了一百五十万克朗买了一间公寓，爸爸明显被房价惊到了。对于他来说，一百万克朗无异于天文数字，大概是想起我在幼儿园里，用五奥尔硬币搭出一座城堡的盛况。爸爸不理解我们怎么会有那么多钱，我也不好透露自己的真实收入，怕他感到尴尬。根据新的经济政策，我应该属于既得利益的群体，而爸爸则得不到任何好处。

临分别之前，爸爸从衣橱里找出一根钓竿，告诉阿曼达这曾是他爸爸的心爱之物，后来他自己又重新打磨抛光，装了新的手柄。

"希望你能像我爸爸那样，用它钓上来好多好多的梭鲈。等马克西姆长大了，你也要教他钓鱼。"

爸爸手把手地向阿曼达演示钓竿的使用方法，我在一旁看着，惊讶地发现，在远离了熔炉将近十年之后，爸爸的一双手已经变得如此干枯瘦小。那两只粗糙厚实的拳头上哪儿去了？爸爸终于可以在家颐养天年，这本来是件值得高兴的事，可我只觉得失望和悲哀。

爸爸整个人都缩小了一圈。门厅里一盏红色玻璃灯泛出幽暗的光晕，映出爸爸微微伛偻的身影。他穿着爷爷留下的棕色羊毛裤和羊毛开衫，看上去仿佛一只麻雀，又像是冬季里觅食的松鼠。

爸爸握了握安德斯的手，又抱了抱孩子们。我用尽可能轻柔的动作拥抱了他，生怕压痛了他身上的某处关节。

"我爱你。"我小声对他说。

"我也是。"

除夕夜那晚是我们最后一次通话。爸爸像往常一样，孤零零地站在阳台上，望着远处的烟花。我在十二点差一刻的时候就打了电话过去，能明显察觉到他的语气透着些许的失落。这意味着，斯德哥尔摩教堂敲响新年的钟声时，屋子里将会冷冷清清的。我也不知道那年自己为何要急急忙忙的，因为往年，我总会在第一时间向他送上新年祝福。这二十年以来，和爸爸的交流一直是我生活中最为重要的部分，而我也在通过塑造仪式感强化这一点。

爸爸在电话那头沉闷地咳了两声，然后咕哝了一句，背疼得都快要人命了。这些年来，疼痛始终纠缠着他，从来都没消失过。他说自己还能撑着去木工坊打点零工，其他时间只想躺着休息。我又一次敦促他去看医生，他赶忙转移了话题，抱怨说今年的新年祝词没有请玛格丽塔·克罗克朗读，真是遗憾。站在教堂前的是扬·马尔姆斯约，他一副趾高气扬的模样，自诩为全世界最伟大的演员、最杰出的艺术家，凭什么？就因为他曾经出演过英格玛·伯格曼的电影吗？这也太不公平了。

爸爸问起两个孩子的近况,嘱咐我替他问好。

"我会的。你多保重,我们再联系。"

"好的,你也是。再见。"

"再见!"

我是在晚上得知爸爸的噩耗的。当时我正在教授关于"二战"历史的课程,安德斯在课间休息时打电话通知了我。我向学生们解释了原因,然后迅速收拾好东西。骑车回家的路上,我经过熟食店时特意买了一根法棍和一块农家奶酪。我从信箱里拿到当天的报纸,日期显示 2002 年 1 月 14 日。还有一个月零一天,爸爸就满六十一岁了。

我到家的时候,马克西姆已经睡了。他笑起来的时候特别像爸爸,尤其是嘴角微微抽动的样子,简直就是爸爸的翻版。对于他来说,爸爸只是一个被逐渐忘却的名字。拉瑟才是他心目中的外公。阿曼达到秋天就满十一岁了,她正裹着毯子靠在沙发上,丝毫没有开口的意思。面前的电视机开着,调成了静音模式。

得到消息后,我的妹妹凯萨和丈夫托马斯连夜赶了过来。我们坐在厨房里,默默喝掉了圣诞节剩下的葡萄酒,缅怀勒夫的突然离开。凯萨几乎没怎么见过爸爸,对他的样貌完全没有印象。

我给麦肯打了电话,是她和阿列克谢最先发现爸爸离世的。星期天早上七点,爸爸曾去过他们那里,提到后背和胃部疼痛难忍,要了两片止痛药后骑车回了自己家。之后的两三天里,罗尔夫一直联系不上爸爸,很是不安,麦肯和阿列克谢于是用备用钥匙开了门,发现爸爸仰面朝天躺在床上,双手捂住肚子,已经没有了呼吸。皮带是松开的,不知道是为了缓解疼痛还是为了透气。阿列克谢说,爸爸看上去就像酣然沉睡一样,我宁愿相信他的描述。

阿列克谢说,他对爸爸的死有种特别复杂的情感。六十年前,正是他骑着电动车带着临产的博扬——也就是他未来的岳母——赶往医院,迎来了爸爸的平安降生,当时爷爷正在湖边钓鱼呢。六十年后,也是阿列克谢打电话通知了医院,见证了爸爸的孤独死去。六十年的生命,仿佛一个由生到死的循环。

麦肯说,爸爸仍然躺在自己的床上,太平间的工作人员要到明早才能过去。她和阿列克谢会负责开门的。我道了谢,为避开这一幕而感到些许的释然。

整整一个晚上,我一个人坐在沙发上,总想喝点烈酒麻痹自己。虽然从没抽过烟,但那一刻,我突然有种抽烟的冲动。我望着窗外覆盖着皑皑白雪的田野,联想到以前的人们相互守夜的传统。如今,爸爸正孤零零地对抗着花楸山路公寓的黑暗,我真希望自己能有勇气陪他做伴。

松开皮带的那一瞬间,他是否已经意识到死亡悄然降临?

他恐惧吗?除了身体的痛楚,他还有别的感觉吗?

这时我才意识到,自己想要和他在一起的愿望是多么强烈。至少在我的想象中,自己正坐在爸爸身边,就像小时候那样,紧紧握住他的大拇指。我要将手掌覆盖在他的额头,在他耳边说,有他在身边是多么幸运的一件事。我要感谢他所有的付出,也要感谢那些曲折的经历。我要告诉他，我所承受的焦虑，以及被遗弃的恐惧都是人生的必然，从不是他的错。

我要将头靠在他的枕边，然后用最温柔的语气说，他所憧憬的乌托邦里，没有阶级，没有种族，没有贫穷，没有战争，那是我所听过最美好的梦想。

我知道他会怎样回答。

他会说，梦想终归是梦想，现实的生活从来都不如他所愿。他对我亏欠良多，而我又那么懂事和努力。我会说，的确，成长过程中的遗憾和缺失不可避免，可我也获得了其他的宝贵财富。再说，我们两个都很努力。

我希望自己能亲口告诉他，能大声告诉整个世界，我是多么为爸爸而骄傲，我是多么想他，刻骨铭心地想。

殡葬承办人年轻帅气，一头微卷的深色头发，牙齿有些轻微的反颌。他问我勒夫生前是怎样一个人。

"他是我见过最有趣的人，可他说的俏皮话，我一个字都想不起来了。"

我努力挤出这么一句评价，声音干巴巴的，仿佛开裂了一样。

"真好，你爸爸能让你开怀大笑。"

殡葬承办人小心地微笑了一下，我也笑了笑以示回应。

陪我一起处理善后事宜的还有麦肯姑妈和妮娜姨妈。作为爸爸唯一的女儿，大大小小的决定都必须由我来拿主意。话虽如此，有人陪在身边，我还是感觉踏实了很多。

殡仪馆的墙上挂着各种棺材的款式图片。在我看来，除了黑色的，其他的都很丑。麦肯建议挑选白色的那款。我在脑海里努力假设了一番，总觉得像把爸爸塞进一只白色乐福鞋似的。纠结许久后，我最终选定了橡木质地、黄铜把手的一款，看上去又复古又气派。一来是顾虑到爸爸那边亲戚的感受，二来我知道爸爸也会喜欢——只要不需要考虑钱的因素。

在谈到花销问题时，我明显有些窘迫。我几乎没什么存款，每个月的工资都难有结余。殡葬承办人安慰我不必担心。勒夫是单身，且失业在家，既没有存款，也没有不动产或值钱的遗物，因此只要殡葬费用控制在合理的范围内，政府都会出钱买单的。办一场所谓的经济实惠型葬礼。现在这种情况也越来越多了。

"很多人都在说，如今的日子不好过啊。"他表示。

我知道爸爸心目中最合适的葬礼主持绝不是教堂牧师，而是肯尼斯·克韦斯特。肯尼斯身为左翼党代表，和妈妈一起在议会共事，此外，他还担任哈马比冰上曲棍球俱乐部的主席。我相信爸爸一定会喜欢他。唯一可能的阻挠来自爸爸那边的亲戚，他们会坚持说，葬礼就应该按规矩办，教堂牧师是必不可少的。

他们不喜欢特立独行，更反对在生死大事上搞特殊化。

他们也从没理解过爸爸。提到爸爸，他们总会嗤笑他失败、无能，说他仅有的本事就是厚脸皮地自嘲，然后无可奈何地摇摇头。

对于刊登在韦斯特罗斯当地报纸上的讣告，阿曼达说应该添上足球作为标志。麦肯则建议用传统的花束或蜡烛图案作为点缀。阿曼达还说，讣告里应该特别注明，爸爸不仅是一个炼钢高手，还是一个"老顽童"。因为爸爸常向她和马克西姆炫耀说，只有他们的外公才能称得上不折不扣的"老顽童"。阿曼达并不清楚这个绰号的确切含义，但在她心目中，"老顽童"已经成为外公的代名词，而且充满了她对外公的爱意。

晚上，妮娜姨妈打电话来，语气哀痛地安慰了我一番。罗西塔表姐从她父母那里听说了善后事宜的安排，于是代表爸爸那边的亲戚发言说，我以近乎玩笑的方式设计讣告内容，这是对死者的极大不尊重，令大家很不满。我立刻打电话给殡葬承办人，请他去掉讣告里的"炼钢高手"和"老顽童"的字眼儿。他反问道，这么做确实是我本人的意思吗？

"别管是谁的意思了，只要我爸爸那边的亲戚满意就行。还有，把足球也换了吧，随便加一盏水晶吊灯、一盘胡萝卜泥之类的。弄完后打电话问问他们，还有什么要求，一并提了算了。"

殡葬承办人说，这种争执不下的情况并不少见，他的意见是，保留原样，不予更改——毕竟，安葬勒夫的人是我，而不是我的姑妈叔叔们。在他的鼓励下，我决定叛逆一回，但心里总有些发慌，抛开对亲戚的成见不谈，也许他们的建议也有值得采纳之处。当然，我是和爸爸相处最长的人，阿曼达也对外公有着深刻的记忆，可这并不表示我们的评价就准确无误。

当晚，我梦见自己的博士论文变成了一篇沉重的讣告，每一页都写着：我最亲爱的爸爸，我最要好的朋友和最贴心的知己，大熊巴鲁、埃弗拉伊姆·长袜子船长、炼钢高手兼老顽童勒夫·安德松……悼念名单中，玛格丽塔·克罗克的名字赫然在列。在梦里，我的教授对我谆谆教诲：

"奥萨，你一定要了解清楚你爸爸的真实身份。你一定要做到完全确定，他究竟是怎样一个人。"

罗尔夫·托斯滕达尔教授的身边站着伦纳特·斯科格伦德，他抱歉地说自己无法出席爸爸的葬礼。

我从麦肯和阿列克谢那里拿到了备用钥匙。

这间公寓记录了我的童年时代,它和我印象中的模样并没有区别,只是墙上的那些画都被摘了下来,高高低低地排列在沙发和地板上。

"我亲爱的奥萨,有哪幅画是你想要的吗?"麦肯问。

我下意识地去找那幅关于雨燕的油画,可它已经被其他亲戚拿走了。我只好指了指香烟盒画框包裹的驼鹿。至于为什么挑了这幅,我自己也说不清楚。

另一张我想要的,是曾经挂在爷爷床头的海滩女郎画报,可麦肯说她要拿回家做纪念。小的时候,我不理解奶奶为何对这张海报耿耿于怀,现在我明白了,海报上的女郎的撩人姿态充满了情色意味。

我怀念爷爷和奶奶,怀念爸爸,这潮水般的思念让我更加孤独。

爸爸的公寓依然一如既往地整洁,只是缺少了装饰画的墙壁显得有些空空荡荡,唯一剩下的只有我和两个孩子的照片。

我坐在沙发上,试图让自己沉浸在熟悉的氛围之中,可办不到。其他人已经先行来过这里,挑挑拣拣一番后,为心仪的物品找了新主人。

厨房的水槽下面，堆着维克桑图书馆的藏书：约斯塔·克努特松推荐的故事全集。水槽上方的橱柜里，还放着一只奶瓶和几只旧奶嘴，其中一只还印着小熊图案。我记得妈妈买了新的回来，可我怎么都不肯换掉这只。奶嘴的橡胶已经老化，泛出暗暗的棕色，稍微一碰就裂开一道口子。令我意外的还有奶瓶旁边的餐盘：白色瓷盘周围镶嵌着素雅的蓝色花纹。我记得我们日常用的，是奶奶送来的一套米色餐盘，但这一套，好像只在吃小龙虾和肉丸通心粉的时候用过几次。它们如今只剩下三只，其他的应该都损毁了。我曾亲手打碎过一只，当时我已经不再是我，而变成了妈妈塔妮娅，坐在一地狼藉中号啕大哭，不停喊着对不起，对不起，对不起。爸爸当时叹了口气，用手肘撑住背后的水槽，就那么静静站了好久。他凝重而悲伤的表情，我这一辈子都忘不掉。

一直挂在厨房钩子上的结婚戒指也已经不见了踪影。厨房抽屉里那架黑色的柯达相机倒是还在，它曾经记录过那么多美好的瞬间，却随着幸福的消失而被束之高阁。我取出那卷三十年不曾冲印的胶卷放进挎包，想了想，又拿出来扔进垃圾桶。

我的目光一点一点扫过大理石桌面的沙发茶几、天花板上的水晶吊灯，以及黄铜镶边的桃花心木书橱。还有精致的角桌、红色的天鹅绒窗帘、各种摆设和装饰。一名普通工人所有的遗物，都囊括在花楸山路的这间公寓内了。

爸爸在这里住了三十三年，也孤独地守护了三十三年梦想和希望。

我小心翼翼地分拣爸爸留下的东西，像在和爸爸进行一场无声的对话。我所保留或扔弃的每一件家具或每一个摆设，都蕴藏着一段关于爸爸的回忆，成为我最珍惜的财富。

我伸出手，真切地感受着各种材质：玻璃、陶瓷、天鹅绒、刺绣。它们或冰凉，或厚重，或平滑，或柔软，和爸爸的现实生活形成鲜明对比。

我在想，夏日阳台上的绿植和花卉，冬日窗口的圣诞星和降临节花环，这些真的能给予爸爸被认可的慰藉吗？他在陌生人的世界里营造出温馨和闪亮，那些匆匆的过客完全不知道，楼上的这个男人多想获得一声肯定，多想得到一个笑容。

爸爸为什么要费心布置这些呢？

到后来，他连吃的东西都买不起，却还要用遣散费的最后一千克朗买了一台巨大的落地钟，为什么？

也许他和大多数人一样，想要尽量让生活的环境舒适而美观。但除此之外，他做这一切还受到其他动力驱使吗？

作为一名历史学者，我尝试从专业的角度分析自己的成长经历，用社会学理论对各种家居用品进行解读，试图挖掘背后所代表的阶层、品位和审美情趣。教育所带来的共情效应让我的心绪暂时平静下来，但很快就凸显出局促和不足。爸爸的这些东西普普通通，完全经不起推敲和深究。

想要找到答案，我必须回归爸爸本身，至少是我所理解的爸爸。

妈妈离开之后，爸爸极力想要证明，一个家庭的维系并不一定需要依赖女性完成。因此，他才会憧憬着从楼下经过的人们，抬头看见我们的公寓，会以为里面住着的是一位持家有道的女主妇,而其实,公寓的主人是炼钢高手勒夫·安德松,一个独自照顾女儿的单亲爸爸。

一定还有其他原因。比如爸爸心心念念的真皮沙发,那是从窗口看不到的。

浴室里没有肥皂或牙刷,在隔板上却摆着一瓶绢花。因为不愿被勾起痛苦的回忆,我已经有十年没有踏进浴室一步。如今,当那瓶酒红色的玫瑰再次映入眼帘时,我突然体会到了爸爸的孤独——他之所以精心布置这个家,是期待着迎接一段新的恋情,是在等待某个人的出现。

当然,他也需要通过这种方式,暂时远离冶金厂的喧嚣和灰蒙,营造出属于自己的一方天地,一个静谧、平和、精致的所在。他从家居装饰中找寻到某种存在的价值,至少这个世界不都是丑陋和肮脏。爸爸曾说,我们的窗户就好比圣诞倒数历的二十四个小格子,可他又担心这些小格子太过绚丽和张扬。

置身于花楸山路的公寓内,我又一次想起了爸爸关于无阶级社会的梦想。每年的五月一日,他都会担心五一大游行的气势不够恢宏,呼唤口号的声音不够响亮,但他从没想过参与其中。他担心暴露自己的激进态度,害怕面对工友的质疑和排挤。他甚至不敢翻阅社会主义的文学作品。根据爷爷和妈妈那边亲戚的说法,红色是危险的标志,是遭到迫害和失去工作的祸根。

实用路的房子一直是爸爸心中的圣地。他渴望自己能像那里的人一样,敢于将危险的革命分子藏在家里,为了信仰不惜牺牲工作和家庭。他幻想过有朝一日,自己能拿起手中的武器,面对工友点燃胸中的怒火,但最终,他甚至都无法鼓起勇气用红色圆珠笔签写支票。

外人只能看到拥有和获得，却无从得知失去的代价。

社会主义理念推崇英雄主义，倡导人们培养钢铁般的意志，不要因奋斗而畏惧牺牲。可爸爸需要考虑的太多太多：工作、住房、一个有待照顾的女儿。那些冲锋陷阵的勇士，往往是没有后顾之忧的。

无论爸爸描述过多少身为工人的感受和体验，他从不真正认为自己是工人阶级的主流。哪怕和工友们在一起时，他也总觉得格格不入。爸爸没有岳母，没有汽车，没有度假别墅，没有吊床，没有烧烤炉，没有网络，也没有伊卡的储值卡。爸爸甚至没有享受过一次吃住行全包的豪华假期。他可以运用自己的幽默逗乐工友，却始终无法将话题转移到真正想要深究的方向。

爸爸希望大家能谈一谈关于社会主义的看法。假如在场有更多人持有消除不平等的观念，他或许就有勇气袒露自己的心迹。但遗憾的是，工友们说的都是些毫无意义的废话。当然他们也会抱怨对政府的不满，但仅此而已。要是爸爸像外公那样就报酬剥削和阶级斗争问题侃侃而谈，其他人大概会不屑一顾，置若罔闻——只有共产党人和疯子才会天真地以为，这个社会还能变个模样。爸爸不满于行尸走肉般打卡上班的日子，只有从尤利乌斯激情澎湃的演讲中，他才能找到共鸣，重新发掘自身的价值。

小的时候，我曾经不止一次地设想过爸爸在工作时的模样。虽说脏衣服都是交给麦肯洗的，爸爸还是免不了公开抱怨，公寓里那些退休的老头老太太总要在下班时间预定洗衣房，给上班的人带来不少困扰。

"从下午五点到晚上九点，洗衣房简直就是个闹哄哄的菜市场。一帮老太太非要和我们抢时间，就为了一边洗衣服一边八卦。"

我们的晚饭大多是去奶奶家蹭吃的。可爸爸逢人便说，这主要是因为他想做的东西总是和学校提供的菜单不谋而合。

"我要提议吃炸鱼条吧，奥萨肯定会说，自己中饭才吃的炸鱼条。那香肠和土豆泥怎么样？她又会说，不是吧，昨天我才吃过。"

至于其他人的经验之谈，爸爸往往直接拿来冠在自己身上。他会坐在家里，斟字酌句地练习说话的语气和方式，力求使得这些借鉴来的言论从自己嘴里说出来，显得真实可信。我就曾亲耳听见，他躲在厨房里，刻意压低了嗓音进行场景模拟。

在期待妈妈回心转意的那段时间，爸爸曾画过一张码头工人的石墨素描。以前我一度不能理解，素描中的主角怎么不和其他工友站在一起？是他自己不愿意呢，还是他的工友们不愿意？

说起来，那张素描去哪里了？还有爸爸的结婚戒指和妈妈的新娘礼服都不见了踪影。莫非爸爸终于想通，将它们统统处理掉了？

如果是那样的话，封面上印着公鸡图案的家乐氏麦片纸盒怎么还在？

麦肯和阿列克谢坐在厨房里,看着我和安德斯忙里忙外,挑挑拣拣。我将真皮沙发、书橱、落地钟和儿箱书留给了他们。他们请我们吃了三明治、蛋糕和饼干作为感谢。

我们聊到冶金厂意外赔付的一笔保险金,足有七万六千克朗。理由是爸爸去世时仍未超出工龄。

"吃点东西吧,奥萨。"麦肯劝道。

阿列克谢问我,是否愿意让出厨房里那只搭配瓷碟的俄国茶壶,罗西塔表姐过来的时候,一眼就看上了它们。

下午的时候,安德斯和阿列克谢出去了一会儿,将麦肯和我单独留在公寓里。麦肯说,爸爸还欠着他们的钱没还。我问她,爸爸欠了多少。

"算了算了算了,没关系的。"

"说啊!爸爸到底欠了多少钱?几千?几万?"

"算了算了算了,真的没关系!"

"说啊!"

"一百克朗。"

我冲进门厅翻出钱包。麦肯急急忙忙跟了出来。

"我不是这个意思!这笔钱我们不要了!"

我递给她一张一百克朗的纸钞,问她是否还有其他欠款。应该还有,爸爸这辈子都在问麦肯借钱。麦肯说什么都不肯收。我一再坚持，她一再拒绝。我软磨硬泡地求她收下，她一个劲儿地摆手。最后我急了，忍不住推了她一下，连我自己都不知道哪儿来的冲动。麦肯差点儿失去平衡，下意识地做出反击。她快要八十岁，体重四十五公斤，显得不堪一击地羸弱。

我们住了手。

站在我面前的老妇人，一直在任劳任怨地照顾自己的小弟弟。她帮他做功课，帮他洗衣服，补贴他零花钱，照顾他的女儿。她帮我放洗澡水，用卷发棒为我做造型，还唱安眠曲哄我入睡。

如果没有麦肯，我和爸爸注定孤立无援。

因此，爸爸曾在一个夏天的傍晚骑车去麦肯家，捧出自己刚从地里挖出来的一株橘树苗。

"看见没？"爸爸指着两只葡萄大小的橘子。

这份爱的礼物在几周后就夭折了。

我不知道麦肯心里做何感想。她默默接过了钱，然后重新回到厨房坐下。

用来打包的几只塑料袋很快就装满了：爸爸的西装外套和华达呢长裤、我的旧衣服和意大利白色凉鞋、黄铜质地的盘子、速溶麦片粥和玫瑰果汤，还有一瓶过期三十年的亨氏鹰嘴豆罐头。一本刚出版的成人杂志倒是让我稍感安慰。

家乐氏麦片的旧纸盒。

我直接扔进了打包袋。

最后，我摘下曾经属于白桦路的水晶吊灯，烛台依然没有使用过的痕迹。

"我们收拾好了。"

我从客厅的窗户望出去，红色照明灯的映照下，热电厂仍在生机勃勃地冒着白烟。那仍是我心目中最伟大的建筑。有一次，我看见爸爸出神地望着窗外，情不自禁地舒展开胳膊，宛如天鹅般优雅高贵。有种不真实的美感。

废品回收站坐落于马儿姆贝里路上，距离冶金厂旧址不远。车里很冷，我用快冻僵的双手捧着膝盖上的盆栽，那是花楸山路公寓里唯一不是绢花或塑料花的活物。这株生命力顽强的绿植呈现豌豆绿色，圆形叶片的边缘微微卷曲，静静立在餐桌上等待我的到来。我想到自己为爸爸的葬礼献上的尼尔斯·菲林的诗：我亲爱的人，给予者已逝，花朵的绽放虽迟晚，却长久。我在十五岁时就已经选定了这首诗。

太阳在这冬日的傍晚一点一点沉下去，用尽最后的余晖勾勒出工厂的轮廓。曾经轰鸣作响的四方建筑，如今已被改造成工业博物馆和文化中心，内设商店和公司，焕发出新的生机。

在丢弃水晶吊灯和内置电台时钟的双人床时，我看见一张熟悉的面孔。是麦克，和我打过架的一个小学同学。三年级的时候，我们在一场棒球比赛后争执起来，相互大打出手，结果他嘴角淌着血，大哭着败下阵来。其他男生对我崇拜得五体投地——一个女孩居然将一个男孩收拾得服服帖帖！因为麦克一向调皮捣蛋，玛吉特老师也为我暗暗叫好。一回到家，我就迫不及待地宣布了今天的战果，可是并未等来爸爸的拍手叫好，反而被兜头泼了一盆冷水。

"那个男孩子，今天肯定很不好过吧。"

一年多以后，我不甘心地又挑衅了他一次，然而并没尝到胜利的喜悦。班里的同学都不理解我干吗要和麦克过不去。他到底哪儿惹到你了？没有，哪儿都没有。

时隔二十年未见，我在欣喜之余还有些腼腆。我急着捕捉他的目光，却不慎失手打碎了镜子。玻璃碎片在我手上狠狠划开一个口子，鲜血滴在雪地上，形成刺眼的一摊，让我想起爸爸为了弥补酗酒的愧疚，买给我那枚银戒指上镶嵌的红色珍珠。我去汽车里拿了纸巾裹住伤口，等我回来时，麦克已经不见了。

爸爸一度拒绝物归原主的那套金黄色封皮的俄文百科全书，如今被我装在纸袋里，重新交到妈妈手上。

"这是什么？"妈妈问。"哦哦，是这个啊！"

她一册一册地翻看起来，脸上写满了诧异。她几乎已经忘记了多年前自己的央求。在她的印象里，这套书应该更为厚重硕大，更具有分量和价值。

爸爸去世时才刚刚六十出头。瑞典男性的平均寿命将近七十八岁，而独身男人很少能活到这个岁数。根据统计数据，爸爸应该比受过高等教育的人要少八年的寿命。尽管如此，爸爸走得还是太早了，因此他的遗体被送往乌普萨拉法医部门接受鉴定，距离我上班的地方只有几分钟的路程。

直到装有尸检报告的信封落在书桌上那一刻，我才恍然惊觉，原来爸爸和我曾经那么接近过。

让我意外的是，解剖学术语并不如想象中艰深难懂。报告上面写道，死者腹部脂肪厚度为2.5厘米；发色灰白，长度约10厘米；身体背部呈现大面积的紫色尸斑。没有证据显示死者生前曾受到外力伤害，死者颈椎功能正常，外生殖器和肛门无任何形变。尸检结论认为，爸爸生前没有遭受过任何暴力。胃容物为600毫升左右的流质液体，没有食物残余，但有服用过少量扑热息痛的迹象。换句话说，可以排除药物中毒的可能，爸爸属于自然死亡。

爸爸的大脑重1250克，形态正常；血管呈现大面积钙化趋势；心脏重516克，冠状动脉严重硬化，甚至无法进行采样；左心室内可见一处5厘米×4厘米大小的灰白色陈旧疤痕，据推断应该是一次无意识的心肌梗死引发的后遗症。爸爸很可能有过心脏绞痛的感觉,但拒绝就医。

肝脏重1635克,只在浅表处有轻度的脂肪肝。爸爸对酒精的依赖远远没有大家想象中严重。

一侧的肺重733克,另一侧重1184克。两侧的失衡也解释了他背痛的原因。数月以来,他默默承受着肺部炎症和大量积液,由于从未得到治疗,病情始终没有缓解。爸爸正是拖着这样的病体不断奔波于职业介绍所和木工坊之间。

根据病理学家的结论,爸爸死于心源性肺水肿,肺部渗出的组织液不断累积,长期的胸膜炎,加之心脏冠状动脉严重硬化,最终导致了悲剧。

法医对爸爸从头到脚进行了解剖。除了舌头和眼睛,每样器官都被取出,然后逐一测量和称重。我眼前仿佛浮现出解剖室的画面:身穿绿色手术服的法医,用戴着塑胶手套的双手从爸爸的体内捧出血淋淋的一团,放在天平的不锈钢托盘上,发出清脆的哐当一声。任凭法医如何移动和翻转,爸爸的四肢始终沉甸甸地耷拉在手术台上,在无影灯的惨白光晕中,无情地暴露出他所代表的一切:重体力劳动、酒精依赖、单身。

这份本该令人反胃的报告,于我而言却平添了一份感恩的意味。总算有那么短暂的几个小时,有人用心地关心着爸爸,认真地对待着他——哪怕只是因为职业素养。

利用等待葬礼的几天，我整理了爸爸抽屉里所有的文件和照片。其中一张谢利耶布体育俱乐部的合影是我之前没见过的。爸爸留着猫王的发型，高高挽起衬衫式运动服的袖口，以半蹲的姿态占据了前排正中的位置。由于是黑白照片，看不出代表俱乐部的黄色和黑色。爸爸当年十七岁，刚刚完成了三年的技校课程，和叔叔爷爷们一样，已经在冶金厂谋得一份固定工作。爸爸身后站着的俱乐部教练一身灰色工装打扮，身材瘦削，满脸笑容。

爸爸在照片反面注明了拍摄背景：他们刚刚结束了1958—1959年的循环联赛。在1958年的世界杯中，东道主瑞典在决赛中败给了巴西。那是社民党蓬勃发展的鼎盛时期，瑞典刚刚通过发放全民养老金的投票公决，塔格·埃兰德还将担任十年的首相。爸爸是照片中唯一一个直视镜头的，他的脸庞过于帅气，虽然隔着照片，我还是难以抵挡他的魅力。

爸爸孤傲而自信的眼神让我联想到贡纳尔·埃凯洛夫的几句诗。在面对徐徐铺开的人生画卷时，他坚信自己会像花朵般独自绽放。

独自绽放
无谓他人的欣赏

在一只酒红色的烈马雪茄铁盒里,放着五张冲印粗糙的照片,显然来自设于火车站和购物中心内的自助拍照亭。我一眼就认出了克吕兰。包括厄尔萨和苏内在内的其他三个人要么住伊勒斯塔,要么住谢尔布。他们人都很好,可每次来家里做客时,总免不了咋咋呼呼地大呼小叫一番,甚至完全盖过电视机的声响。到最后,我总是在沙发里迷迷糊糊地睡过去。第二天早晨一醒来,我就回到自己房间,拿出几个闲置已久的布娃娃,在床上摆成一圈,然后故意扯大嗓门给它们命名:你叫厄尔萨,你叫苏内,你叫……点完名,我用力将它们打落在地。后来,爸爸这些朋友和布娃娃一起逐渐退出了我的记忆,直到许多年后的一个下午,我去花楸山路的公寓做短暂停留,却在沙发上意外看见苏内的身影。我气愤地掉头就走,直接返回乌普萨拉。爸爸当晚就给来了电话。

"我让他赶紧走的。我说了,我家丫头很快就要到了,可他赖着不走,真见鬼。真抱歉,我本来还准备了小龙虾呢。"

"说抱歉的应该是我。我不该说走就走的,太幼稚了。"

还有一张是索妮娅二十五岁时拍的照片。她的一头金发做成大波浪造型,在耳边俏皮地打着卷儿;鼻梁细窄而高挺;画着深黑的眼线。和《鸳鸯恋》里的比亚·戴格玛克颇为神似。爸爸说的没错,她的确有种令人窒息的美。照片上的索妮娅正噘起嘴巴,向一个留着鬓角的男人摆出献吻的姿势。那个男人显然不是爸爸,倒有点拉尔夫·埃德斯特罗姆的味道。索妮娅送给爸爸一张她同其他男人的合影，而爸爸保留至今。

离开花楸山路的公寓时，我第一次注意到索妮娅家的门外印着一个全然陌生的姓氏。我在爸爸钱包里找到的联络人名单里，既没有索妮娅，也没有阿妮塔，维罗妮卡倒有一个，不过没写电话。

从这份联络人名单里，我得不到任何灵感或启发。斯莫尔肯、斯卡伦、布斯特、欧玛、霍夫、巴本、布鲁玛、贝拉、布丽塔，还有一长串的名字。这些人都是谁？

我对爸爸的了解，仅仅是从女儿的角度出发，而对他另外的社会角色和生活轨迹则一无所知。我搬出去以后，爸爸一定经历过许多其他的事情。我没有勇气打听，也从不在乎，如今只留下一个永远解不开的谜团。

爸爸在联络人名单的第一行里写了我的名字和电话。下面紧跟着是一行小字：酒，还有一个供货商的号码。虽然从这简单的记录中难以判断他酗酒的程度，可我仍然免不了沮丧和意外。或许他只是为了缓解背痛，又或许他偶尔会犯酒瘾。他每天都会拨打这个电话吗，还是难得打一次？自从他失业在家后，我再也没目睹或听说过他喝酒的事。

尽管如此，我还是为自己的名字列在了首位而感到高兴。

抽屉里还保留了爸爸的工作证明和解聘合同。合同上显示，冶金厂的机械车间在1991年末1992年初的时候变更了负责人，因此必须裁撤一半的雇员。根据安排，勒夫也在被解雇之列。在长达几十年的职业生涯中，勒夫从事过包括高速工具钢在内各种钢材的热加工处理。他还负责熔炉的维护和检修，更换阳极导电棒和高温计，联络厂家订购配件，等等。这份工作很具有独立性，勒夫是一个值得信赖且勤奋踏实的技术工人。

但是合同上只字未提，勒夫是全瑞典最厉害的炼钢工人。

爸爸曾说过，在解聘合同上写下自己名字的时候，就好像签下了死亡通知书。他的字迹一如既往地隽永工整，只是看着和平常有所不同。我琢磨了好长时间，才发现，这一次他签下的是全名：勒夫·B.安德松。B是他中间名博瑞斯的缩写。

失去了工作不代表失去了价值。勒夫·B.安德松仍是一个响当当的人物。

又或者，他放弃惯常的签名方式纯粹是一种自我欺骗。被解聘的是勒夫·B.安德松，一个完全和自己不相干的人。

霍夫德斯塔隆德墓园覆盖了厚厚的积雪，白茫茫地看不到边际。我下车的时候，正好看见堂哥马丁走了过来，他是罗尔夫的儿子。我对马丁一直都很有好感，他和爸爸共事过一段时间，后来爸爸被辞退了，他还继续留在厂里。马丁握住我的手，和我一起默默流下了眼泪。我能感觉到，他的拳头正在变得和爸爸一样厚实、粗糙。

那将是一对挂肉的铁钩。

爸爸的哥哥姐姐已经等在殡仪馆的接待室。其中很多已经和我多年未见。我尽量和每个人都寒暄两句，接受对方客套的安慰后，再继续下去。相比于对我的态度，他们对待妈妈要冷漠和疏离得多。

这时，我看见妈妈身边的艾兰德，在爸爸的哥哥姐姐之中，他是唯一一个离开韦斯特罗斯的人——他所就职的冶金厂分部坐落在另一座城市，和他对视的那一刹那勾起了我尘封已久的回忆。那是在一幢房子里——具体地点我不记得了，只记得当时是夏天，屋内挤满了人。爸爸拿了一瓶冰镇啤酒，叫上我和妈妈去屋外乘凉。就在推门出去的时候，艾兰德的狮子狗莉莉突然闯了进来，爸爸没留神，用力带上了门，差点儿没把莉莉的脑袋夹扁了。莉莉汪汪叫起来，倒把爸爸吓了一跳。

"狗崽子！"爸爸气急败坏地嚷嚷，狼狈得模样把我和妈妈逗得哈哈大笑。

我抬起头看着爸爸，替他感到庆幸的同时，不免也有一丝同情。

我将阿曼达和马克西姆领进殡仪馆，指给他们摆放棺材的位置。棺材的效果比我想象中的要好，甚至有点奥萨号的感觉。

最大的花圈来自"西港俱乐部的朋友们"，我猜想爸爸一定有自己的交际圈，或许是木工坊的同事，或许是在酒吧认识的伙伴。我多希望他们能出现，和我聊聊爸爸生前的趣事。

"谢谢你，给了我最好的奥萨。"含羞草和鸢尾扎成的花束上，垂着一条字迹娟秀的绸带。妈妈一直都记得，鸢尾是爸爸最喜欢的花。

爸爸那边的亲戚里，只有罗尔夫用鲜花装饰了棺材，送上了自己最后的祝福。其他人大概觉得，爸爸已经耗掉他们太多的钱，况且实在不值得再做什么——说白了，躺在棺材里的又不是什么重要人物，不就是勒夫嘛。

他们为这难得的重聚机会兴奋不已，仿佛一群围在餐桌边等待开饭的孩子，叽叽喳喳地说个不停。葬礼主持人不得不敲了敲铃铛，要求大家保持肃静。我坐在长条凳上，感到一片迷惘。不远处站着的贝丽特和博耶已经难过得不能自已。他们和爸爸是多年的好友，可我对他们认识的经过一无所知，直到今天才第一次见面。我一眼就能看出，他们对爸爸而言是至关重要的存在，是不可或缺的依靠。爸爸其他的朋友一个都没来，只有木工坊的负责人一身正装地出席了葬礼，向爸爸的工人生涯致以最后的尊重和敬意。

我听见背后有人窃窃私语，对教堂牧师的缺席提出质疑。肯尼斯·克韦斯特用笛声吹奏出《在我怀里安息》的曲调，悠扬而哀婉的旋律渐渐盖过了那些非议。我回忆起爸爸宽厚的肩膀和浓密的腋毛，仿佛港口冒出的一小丛芦苇。

姑妈和叔叔们向爸爸的棺材做了最后的告别。他们的表情仿佛在说，勒夫，她给你办了一场多么体面的葬礼啊！你的宝贝丫头如今出息了。她长得简直和塔妮娅一模一样！想到这些可能的内心活动，我的脸上不由阵阵发烫。

最后，妈妈抱着马克西姆走上前去，让马克西姆将花束轻轻放在棺材上。那场景格外温馨感人。

一切都结束了。等其他人都离开殡仪馆后，我又一次回到爸爸身边。

现在只剩我们两个了。就像小时候那样，爸爸沉睡不醒，而我不再害怕。

我们之间再也没有阻隔。没有了啤酒，没有了香烟；没有了若有所思的微扬嘴角，没有了放肆开怀的大笑；没有了对妈妈无法言说的思念，没有了对生活的埋怨和忍耐，也没有了对另一个世界的憧憬和梦想。只有我和爸爸。

我将手覆在他额头所在的位置，然后走到棺材的另一头，深吸一口气，最后一次感知他双脚的气息。

回家的路上，我们特意去冶金厂的旧址绕了一圈。铁栅栏和门卫都已经消失不见，任何人都能走进去，近距离地观察这座宏伟庄严的工厂建筑。它和我记忆中的完全不同。浅橙色砖墙的主体建筑已有上百年的历史，如今看来依然美丽，却有种说不出的陌生感。爸爸的工作将永远属于他不为人知的另一面，我无意探究，也不愿让现实撕毁了我所有美好的想象。

车间后面的厂房宛如一座古老而硕大的磨坊。我站在石阶上，回想起爸爸常常感慨历史的悠久和厚重，他说自己有时会恍惚，时间仿佛在这一刻定格，他又做回那个活泼好动的小男孩，而爷爷依然年轻健壮。

小时候，我总将爸爸幻想成一位所向披靡的驯龙勇士，而事实上，爸爸是被龙驯服的那一个。自打最后一次从冶金厂打卡下班后，他就再没有勇气回去过。

我们经过芬斯莱腾——全欧洲最大的工业区。上千名工人忙于电路板、继电器、机器人、开关、程控设备的组装和检验。到了下班时间，这些默默无闻的人们或开车，或搭公交车返回各自的家，不留下一丝曾经存在的痕迹。

韦斯特罗斯渐渐被我们抛在身后，高速公路上间隔而立的路灯不时映亮我们的脸庞。在公路的一侧，白雪皑皑的伊勒斯塔农田无边无际地延展开来。一个寂静的夏日清晨，我和爸爸曾在那里目睹一只猞猁经过。安德斯正在专心致志地驾驶，后座的阿曼达默默望着窗外暗沉的冬夜，马克西姆坐在我背后的儿童椅中，不停用脚踹着前座的靠背。

"妈妈，勒夫外公死了吗？他怎么了？他为什么会死？"

我回过头看着两个孩子，突然意识到，他们再也无法理解面包片加农家奶酪有多么美味。我该如何向他们解释那种独特的感觉，依偎在爸爸散发着汗味和酒气的结实身体旁边，分享着他对于平等和团结的美梦？

过去的画面一帧帧闪过我的脑海，我仿佛能听见爸爸推开幼儿园的门，在衣帽间的地垫上反复磨蹭鞋底的声响。

"我的乖女儿，爸爸来接你啦！"他一把抱住了我，接过我手中漂亮公主的画作。

他将我放在自行车后座上，然后用力踩动脚踏板向前驶去。我们要去爷爷奶奶家吃晚饭，晚饭是爷爷从梅拉伦湖里亲手捕捞的梭鲈。

爸爸和我。